En el reino
del toro sagrado

Jordi Soler

En el reino
del toro sagrado

ALFAGUARA

Papel certificado por el Forest Stewardship Council®

Penguin
Random House
Grupo Editorial

Primera edición: febrero de 2024

© 2024, Jordi Enrigue Soler
Autor representado por Silvia Bastos, S. L., Agencia Literaria
© 2024, Penguin Random House Grupo Editorial, S. A. U.
Travessera de Gràcia, 47-49. 08021 Barcelona

© Diseño: Penguin Random House Grupo Editorial, inspirado en un diseño original de Enric Satué

Printed in Spain – Impreso en España

ISBN: 978-84-204-7713-8
Depósito legal: B-20270-2023

Compuesto en Arca Edinet, S. L.
Impreso en Unigraf, Móstoles (Madrid)

AL7713A

Pero palpita la tierra bajo el cielo degollado.

CARLOS PELLICER

... y en uno de mis ojos te llagaste.

SAN JUAN DE LA CRUZ

Artemisa y el toro sagrado

No corría el viento.
No se movía el agua del lago.
Los insectos
tan dados a crispar la noche con su estruendo
habían enmudecido.

El mundo se detuvo. Artemisa comenzó a percibir en la superficie un movimiento. Algo así como un hervor en el agua calma. Una efervescencia. Luego empezó a ver cómo salían de entre la espuma las astas puntiagudas de una criatura magnífica. Un enorme toro blanco que surgió como un milagro llegó andando hasta la orilla. Más que alumbrarlo la luna parecía que el animal era parte de su luz. Del cuerpo le escurrían gruesos chorros de agua que retumbaban al tocar la tierra. El toro se quedó inmóvil frente a ella. La sedujo el halo sobrenatural que lo envolvía. Su divina irradiación. Imaginó que ella y ese animal ya habían estado juntos. Que aquello era el regreso al otro después de un dilatado peregrinaje a lo largo de los siglos. El toro soltó un bufido. Comenzó a sacudirse el agua con un brío fabuloso. La vasta constelación de gotas que despidió le cayó a Artemisa como el velo de una novia. Estaba tan cerca de él que percibía el estridente olor de la pelambre húmeda. Su aliento denso. Caliente. Casi humano. Lo mejor hubiera sido dejarlo ahí. Que el toro se perdiera en la niebla para que se desvanecieran la naturaleza y los hechos de su reino. Pero en lugar de eso comenzó a brotar

como
una

flor
maligna
la
desventura.

El toro blanco entró por la única calle trazada que había en Los Abismos, lo demás eran senderos y vericuetos abiertos por la necesidad de atravesar de un lado al otro, por la exigencia de separar los predios y delimitar las propiedades, fuera de eso todo era una maraña de veredas y desaguaderos que desembocaba en la plaza. El toro blanco apareció entre la neblina que subía de la selva y su majestuosidad dejó a todos admirados, a los que estaban tomando el fresco en el portal de sus casas y a los que se asomaban por la ventana o salían llamados por la forma en que el animal iba cimbrando el suelo, inquietados por ese tremor, pues no había otra criatura que produjera con su paso semejante conmoción. Es el toro sagrado, se decían unos a otros, recordando aquel toro fantasmal que según los viejos del pueblo recorría la selva, nadie sabía con qué intención, desde los tiempos de la Conquista, sin darse cuenta, hasta después de un rato, de que detrás venía Artemisa montada en su caballo negro, la dueña de esa bestia que cimbraba el mundo, que hacía salir huyendo a los perros y a las gallinas y dejaba a los vecinos con cara de asombro, incluso hubo uno que se quitó el sombrero, se descubrió la cabeza en señal de respeto, como si en lugar del animal hubiera ido atravesando el pueblo la figura de un santón. Alumbrado por la luna y por la luz que salía de las ventanas, el toro sagrado recorrió la calle metiendo las patas en el barrizal que bajaba de la sierra y, al llegar al final, a la parte más alta del camino, se detuvo, la niebla que emborronaba su figura le daba un garbo espectral, maligno, hubo quien se atrevió a decir.

Esa noche Artemisa no pudo dormir, desde el corral el toro sagrado liberaba una fuerza oscura que la hacía dar vueltas en la cama y alimentar unas ráfagas de sueños que colindaban con el delirio, aparecía ella con el toro en una serie de episodios candorosos, pastoriles, hasta que una imagen contra natura la hizo despertarse repentinamente, sudorosa, acezante, más que un sueño o un delirio parecía una premonición. Se sentó en la cama, bebió un sorbo de agua, el ventilador que colgaba de una viga hacía un remolino que le alborotó el cabello y la devolvió a la realidad, la ayudó a soltar esa figuración tan vívida, casi había percibido su grueso aliento, otra vez la perturbadora emanación que salía del interior del animal. El ventilador revolvía la esencia de la selva que se metía por la ventana, el embarullamiento de los aromas y los ruidos, las cortezas húmedas, pútridas, y el zumbido entrecortado de los insectos, el efluvio nocturno de una flor, la milpa que había empezado a darse en los surcos del ribazo, el rocío caído como un manto sobre la puerca tierra, un remudio, un gañido, un guañir, todos los desplantes del verdor y más allá, en lo alto de la sierra, el trino aventurado del pájaro nocharniego, que bajaba al ras de la montaña metiéndose entre los árboles como una serpiente. A esas horas salió Artemisa de la casa sin importarle que alguno de sus peones la viera en camisón, descalza y con el pelo alborotado, arriesgándose a que en la penumbra sus propios empleados la confundieran con una intrusa, y así entró al establo y se acodó en la tranca para contemplar al toro sagrado con la poca luz que entraba de afuera, apenas la que llegaba del portal de la casa y algo del espectro de la luna, no hacía falta más, Artemisa tenía la impresión, desde que lo había visto salir del lago, de que la pelambre blanca emitía su propia luz. Abrió la puerta para meterse al corral y cerró de vuelta, engarzó la pretina en la jamba, se encerró con él y no sabía siquiera el carácter que tenía, no sabía si era irascible o impulsivo, ni si toleraba la intrusión o hacía extraños o estaba de plano loco y, sin reparar en todo eso que no sabía, llenó una cubeta de agua y cogió un trapo y el cepillo, se sentó en el canto del dornajo y comenzó a lavarle una por una las patas, a limpiarle morosamente las costras de lodo que le había dejado el camino, metía el trapo en el agua para diluir la mugre que acababa de quitarle de las ancas, de los corvejones y de las pezuñas, y luego volvía a pasarlo hasta que dejaba la zona tan blanca como el resto del animal y el toro ni rechistaba, parecía que conocía a Artemisa de toda la vida y esto la animó, la hizo confirmar que era suyo, que de verdad había un vínculo y que esa visión soñada que tanto la había perturbado no era más que eso, un sueño. Después se puso a acicalarlo durante un largo rato y, cuando llegó a la cara y vio cómo la miraba el toro, volvió a sentir el mismo vértigo que la había despertado sudorosa y acezante y así la vio uno de sus peones, mirando al toro como si fuera un ídolo, descalza, desgreñada y vestida con el camisón de dormir.

Cada noche sentía Artemisa el influjo del toro sagrado que le llegaba desde el corral. ¿El influjo?, le preguntaba Wenceslao ya un poco inquieto por la obsesión que su amiga estaba dejando crecer. Hay que parar en seco este disparate, esta extravagancia, le decía. ¿Extravagancia?, protestaba Artemisa, lo dices como si fuera una cosa que me he inventado yo y no es así, está fuera de mi control, es el toro el que me llama, como si me estuviera haciendo una brujería. ¿Brujería?, preguntaba Wenceslao riéndose, carcajeándose estentóreamente para sacudirse la angustia que le producía eso que veía proliferar de una forma descontrolada, le sorprendía el gesto de Artemisa cuando le contaba eso, su actitud y la solemnidad con la que articulaba la palabra brujería, nadie había logrado someterla nunca y ahora parecía que el toro sagrado la tenía controlada. ¿Controlada?, se quejó Artemisa, lo dices como si me estuvieran obligando a hacer algo y no es verdad, lo quiero hacer, me gusta estar con el toro y ya, no hay que darle más vueltas, lo único que me desconcierta es el llamado que llega como una mano invisible, como un viento ligero, más bien como un manto que me envuelve y me hace levantarme de la cama. ¿Que te envuelve?, se mofó Wenceslao, será que te enreda, que te lía, apuntó con una sorna de la que enseguida se arrepintió, quería ayudarla, le preocupaba que se estuviera volviendo loca, pero, sobre todo, no quería que la vieran los peones yendo al establo a esas horas, que le hicieran fotos o un video con el teléfono para engordar el chismorreo que ya corría por Los Abismos, que le inventaran situaciones grotescas con el animal, aberraciones.

¿Aberraciones?, se defendió Artemisa, lo dices como si hiciera algo más que limpiarlo y cepillarlo, no hay nada malo en eso, ¿que no puedo acicalar a mi propio toro?, ¿a quién perjudico?, ¿por qué les importa tanto lo que hago?, ¿no tienen nada mejor que hacer?, deberías defenderme, cabrón, pero lo único que haces es decirme burradas. ¿Burradas?, preguntó extrañado Wenceslao, esto es muy serio, reina, no sé qué tanto haces en ese corral, me asustas. ¿Te asusto?, no seas ridículo, Wendy, como si no te conociera yo las barbaridades que haces en el garito de Orizaba. Y así seguían discutiendo hasta que el tema se diluía, se desviaba adrede hacia otra demarcación, porque de seguir profundizando los dos sabían que iban a acabar enemistándose.

Todos le decían a Wenceslao el maricón, la maricona, el mariconazo y la que se enfadaba era Artemisa, no soportaba que le dijeran esas cosas a su amigo del alma, ¿por qué no te defiendes?, le preguntaba, ¿no te ofenden las barbaridades que te dicen? Wenceslao se reía, se divertía con los corajes que hacía ella, no le molestaba que lo llamaran maricón y además sabía que las majaderías y las obscenidades que le dedicaban eran pura cosmética, solo el envoltorio que le dedicaba el pueblo porque, al parejo de esa fama, Wendy, así le decían cariñosamente sus amigas, inspiraba también respeto en Los Abismos y en los pueblos de la región, era un reconocido inventor, que había salido incluso en el periódico, al que los vecinos recurrían todo el tiempo para que les arreglara un desperfecto o les diseñara un aparato o un sistema para simplificar un proceso industrial, agrícola o doméstico. Además de esos proyectos que le solicitaban continuamente esos mismos majaderos que le gritaban mariconazo, Wenceslao tenía sus propios inventos, su obra personal, como la máquina de volar que nos había dejado a todos con la boca abierta. Artemisa era su protectora, nadie se atrevía a gritarle barbaridades cuando iba por la calle con la señora, que además de financiarle sus inventos se beneficiaba de ellos, tenía en su establo un ingenio mecánico para ordeñar a las vacas, una suerte de pulpo que se agarraba a las ubres y juntaba la leche en un alambique, y también tenía un ocurrente dispensador electrónico con el que medicaba o desparasitaba a los animales, que era un brazo metálico, como de artrópodo, que se desplazaba con dos ruedas de bicicleta entre las patas de las reses y era capaz de operar hasta dentro de los achicaderos, dos artilugios geniales aquellos que le permitían a Artemisa, sobre todo en el caso de la máquina ordeñadora, prescindir de unos cuantos peones, cosa que ella agradecía, ¡cuatro pinches peones menos!, decía exultante, ¡qué maravilla!

Wenceslao vivía entre sus inventos, máquinas y artefactos, maquetas, prototipos, piezas sueltas de variadas dimensiones, desde las manijas de un molino para triturar maíz que le había hecho a la mujer del alcalde hasta las enormes alas de la máquina voladora que lo había consagrado como inventor, aquellos objetos llenaban todas las superficies, las mesas y los rincones o colgaban de las paredes, del techo, del marco de las puertas y de los dinteles, más que colgar parecía que los objetos le estaban lloviendo encima cuando trabajaba encorvado sobre la mesa larga que ocupaba buena parte del espacio, ahí se afanaba en un hueco que abría entre los lápices, las reglas, las espátulas, las pinturas y los barnices y los alteros de planos, de dibujos y de bocetos que había hecho para perfilar algún invento y que luego se quedaban ahí, eran parte de la memoria material que iba creciendo con cada ocurrencia que dibujaba, y en el último rincón del taller, acosada por aquel abigarramiento y dueña de una desconcertante extranjería, estaba su camita monacal, en la que se echaba a dormir cada vez que le ganaba el sueño, aunque había veces, cuando le daba por beber, que era incapaz de llegar a su taller y se quedaba en casa de Artemisa. Con frecuencia se sentaban los dos a matar la tarde en la mesa de la cocina y hablaban copiosamente de sus cosas mientras bebían y escuchaban inmundos casets en el aparato de Rosamunda, la criada. Saca otra botella, suplicaba Wenceslao en cuanto llegaba la hora de irse, no seas mala, reina, le decía, si no sacas otra tendré que ir a exponerme a quién sabe qué andurriales y a beber quién sabe con qué peligrosos matarifes, puedo salir apuñalado, o terriblemente golpeado, y yo creo, amiga mía, que lo menos peligroso sería sacar otra botellita, así se ponía a chantajear, siempre sin éxito y siempre lastimeramente acababa yéndose cabizbajo rumbo a su inevitable andurrial, se dejaba engullir quejoso y plañidero por la noche oscura de Los Abismos.

Era cierto que Artemisa, por más que reclamaba el derecho de acicalar al toro sagrado, no era capaz de explicarle a Wenceslao, de manera convincente, el influjo que le llegaba cada noche desde el corral, eso que ella misma llamaba brujería, pero tampoco era que tuviera necesidad de explicar nada, era una mujer rica y caprichosa que había hecho siempre su voluntad, era la mujer más hermosa de la sierra y de la selva y, más allá del toro, que era el nuevo episodio de su vida siempre expuesta, el pueblo no había hecho más que fisgonearla y adorarla sin respiro desde que era una niña, el cuchicheo de los abismeños la había perseguido toda la vida como un enjambre zumbón y si no hablaban de ella a causa de la escena en el corral, lo habrían hecho por otro motivo y, en cualquier caso, a Artemisa no le daba la gana de resistirse al influjo que según ella le lanzaba el animal, algo la despertaba, o eso quería ella pensar, se incorporaba y sin ninguna clase de cavilación salía de la casa con sigilo, descalza y vestida solo con el camisón de dormir, una prenda blanca y vaporosa que la emparentaba con las almas perdidas, con los espíritus que a esas horas cruzaban la oscuridad, eso habrían pensado al principio sus trabajadores, que era una aparición, un nagual, porque no podían concebir que la señora Athanasiadis saliera así de su casa. Las primeras noches frotaba el trapo húmedo largamente por los costados, por las patas, el cuello y los belfos y luego seguía con el cepillo, el toro se dejaba mimar con una inverosímil mansedumbre, una increíble docilidad que contrastaba con las quejas del mozo del corral, que lo veía como un animal violento y traicionero que en cualquier momento, le decía a Artemisa, cuando trajinaba distraído con el tambo del forraje y con los dornajos, podía meterle una cornada, atravesarlo con el asta y clavarlo contra los tochos del corral y quizá ya desde entonces ese mozo, que era muy dado a la santería, veía en el toro sagrado esa fuerza maligna que al final, efectivamente, iba a arramblar con todo. Es bien agresivo el animal, decía el mozo, lo más sensato sería atarlo al bramadero, hay días en que tengo que acercarle el forraje con el gorguz para evitar arrimarme, y la forma en que me mira desde esa altura, con esa altanería y esas ganas de clavarme en la pared con uno de sus cuernos, nunca había visto un animal así, señora Athanasiadis, verdad de Dios. Ella lo miraba con desprecio en lo que lo ponía pinto, lo que pasa es que no sabes tratarlo, arrímate, no seas miedoso, no va a hacerte nada, ingéniatelas, avíspate papacito, y que no me entere de que al toro le falta algo porque entonces voy a ser yo la que te va a clavar el cuerno.

Una tarde, Artemisa le contó a Wenceslao de las miradas del toro, de que solo le faltaba hablar y que sentía, no sabía cómo pero así era, que el animal la esperaba cada noche y le agradecía los mimos y el tiempo que pasaba con él, ya se había animado a poner una escalera para frotarle también el lomo, el morrillo y las orejas, la enorme frente, en la que hubiera podido sentarse para limpiarle las astas, a corregirle con una lima las despostilladuras que tenía en las puntas de tanto cornear quién sabe a qué otras bestias, quién sabe a qué otros objetos para liberarse de la ira, o a qué mozos de otros corrales que habría atravesado y clavado contra la pared, si es que habían existido, pensaba, porque todo lo que sabía era que el toro sagrado había salido de la laguna, quizá nunca había estado en ningún corral, quién sabía nada de ese animal enigmático que se dejaba hacer cualquier cosa por Artemisa, mientras el mozo no podía ni acercarle el dornajo sin sentir el pálpito de que estaba por pegarle la cornada traicionera, ¿qué te va a hacer

22

ese toro que es más manso que las vacas?, preguntaba Artemisa mofándose del miedo del mozo y es probable que él
ya sospechara algo, o algo supiera, es probable que intuye-
ra lo que ahí pasaba y que se hiciera el desentendido para
no disgustar a su patrona, como también es probable que
algo hubiera visto en la mañana, la escalera dejada ahí por
descuido, el trapo tirado o el cepillo, o el vaso de whisky
que algunas noches le daba por llevar, el rastro en suma de
ese idilio que crecía, que arreciaba quizá sería mejor decir.
¿Idilio?, ¿estás loco?, le increpó Artemisa a Wenceslao
cuando le sugirió que a veces no sabía si le estaba hablando
de un animal o de su enamorado. ¿Enamorado?, se quejó
Artemisa, ¡qué tontería!, sírvete más whisky, anda, a ver si
te ilumina o te termina de apendejar.

Abrió los ojos a mitad de la noche y se encontró con el toro sagrado, que miraba fijamente el cuerpo dormido de Artemisa, respiraba ruidosamente encima de ella coronado por un nimbo tibio y hediondo que saturaba la habitación, un nimbo de estiércol, de mantillo, de orina reseca y reconcentrada, un asco el nimbo que crecía dentro del cuarto como una inundación. Wenceslao estaba ahí, en la cama que había sido de Jesuso, el marido de Artemisa, como ocurría cada vez que se le pasaban los tragos y no quería hacer el esfuerzo de regresar dando tumbos a su taller, ni de seguir la parranda en esos foscos andurriales donde bien podían apuñalarlo, el susto le había diluido la borrachera y pensó que lo mejor era no moverse, sabía del miedo que esa bestia provocaba a los peones y a los mozos del establo y de las supersticiones que el pueblo le había ido endilgando, por algo sería, por algo la gente lo percibía como el mismísimo Satán. Entraba por la ventana una luz desfallecida que perfilaba su figura, no entendía cómo un animal de esas dimensiones cabía dentro de la habitación, ni de qué forma había entrado por la puerta, ni qué habría hecho para saltarse las trancas del corral y, en todo caso, su presencia entre esas cuatro paredes avivaba la superstición y dejaba sin argumentos a los que, como él, se negaban a verlo como una criatura emparentada con las tinieblas y la magia negra. El toro se acercó más a Artemisa, cada vez que se movía, las pezuñas retumbaban contra el mosaico, empezó a olisquear su cuerpo dormido, resoplaba ansioso a lo largo de la cama y removía con sus cabezadas el nimbo mordiente de fiemo y de boñiga, le olfateaba viciosamente las piernas, las manos, el pelo, que a la luz de la ventana relucía como una tormenta dorada, no entendía Wenceslao cómo su amiga podía seguir durmiendo con ese obsceno resoplar encima de ella, y con el aliento ardiente que le salía del hocico, porque del pelo el toro pasó a olfatearle la cara, la oreja, el cuello, la boca, y cuando Wenceslao empezó a alarmarse y a pensar que había que regresar a esa bestia al corral antes de que la lastimara, el toro se irguió y le dedicó desde su altura descomunal una mirada espeluznante, colérica, que lo hizo gritar y en el acto despertarse con el sonido de su propio grito y con una taquicardia galopante, bañado de sudor, no en la cama del difunto marido como estaba soñando sino en la camita que tenía en el rincón de su taller. ¿Por qué había soñado eso?, el delirium, quizá, la penitencia de tanto alcohol, la fractura entre la borrachera y la resaca por donde a veces se cuelan las tinieblas, pensó, y el caso es que ya no pudo volverse a dormir, hizo un café que bautizó con un chorro de guarapo y se sentó a su mesa de trabajo a limar los dientes del engrane que necesitaba para completar el circuito de un motor y en lo que limaba iba rumiando la pesadilla, la desfachatez del toro sagrado y la impudicia de Artemisa que, hasta entonces se daba cuenta, se hacía la dormida para que la siguiera olisqueando el animal, ¿le gustaba eso a su amiga?, se preguntaba mientras se batía encarnizadamente contra las rebabas metálicas y, en medio de ese encarnizamiento, recordó que hacía unos días Artemisa había argumentado, con un significativo ardor, que el toro sagrado tenía que estar en su corral porque si no andaría desbalagado por la selva, a merced de los tigrillos, de los coyotes, de los otobús, le había dicho, o ya se lo hubieran quedado los popolocas, los zoques, los mazatecos o los totonakú, o se lo habrían apropiado para maltratarlo, desollarlo o descuartizarlo en un alocado ritual los zetas, la guerrilla, el cartel de las Nuevas Generaciones de Veracruz o, incluso, los hijos del volcán, todo aquello había argumentado Artemisa para zanjar

25

las dudas y las suspicacias y quedarse con el toro, recordaba Wenceslao mientras limaba la pieza de metal con el vigor que empezaba a insuflarle el guarapo, y en esa misma oleada alcohólica, que también llevaba su carga de lucidez, decidió que lo mejor era no contarle a Artemisa su pesadilla, no tenía caso, se lo iba a tomar a mal, el toro era intocable y ella se enfadaba cada vez que él hacía alguna observación, ya no digamos una crítica pero unas horas después, en otra de esas largas tardes de whisky, chismorreos y viejos casets en la cocina, Artemisa le contó, desafiante y con un desquiciado meollo de ilusión brillándole en los ojos, que la noche anterior había soñado que el toro sagrado se metía en su habitación, conservaba todavía la sensación vívida y tórrida del aliento del animal sobre su piel, dijo mientras Wenceslao la miraba en silencio, asombrado, aturdido.

Simbad Oropeza, un beisbolista nativo de Los Abismos que había triunfado la temporada anterior con los Cafeteros de Córdoba, a pesar de su celebridad, o más bien por esto mismo, tuvo que esperar casi tres horas en una dura silla de la casa de Chelo Acosta a que Artemisa tuviera a bien leerle las cartas del tarot. Probablemente Simbad era el único que de verdad estaba ahí por la lectura de las cartas, el resto lo que quería era contemplarla, mirarla de cerca y gozar de ese privilegio que en otras circunstancias era impensable, todo el mundo ansiaba su momento a solas con Artemisa, la admiraban, la veneraban, la deseaban, querían parecerse a ella, o casarse y tener hijos con ella y hasta ser sus hijos o sus hijas, era la novia, la madre, la diosa, parecía que de un parto suyo había nacido el pueblo entero, bastaba que caminara por la calle o que recorriera un sendero montada en su caballo para que el entorno se encendiera como si acabara de salir el sol. La actitud de Simbad, que acudía a ella sin más intención que beneficiarse del servicio por el que iba a pagar, no le gustó nada a Artemisa, el beisbolista era el elemento discordante dentro de su universo, desafinaba, despedía incluso ondas negativas, ¿quién es ese?, ¿por qué viene con esa actitud?, murmuró cerca del oído de Chelo Acosta, dándose cuenta ella misma de que la raíz de su molestia era que ese hombre no estaba ahí para rendirse ante su belleza, sino para comprar un servicio, ¿quién es?, volvió a preguntar. Es un buen cliente, un beisbolista muy famoso, no sé qué le ves de malo, reina, está ahí sentado muy tranquilito sin hacer nada, dijo Chelo, agradece que no se ha encabronado por

27

todo lo que lo estás haciendo esperar. No estaba habituada Artemisa a esas displicencias, desde niña había vivido subida en un pedestal y su belleza le abría todas las puertas y también su pátina europea porque era la hija del griego, no soportaba que la quisieran solamente por su aspecto, pero a los que eran inmunes a su belleza los soportaba menos todavía, Artemisa iba siempre con el cuerpo por delante, cuando necesitaba hacer un trámite en la alcaldía o en la gubernatura del estado, o en las transacciones con las vacas o la leche, o cuando compraba unas hectáreas de tierra o necesitaba entubar un ramal del río para regar su propiedad, o en las ocasiones en las que tenía que negociar con un líder campesino, con un agiotista, con un político federal o con un militar o un policía, su cuerpo le abría el paso, no hacía antesalas, no esperaba, nada se le negaba nunca, vivía en una realidad que tenía otras reglas y otros ritmos, todos los caminos se abrían para ese cuerpo en cualquier sitio porque Artemisa gozaba de la sumisión nacional de los hombres frente a las rubias que calientan con sus rayos la nopalera, el cañaveral, la orilla de los ríos, las montañas y los edificios, las rubias que truenan los dedos para que les traigan una copa, el suéter y el sombrero y para que deje de llover y para que se abra un pasadizo seco entre las aguas del mar, las rubias que truenan los dedos y le dan las llaves a ese hombre altanero para que vaya y les llene de gasolina el tanque del coche, las rubias que en México todo lo pueden porque han tenido la fortuna de nacer en este país que las adora, que todo se los permite y que en otro país no serían más que rubias mientras que aquí son las güeras, las diosas, el centro del universo, las rubias como Artemisa, que en ese momento no soportaba la displicencia y la distracción del famoso beisbolista, que estaba medio recostado en la silla como si no estuviera a punto de comparecer ante la mujer más bella que vería en su vida. Qué mamón se ve, murmuró molesta, qué creído, como si tuviera mucho chiste pegarle con un palo a una pelotita que te avienta otro señor, se quejaba y hacía esperar adrede a la celebridad deportiva de la región, primero pasó el ingeniero Fournier, más que nada porque llevaba un rato caminando de un lado a otro del salón para distraer su impaciencia y ya había conseguido desesperar a las muchachas, luego vino el alcalde seguido de Estanislao el de los productos agroindustriales, que había llegado hora y media después que el beisbolista, luego Amapola Xóchitl y al final, cuando ya no había nadie en el salón, Josefina Miroslava tuvo que despertar al pelotero, que dormitaba con la cabeza ida a pique sobre sus brazos cruzados. Su turno, maestro, le dijo tocándole el cogote y, unos segundos más tarde, presuroso porque le habían advertido que a Artemisa podía venirle uno de sus prontos y desaparecer con la misma gratuidad con que había llegado, Simbad se sentó frente a ella y, visiblemente nervioso, expuso sus dudas mirando con fijeza y con sobrada atención, pero sin deseo carnal ni embelesamiento, esos ojos que a todos los demás nos volvían locos. Simbad quería que Artemisa le clarificara su porvenir, para eso había subido media sierra maltratando su Mustang último modelo en la terracería de los caminos y había esperado su turno casi tres horas dormitando en la dura silla, ¿debería dejar a los Cafeteros de Córdoba para irse con los Demonios Blancos de Acultzingo?, preguntó, y añadió, porque le habían dicho que se explicara bien para que se entendiera el conflicto, que los Demonios iban a pagarle más pero tendría que vivir en Las Cumbres, un lugar húmedo y lleno de niebla, lejos de todo y con un estadio en el que solían estacionarse bancos de nubes y en esos días aciagos, que representaban el ochenta por ciento de los partidos que los Demonios Blancos jugaban como equipo local a lo largo de la temporada, era necesario echar a andar dos enormes ventiladores para que disiparan el banco y el bateador pudiera ver la pelota, blanca, que le lanzaba el pitcher y para que, una vez bateada, el *shortstop*, los jardineros izquierdo y derecho, el *centerfielder* y los primera, segunda y tercera base pudieran seguir la pelota para, en su caso, atraparla y cantar el *out*, esto iba contando Simbad, con un nivel de detalle que Artemisa soportaba nada más porque ya bastante lo había hecho esperar, después de todo se trataba de un deportista muy famoso y, en el fondo, porque buscaba que ese hombre que no mostraba signos de enamoramiento se enamorara de ella de una vez, su desinterés la había dejado picada y empezaba a desplazar de forma untuosa las manos por la mesa, se arremangó la camisa para dejar al aire los brazos y mientras barajaba lánguidamente el mazo de cartas, dejó anclada la cabeza en su ángulo más coqueto pero sin excederse, sin entregarse del todo, sin renunciar a la dureza, a la palabra golpeada, al purito colgándole de la boca y al trago impúdico del vaso de whisky que le había servido Filisberta. Sin darse por aludido y, al contrario, haciéndose el tosigoso para protestar, de manera velada, por el humo que atentaba contra su salud de deportista de élite, Simbad dijo que también los Erizos de Catemaco le habían hecho una oferta, tan generosa como la de los Demonios Blancos, o sea más jugosa que la que le habían hecho los Cafeteros para que permaneciera en el equipo, pero que aquello tenía el inconveniente de que Catemaco estaba lleno de brujos y de changos, que al parecer alteraban continuamente el desarrollo normal de los partidos, es decir, aclaró, que con frecuencia algún brujo le hacía vudú al pitcher o al bateador del otro equipo, o castigaba a uno de los suyos por su pobre desempeño, mandándole el hechizo de una diarrea galopante o de un dolor de bubones que no lo dejaba ni levantarse de la cama y, cuando no era el brujo, siguió el beisbolista, era un chango que se metía al diamante a robarse la pelota o a morderles las canillas a los jugadores o a colgárseles de los pantalones cuando no le daba al chango por tirarse boca arriba en el jardín izquierdo a toquetearse el pirrín. ¿El pirrín?, preguntó Artemisa todavía intentando la inclinación coqueta de cabeza. Su órgano sexual, aclaró el beisbolista y, cuando ella comenzó a poner las cartas sobre la mesa, porque pensó que ya por fin había terminado de explayarse, Simbad la detuvo en seco, le dijo que todavía no acababa, que la parte crucial de su agónico dudar era la correspondiente a su apoderado, Dionisio Amaya, que por cierto, aclaró, era el siguiente en la cola pues también tenía sus propias cuitas y esperaba que pudiera ayudarlo con sus vaticinios y después, para ilustrar la información, Simbad señaló al fondo del salón, donde, efectivamente, un hombre dormitaba sin que nadie lo hubiera percibido, ni siquiera Josefina Miroslava, que no perdía detalle de quién entraba y quién salía de la casa. Concrete usted de una vez qué es lo que quiere preguntarle al tarot, déjese de circunloquios y vaya usted al grano, dijo Artemisa y su tono generó cierta tensión en las muchachas y en Chelo Acosta, que ya sabían que después del tonito venía la filípica y la reiterada cantaleta de que ella no tenía necesidad de soportar esa pesadez, que leía el tarot por gusto y por salir de su casa y por tomar el aire y que ya se iba y que ahí cada quien se las compusiera como pudiera y las dejaba, a Chelo y a las muchachas, con el tendido echado y el cliente atemorizado ante la ira de la diosa que agitaba su melena rubia mientras gritaba, ¡me voy! Mi duda vendría siendo, dijo Simbad Oropeza en voz muy baja y señalando disimuladamente a Dionisio Amaya, si debo continuar o no con aquel que quiere cambiarme de equipo para llevarse, según creo, una mejor comisión, porque la verdad, siguió explicando, era que él estaba muy contento y razonablemente realizado en el equipo de los Cafeteros de Córdoba, la ciudad en la que, y aquí era donde radicaba realmente su razonable realización, vivía Violeta Williams, una vedete afrocaribeña a la que se atribuía una tórrida relación con Simbad, tórrida hasta decir basta pues circulaban por los teléfonos de toda la región unas fotos que el dueño del bar Siboney había colgado en Facebook, unas fotos de una visita que había hecho la pareja a su negocio ya muy entrada la noche, en las que no se alcanzaba a distinguir dónde empezaba el muslo de Violeta y dónde acababa el músculo trapezoidal del beisbolista, así de comprometidos habían sido fotografiados los cuerpos en el Siboney y sí, claro que sí, se adelantó a admitir Simbad, es por la vedete afrocaribeña, más bien por mi relación con ella, por lo que he venido hasta Los Abismos, quiero saber, ¿debo seguir?, ¿debo cambiar?, ¿debo modificar algún aspecto? y, si termino yéndome a Acultzingo o a Catemaco, ¿se irá ella conmigo?

Cuando Artemisa empezó con su obsesión por el toro sagrado, hacía apenas unos meses que Wenceslao había dejado boquiabiertos a los abismeños, y a todos los habitantes de la selva, con un vuelo rasante que partió del peñón y, después de sobrevolar la laguna, terminó con un vistoso aterrizaje en el valle de los tigrillos. Su proeza apareció, con una gran fotografía de él mismo en su artefacto surcando el cielo, en *El Sol de la Rosa Mística*, el periódico de la región. Durante meses habían visto los vecinos unas alas inmensas de carrizo y lona que sobresalían del taller de Wenceslao, no se sabía exactamente lo que iba a hacer pero cualquier invención entrañaba una novedad, y la novedad generaría un cambio y en Los Abismos nadie deseaba que le cambiaran nada, les gustaba que todo estuviera en su sitio, donde había estado, de manera inamovible, desde el principio de los tiempos, así que contemplaban aquello con una perspectiva que se dislocaba entre el recelo y una apremiante curiosidad. Fue gracias al señor Teodorico que la noticia del vuelo de Wenceslao ocupó la primera plana de *El Sol de la Rosa Mística*, que era, como casi todo, de su propiedad, algo interesaban al señor los inventos de Wenceslao, de hecho a algunos les había visto un filón lucrativo, pero el tumulto empresarial que gobernaba con mano de hierro no le dejaba margen para otras aventuras. Wenceslao era el hijo de la Negra Moya, su amiga de toda la vida, así que lo había visto crecer y significarse, transformarse en un adulto controvertido y, en los últimos años, en un reconocido inventor. Pero el aspecto de Wenceslao que más le interesaba entonces al señor Teodorico no eran ni sus ingeniosos artefactos, ni que fuera el hijo de su amiga la Negra Moya, lo que más le importaba era su cercanía con Artemisa, no perder de vista al inventor era seguirle los pasos a ella. Pero no era solo por el capricho del dueño que *El Sol de la Rosa Mística* había llegado a cubrir la noticia de la máquina voladora, también es verdad que no había muchos sucesos de esa naturaleza en la región, las noticias eran siempre sobre un crimen, común o pasional, con arma blanca, o de fuego, o por el efecto de la magia negra o el vudú, o sobre una balacera, una matachina, un ataque de la guerrilla o del narco, o alguna iniciativa o acción municipal o algún acto del gobernador, eso era lo que había y lo que llenaba las páginas del periódico, el sucio espinazo criminal y político que articulaba el mapa sociológico de la comarca. La noticia valía por sí misma, una máquina ideada y construida por un inventor local, y patrocinada por la señora Artemisa Athanasiadis, iba a cruzar de orilla a orilla la laguna, volando desde el peñón hasta el valle de los tigrillos, a través de un cielo que no conocía más máquina voladora que el helicóptero del señor Teodorico, o a veces el del gobernador de Veracruz, cuando iba a presentar sus respetos al palacio de Acayucan de las Rosas, a genuflexionarse, a envilecerse y encanallarse, a arrastrarse ante el señor todopoderoso, que, si no se sentía suficientemente adorado, podía montar un operativo en las altas esferas de la política nacional para descabalgarlo de la gubernatura y poner en su lugar a alguien que lo adorara con una devoción más tangible.

Cuando llegó el reportero, Wenceslao estaba ensamblando las piezas de su máquina en la cima del peñón, acompañado por la bella Artemisa, que comparecía con un reluciente vestido rojo, según pudimos constatar al día siguiente en el periódico los que no estuvimos ahí. El inventor ajustaba los tornillos, las bisagras, los delicados empalmes entre la lona y el carrizo de los que dependía la flotación del aparato y, ya que lo tuvo todo ensamblado, comenzó a distribuir las correas con las que sujetó sus brazos a las enormes alas y luego le pidió a Artemisa que abrochara el cinturón que lo afianzaba al palo largo del que pendía la estructura, y que tenía en el extremo una suerte de aleta de tiburón y una pequeña hélice. Este palo es el timón, indicó al periodista que observaba atento sus movimientos y anotaba cosas en una libreta, y con estos estribos puedo orientar el vuelo, dijo Wenceslao señalando con el pie las dos salientes metálicas, y aquí tenemos el motorcito y la hélice que van a dar un impulso adicional a la nave, que de por sí se sustenta sola. ¿Y por qué va descalzo y en calzoncillos, como un tarzán?, preguntó el periodista, a lo que Wenceslao respondió con una breve teoría de la resistencia que oponen los cuerpos cuando se desplazan por el aire, a menos materia menos resistencia, sentenció, y las corrientes de aire resbalan mejor sobre la piel desnuda, dijo con un galanteo que puso nervioso al reportero. Una vez que estuvo todo listo, Wenceslao se paró en la orilla del peñón, encendió la hélice y extendió los brazos para que se desplegaran las alas, su figura esmirriada, y a la vez magnificada por la máquina voladora, levantó un rumor de asombro entre los abismeños y, después de unos segundos de tensa concentración, el inventor se tiró al vacío y ante el estupor de la concurrencia comenzó a sobrevolar las casas, la plaza, la parroquia, volaba como un ave, como un buitre, apuntó alguien con malicia. Lo vieron pasar por encima del pueblo y luego alejarse hacia la selva, hacia la laguna, hacia el valle de los tigrillos, donde aterrizó de forma aparatosa dos minutos más tarde, una de las alas se atoró en la rama de un guanacaste, se rompieron las amarras y Wenceslao cayó al suelo sin mucha consecuencia, un raspón y una leve cojera que ya se le había quitado cuando llegó Artemisa, a todo galope, preocupada por su inversión pero, sobre todo, porque hubiera quedado muy maltrecho su amigo del alma.

Salvo por la violencia del aterrizaje, una minucia que podría corregirse fácilmente en la siguiente prueba, el vuelo había sido un éxito, consignaría el periodista en su artículo donde especulaba sobre el inminente perfeccionamiento del aparato y sobre la posibilidad de que se vendiera, a nivel industrial, en Xalapa y en el puerto de Veracruz y, con suerte, hasta en la Ciudad de México. «Y luego ya veremos», terminaba el artículo, «en los asuntos de la aviación no hay más límite que el cielo».

En otra de esas largas tardes de chismes y confidencias que emprendían en la cocina, Artemisa largó otro soliloquio con los pormenores de las visitas nocturnas que le hacía al toro sagrado, como si Wenceslao no los conociera ya y como si esas visitas no fueran, desde hacía días, la comidilla del pueblo. Quizá contarle los pormenores, repasar frente a él de viva voz lo que le estaba sucediendo, era su forma de hacerlo cómplice, de comprometerlo, cosa que no hacía falta porque Wendy la idolatraba, por ella era capaz de cualquier cosa, de lo peor, de irse al calabozo o al cadalso, de sacrificarse en un ritual sanguinario, de prenderse fuego en la orilla celeste del agua como había hecho Quetzalcóatl, según le decía con una frecuencia empalagosa, a cierta altura de su exaltación alcohólica aunque luego, cuando se le evaporaba el guarapo, su amor por ella era menos encendido. Artemisa necesitaba verbalizar esos detalles, descargar ese anhelo que le lastraba el corazón, hablar una y otra vez del toro como si lo estuviera esculpiendo en el centro de la mesa, quería contar lo suyo, su versión de esos hechos que nadie sabía bien qué eran, nadie sabía qué era exactamente lo que pasaba a mitad de la noche en el corral del toro sagrado, pero todos lo atribuían al maligno, a la brujería, como si Artemisa no tuviera su propia voluntad. A la dolosa indiscreción de sus peones se habían sumado los diretes de un arriero, que andaba buscando de madrugada a un burro descarriado y se le había hecho raro ver ahí a la señora Athanasiadis en camisón, acicalando al toro, y al día siguiente había ido a contarlo a la casa de Chelo Acosta, sin mucha alharaca porque tampoco quería

37

un lío con esa mujer que tanto respeto inspiraba, pero el chismorreo era una llama en la hojarasca cuando tenía que ver con ella, era un incendio que alumbraba la morbosa imagen del camisón, los pies descalzos en la tierra, el toro sagrado y la noche oscura que había pintado vívidamente el arriero, apuntalando así el rumor que habían ido afilando los peones, que hasta ese momento se había tomado como pura maledicencia del trabajador díscolo y resentido, pero ya con el relato que ofrecía el arriero pasaba a ser otra la situación. Chelo Acosta trataba de atajar los rumores que corrían por la casa, en el salón y en los cuartos, en las mesas y en la barra se intercambiaban testimonios sin autor, sin fuente y sin origen, testimonios huérfanos, etéreos pero cuajados de una suculenta carnalidad, inventos, bulos, medias verdades que no eran mentiras del todo, testimonios que alguien había dicho que alguno le había contado que uno de los peones de Artemisa andaba diciendo, testimonios con un cariz de falsedad que se habían vuelto ciertos en cuanto el arriero había llegado con sus diretes. Lo de los peones era dudoso, pero ya lo del arriero era demasiado y una vez instalados en la demasía lo siguiente era declarar que era verdad aquello que se decía de la señora, con esa preocupación fue a inquietar Chelo Acosta a su amiga y ella, sin desatender su tendido de tarot, dijo que eran puras mentiras, que había escuchado un alboroto en el establo y había tenido que ir a comprobar que todo estaba en orden, porque sus peones eran incapaces de levantarse a prestar un servicio a esas horas, argumentó, pero a la madrugada siguiente no faltó quien fue a comprobar la información del arriero. ¡Métanse en sus asuntos!, sermoneaba Chelo a la clientela, ¿no tienen otra cosa mejor que hacer?, pero lo cierto es que no había nada mejor que hablar de Artemisa y lo que se decía de ella y del toro sagrado llegó rápidamente hasta La Portuguesa, el caporal me contó que había estado la noche anterior en Orizaba, en el garito de Jobo, oyendo las escandalosas historias que contaba la clientela. No creas en todas las patochadas que se hablan por ahí, Miguel, no me parece bien que se le anden montando infundios a la señora Athanasiadis, lo regañé y después me quedé pensando en los años que llevaba sin hablar con ella, ni siquiera sabía si seguía siendo la misma mujer que tiempo atrás me había traído por la calle de la amargura. Pronto la historia de Artemisa y el toro sagrado se expandió por toda la región y llegó hasta donde nunca tenía que haber llegado, a los oídos del señor Teodorico y, a partir de ese momento, las cosas comenzaron a salirse de control.

Cruzaron la calle principal, rumbo al garito de Jobo, desatando una bulla de gritos y chiflidos por el amaneramiento y los contoneos de Wenceslao, aunque sabían muy bien los dos que era Artemisa la que desamarraba buena parte de esa bulla, una escandalera que no se hubieran atrevido a dedicarle a ella sin el amparo que ofrecía el señuelo, porque esa mujer sin la compañía del maricón lo que desataba era un silencio reverencial. En esas ocasiones, Wenceslao se quitaba su overol de inventor y se enfundaba en sus pantalones blancos muy entallados, en su camiseta roja que le dejaba al aire el ombligo y se movía con un orgullo y un desparpajo que nunca practicaba en Los Abismos por miedo al oscurantismo de sus vecinos, en cambio Orizaba era más grande, menos pacata, estaba expuesta permanentemente al ir y venir de los fuereños, de los buenos y de los malvados, de los soldados prófugos, de los cuatreros, de los narcotraficantes, de los malnacidos en general que paraban ahí a repostar, a refocilarse, a perpetrar una canallada, y un maricón en ese ecosistema de gente dolenta era una rareza de la que todos disfrutaban, porque encima y ante todo el maricón se había convertido en una celebridad. No nos vamos a quedar aquí hasta las tantas, le advirtió Artemisa en cuanto se sentaron en los guacales que servían de silla, ante una mesa que era un cajón carcomido que alguna vez, por el haz amarillento que manchaba la madera, habría transportado mangos. Wenceslao pidió guarapo a Jobo, el dueño del garito, que lo saludó efusivamente llevado por el jaleo que desencadenaba su presencia, pues era el único famoso que se instalaba a beber en esos foscores. La página del periódico que daba cuenta de su proeza aérea estaba colgada en la pared, entre una imagen de la virgen china de Calcahualco, la deidad predilecta de la región, y un póster autografiado del Willy Gómez, el jugador de las Chivas de Guadalajara, que había pasado por ahí ya de viejo, como lo ilustraba una polaroid añadida al póster donde aparecían Jobo, el futbolista y un grupo de jaraneros risueños. ¿Y qué hacía el Willy Gómez en Orizaba?, había preguntado un día Wenceslao a Jobo, celoso porque el póster de ese jugador que ni era de por ahí tenía la misma jerarquía que él, que era la gloria local indiscutible. La pregunta, que en realidad era una reclamación, fue abordada por Jobo con toda seriedad, le explicó que el Willy Gómez había parado ahí en su camino hacia Miahuatlán, donde iba a incorporarse como mediocampista de las Grullas Tumefactas, a los sesenta años ya cumplidos, que eran los que aparentaba en la polaroid de la pared. Wenceslao sirvió el guarapo en las dos tazas de peltre que les había puesto Jobo muy solícito, encandilado con la presencia de Artemisa, que cuando aparecía provocaba en la parroquia una tanda de suspiros soterrados. Aquí la reina bebe el guarapo común, había advertido Wenceslao para atajar el amago de ir por el whisky, o el champán, que había hecho Jobo al verla entrar.

Jobo era originalmente Jobito, así lo bautizaron. Jobito, dijo el cura mientras vertía agua con una jícara en la frente del recién nacido, yo te bautizo *in il nómini dil patris, dil filis, y dil ispíriti santi*, dijo en su latín averacruzanado por los años de ministerio en la selva. El nombre funcionó a la perfección cuando era niño y jugaba con sus pares, que eran Carlitos, Jorgecito, Constantinito, Josejaviercito, pero cuando empezó a ayudar a Circonio, su padre, a regentear el garito, el nombre de Jobito se convirtió en su cruz, carecía de autoridad a la hora de imponerse a la clientela y se prestaba para todo tipo de chanzas y feroces chascarrillos. El padre integró muy pronto al hijo en la nómina del garito de Circonio, así se llamaba oficialmente el negocio, y aquella integración precoz obedecía a que Circonio ya no daba abasto entre su trabajo de regentear el local y su desmedida afición a beberse lo que su local vendía a los parroquianos, así que un día su mujer, Amapola Xóchitl, impuso a Jobito, el hijo de los dos, como subgerente para que poco a poco fuera haciéndose cargo de esas responsabilidades que Circonio atendía con una festiva y a veces desmadejada irresponsabilidad, sin importarle que el pobre Jobito, aunque era por fortuna un niño muy espigado, tuviera apenas nueve años de edad. Sobre todo no bebas, le decía Amapola Xóchitl a Jobito, con cara de estar viendo a Belcebú. Sobre todo no intimes con la clientela, le advertía. Sobre todo vigila que tu papá no beba mucho y si lo hace que cuando menos no termine arrastrándose por el suelo, entre las botas y los huaraches y poniéndose boca arriba como perro para que alguien, otro borracho como él, le rasque la pancita. Sobre todo vigila eso, Jobito, que tu padre no arrastre su dignidad que redunda en la nuestra, le señalaba Amapola Xóchitl, y además vigila las cuentas, los ingresos y los egresos, los haberes y el flujo entrante y saliente de la bebida, y pon un platito de cacahuates en cada mesa y unas hojas de periódico, recortadas en cuadritos, enganchadas en el alambre del baño para que tengan con qué asearse los caballeros, Jobito, porque a ese garito, fuera de mí y de las esporádicas visitas de la señora Artemisa, nunca ha entrado una mujer, lo más parecido a nosotras es Wenceslao, el genial inventor homosexual orgullo de nuestro pueblo, concluyó Amapola Xóchitl descompuesta por una llorera histérica. Jobito cumplió rigurosamente con el bosquejo laboral que le expuso su madre y pronto, siendo todavía un niño, aunque muy espigado como digo, empezó a controlar todas las aristas del negocio y Circonio, su padre, fue emigrando al universo que se abría del otro lado del mostrador, llegaba a abrir muy temprano con Jobito, medio barría, medio sacudía, medio ponía cacahuates en el platito hasta que llegaba el primer cliente, normalmente uno de los macheteros de Cueltzaltenango que trabajaban de noche y a esas horas ya necesitaban su alipús, y en ese momento, en cuanto el machetero ponía los huaraches en el garito, Circonio, sintiéndose ya autorizado porque el negocio empezaba a funcionar, se servía el primer vaso de guarapo. Cuando Jobito cumplió dieciocho años, Circonio, pastoreado por Amapola Xóchitl, le cedió ante el notario público la propiedad del garito, se liberó del lastre, puramente psicológico, que le impedía conducirse como un cliente más y Jobito aprovechó la solemnidad del acto para prometer a su madre que regentearía el negocio con una sobriedad ejemplar y decir que, ya que estaban frente al notario, deseaba cambiarse el nombre, que por infantil era incompatible con su nueva encomienda, y de paso el nombre del lugar, que era ya desde ese momento de su propiedad, porque tenía una molesta consonancia, un perturbador retintín cada vez que la parroquia hablaba del garito de Jobito, así que para evitar tanto diminutivo en ese negocio que estaba orientado hacia el hombre adulto quisiera, dijo con toda solemnidad el flamante propietario, cambiarme el nombre de Jobito a Jobo, y así quitarme el sambenito del garito de Jobito, cambiándolo notarialmente por El Garo de Jobo. Y así se hizo, se cambió el nombre en la fachada y en los registros de la Hacienda estatal y, con el tiempo, la gente, aunque siguió diciendo garito en vez de garo, se acostumbró a llamarlo Jobo en lugar de Jobito, como naturalmente, y sin necesidad de la intervención del notario público, le había pasado a Josejaviercito, que a cierta edad había pasado a llamarse José Javier, y a Constantinito, que en cuanto le salió el primer conato de bigote se transfiguró en Constantino de Asís San José, como si el peso del diminutivo durante su infancia hubiera impedido que su nombre completo saliera a flote.

Todavía ni habían dicho salud Artemisa y Wenceslao, ni siquiera había ventilado él con suficiencia el perifollo cuando se les acercó un hombre ancho, de huaraches y sombrero y machete al cinto que, después de presentar sus respetos a la señora Athanasiadis, le dijo a Wenceslao, muy cerca de la oreja, que se fuera con él a las bodegas del mercado. Te doy cincuenta pesos, cien como mucho y ahí vamos viendo cómo nos acomodamos, tráete tu taza, ándale, le dijo. El hombre estaba muy borracho y Wenceslao hacía por quitárselo de encima, hoy no puedo, que no ves que vengo con la señora, decía sonriéndole a Artemisa, muy contento porque el acoso de ese borrachín era la evidencia de su éxito, de su pegue, y qué mejor que que su amiga constatara ese filón de su existencia que en Los Abismos no tenía manera de aflorar. Ve con él si quieres, le dijo Artemisa disfrutando la manera en que su amigo se hacía el remolón, segura de que no iba a irse con ese ni con otro, segura de la devoción que le tenía y, al cabo de un rato, tal cual, Wenceslao terminó echando a su pretendiente porque prefería estar con ella, la bella Artemisa, que daba pequeños y elegantes traguitos a su taza, compensados con las ambiciosas caladas que iba dándole a un purito mientras él, dejándose arrastrar por el disparatado ambiente, bebía desde el desenfreno y el desbocamiento. No te vayas a poner tan pedo que ni de chiste te voy a cargar de aquí a la camioneta, le advirtió Artemisa, ¿qué dirían tus admiradores?, remató malévola, porque bien sabía que los hombres le hacían bulla no solo por la página de periódico que causaba tanta admiración, también porque pretendían meterle mano o se lo querían coger o que se los cogiera, según le había contado el mismo Wenceslao, que no escatimaba ni una de sus aventuras a la hora de sincerarse en la cocina. Artemisa escuchaba con morbo y fascinación todo lo que él contaba porque era su forma de vivir otra vida distinta que la sacaba de ese marasmo en el que llevaba años metida, aunque últimamente, desde la llegada del toro sagrado, el marasmo se había desvanecido y era ella la que se sinceraba en la cocina. Una y ya, anunció Wenceslao mientras se servía la tercera o séptima taza, riéndose solo y sin otro fundamento que el gasajo de beber frente a su propia imagen publicada en el periódico, y de hacerlo con esa mujer que multiplicaba su prestigio. El hombre que se lo quería llevar a las bodegas del mercado estaba de pie, un poco tambaleante y con su taza en la mano, mirando fijamente a la virgen china de Calcahualco, le pedía buena fortuna, o perdón u orientación o clemencia, a esa virgen amarilla y de ojos rasgados cuyo origen era un misterio, no se sabía si en efecto era una virgen china, o si la madera de la que estaba hecha se había ido poniendo amarillenta, pero ¿y los ojos rasgados?, ¿y por qué era de Calcahualco si en aquel paraje no había habido nunca ni un solo chino? ¡Vámonos!, ordenó Artemisa en cuanto vio que su amigo empezaba a ponerse muy flameado, pero Wendy reviró, mejor me quedo, tú adelántate, voy al ratito le dijo en lo que le besaba una mano. Ya sabía que iba a tener que regresarme sola a Los Abismos, pinche Wendy, siempre me haces lo mismo, le dijo Artemisa enfadada y luego se fue. Wenceslao se quedó hundido en la miseria, en una miseria decuplicada por los efluvios del guarapo, en una miseria muy explícita que enseguida detectaron los contertulios. No exageres, le dijo uno, no mames, le dijo otro y luego se fueron levantando a brindar con él, a servirse más y a chocar sus tazas, a vacilarlo para que se animara y se le quitara lo tristón, a palmotearlo, a sobarlo y a friccionarlo y en eso, quién sabía ni cómo, ya lo habían tirado al suelo y gritaban ¡bolita al maricón!, mientras le caían encima, unos arriba de otros y Wenceslao gritaba ¡me están aplastando!, ¡les voy a partir su puta madre cabrones!, pero esto ya lo dijo francamente divertido y medio ahogado por las carcajadas. Más tarde Wenceslao abrió los ojos, estaba recostado en la banqueta, un rayo de sol le recalentaba la mitad de la cara, sudaba copiosamente y tenía la boca seca y dura, tanto que parecía una pieza ajena a su cuerpo que algún malora le hubiera incrustado ahí, y cuando tentaleó la zona para

45

constatar que esa duricia era su boca descubrió, con un desasosiego que le puso a hervir la sangre, que le habían embutido media suela de huarache que escupió con rabia, ¡que jijos de la chingada!, se quejó sin saber muy bien de quién, ni de qué, responsabilizando a todo el colectivo del garito, solo recordaba el momento en el que se le habían echado encima, hasta ahí llegaba su memoria y como esos apagones eran parte de la rutina cada vez que iba a Orizaba a disiparse, dio por sentado que habría hecho cosas horribles, o que se las habrían hecho a él a juzgar por sus elegantes pantalones blancos que traía puestos del revés, con los bolsillos de atrás por delante y la cremallera por detrás. ¿Cómo es que me pasó esto?, se preguntó en lo que trataba de recomponerse, pero en ese momento de cruda terminal, con la batahola que le fustigaba la cabeza en una serie de ecos que le bajaban hasta las plantas de los pies, y la vista parcialmente diezmada, consideró que la urgencia que se imponía a todas las demás era la de beberse un par de vasos de guarapo que lo animaran y le permitieran regresar con entereza a Los Abismos. Entró al garito y pidió la bebida que, aclaró a continuación, se pensaba beber al hilo para recuperarse. ¿Para recuperarte?, se mofó Jobo, si todavía sigues bien pedo, Wenceslao, ¿si no qué haces con la nalga al aire?, le preguntó muy guasón el cantinero que por no beber alcohol estaba al tanto de todo lo que pasaba en sus dominios. ¡No puedo creer que sigan aquí, huevones, ya váyanse a trabajar!, dijo Wenceslao con una dignidad que ponía en entredicho su pantalón con la cremallera por detrás. Estamos aquí desde el miércoles, dijo uno de los parroquianos y su comentario fue recibido con un aluvión de risotadas que a Wenceslao le provocó una punzada en la cabeza pues empezó a recordar trozos, fragmentos, pedacería altamente bochornosa de cosas que había hecho y que le habían hecho, y cuando le estaba cayendo esa tormenta de imágenes encima, de risas, de llantos, de manos y dedos, de lenguas y hasta de un pie entrando y saliendo de su cuerpo, miró cómo Jobo le decía, sonriendo con sobrada malicia y gastando un tonito cantarín, ¡sorpresa!, ya es viernes. Wenceslao no se explicaba cómo era que esos días habían pasado con tanta fugacidad, como le pasaba cada vez que la parranda le alteraba el calendario, se bebió los dos vasos de guarapo que había pedido y luego miró a Jobo con los ojos encendidos por la combustión interior, en el momento en que este le decía lo que ya estaba temiendo escuchar, ayer llamó Artemisa para preguntar si seguías aquí.

Artemisa decía que el toro sagrado había surgido de la laguna, que fue emergiendo poco a poco del agua, primero el hervor, luego las astas y la enorme cabeza y de ahí fue apareciendo el animal completo, la deslumbrante criatura que siguió andando hasta que se detuvo frente a ella. Esa era la historia que contaba, no había testigos, nadie más que ella había estado en ese momento en la orilla de la laguna, pero el no haber visto nunca ha impedido que la gente diga lo que sabe porque otro, que tampoco vio, se lo dijo, o mejor, se lo hizo ver. Eso era lo que Artemisa contaba pero bien podía ser que se hubiera encontrado al toro perdido en la sierra, desperdigado, caminando sin rumbo lejos de los ranchos y de los pueblos, o asustado en medio de la selva, despistado e incapaz de encontrar un sendero, una vereda o siquiera un claro que le permitiera orientarse para no tener que ir abriéndose paso en la manigua, destruyendo la breña, las ramas y las flores, dejando en la vegetación un surco, más bien un túnel con la forma y la dimensión de su cuerpo. Así podría haberlo encontrado Artemisa, con las patas enredadas en un lío de raíces y de tallos, mugiendo con el hocico emborronado por una nube de chaquistes, dando cabezadas, tratando desesperadamente de desenredarse. O bien podría haber habido un intermediario, que Artemisa no se hubiera encontrado al toro sino que alguien lo había puesto en su camino, que fuera, como se conjeturaba en Los Abismos, el mismo Luzbel quien, a cambio de algo, ¿de su alma?, le llegó a ofrecer el animal, Luzbel disfrazado de mercader, de vaquero, de empresario de la leche, o quizá era Zeus reencarnado en el toro blanco, que se había acercado a ella mansamente, como ya lo había hecho con otra mujer, para llevársela engañada, seducida digamos en un afán menos delictuoso, de regreso a su reino, que estaba en el fondo de la laguna, en una estepa lodosa poblada de entelequias abisales que se conectaba con todos los fondos lacustres y marinos. O quizá el toro sagrado venía de mucho más allá, de todos esos fondos que desembocaban en la laguna y esto explicaba su aspecto único y sus dimensiones y su tremendo blancor. O quizá había llegado desde otro tiempo en un galeón y había estado cinco siglos vagando por la sierra y por la selva esperando a que, de un siglo al otro, apareciera su dueña, la mujer a la que estaba destinado, el toro habría llegado con la manada originaria que iba a poblar las tierras de ultramar y pronto había desertado, se había ido por su cuenta porque sabía que su destino estaba ligado al de esa mujer que tardaría siglos en nacer y, mientras tanto, habría recorrido el territorio de arriba abajo, habría pasado cíclicamente y como un fantasma por los pueblos, las aldeas, los villorrios, las plantaciones y los ranchos y las rancherías y los ranchitos. Se me apareció el toro sagrado, dirían en los pueblos y en los ranchitos, ese toro es un muerto vivo, pasa por aquí pero no está, si le haces un tajo con el machete no sale sangre sino luz de luna, habrían dicho los niños y sus mayores habrían advertido, no te acerques por si acaso, huye si lo ves venir y azúzalo si ves que quiere meterse al pueblo, que siga para siempre perdido en el laberinto de la selva.

Artemisa tenía un lugar privilegiado entre la gente de las aldeas que están en la parte alta de la sierra. Pertenecía, no encuentro otra manera de decirlo, a la aristocracia espiritual, quizá porque era distinta, porque no se parecía a ninguna otra persona, o quizá porque se sabía que venía de una dinastía del oriente. Aquella era una creencia que yo al principio, cuando me la contó una de las criadas de la casa, consideré desorbitada y ridícula, pero poco a poco fui viendo cómo esa historia, esa invención de la gente de allá arriba, terminó modelando una parte importante de su personalidad, aunque ella misma se reía también de esa creencia y sin embargo, quizá porque uno es lo que es pero también lo que los demás ven en uno, muchas veces se conducía como esa deidad que aquellos veían en ella, de otra forma, me parece, sin el respaldo de la credulidad de aquella gente, sin esa aura sería mejor decir, su vida habría sido distinta.

María, la madre de Artemisa, era una griega rubia y jipi que nunca se había encontrado a gusto en su papel de señora de la hacienda de su marido, una posición verdaderamente incómoda, casi inverosímil para una mujer con su energía y sus inquietudes, pero no tan rara si se toma en cuenta que el griego regresó a su pueblo, años después de haber escapado del régimen del general Metaxas, convertido en un hombre rico, se había vuelto una especie de héroe que buscaba esposa para llevársela a su hacienda en México y no parece difícil que María, que probablemente sería la mujer más bella que había en el pueblo, se apuntara a esa aventura que parecía apasionante. Al poco tiempo de vivir en la hacienda ya se había enamorado del mundo indígena, de la vegetación y de las criaturas de la selva y de esa otra realidad social y espiritual que le enseñaba Rosamunda, la criada que la familiarizó con los habitantes originales de esas tierras, con las fuerzas mágicas, con las artesanas, las curanderas y los brujos, con los labriegos, los cazadores y los vocingleros, con esa nación atávica que apasionaba a María y que le sirvió para montar un proyecto, en el que trabajó varios años antes de que naciera Artemisa, que partía de una colección de fotografías que había ido tomando en sus incursiones por las aldeas de la sierra y de sus propias notas que apuntalaba con sus lecturas de Mircea Eliade y de Miguel León Portilla. Además grababa testimonios, leyendas y cuentos populares y coleccionaba objetos, vasijas, máscaras, utensilios, afeites y prendas de vestir, vivía rodeada por ese universo que se había empeñado en construir y que la ayudaba a sobrellevar su matrimonio, que ya para entonces era una desgracia, se encerraba durante horas a trabajar en su estudio en eso que sería un libro, un ensayo o una memoria de su tiempo en México que nunca terminó, seguramente porque el nacimiento de Artemisa alteró sus coordenadas personales, o quizá fue solo la desidia o el hartazgo de vivir esos años con ese marido en un país extranjero, lejos de su familia y de su tierra, lo que acabó con aquel proyecto que la mantenía ilusionada.

La relación con el griego ya estaba rota cuando María se quedó embarazada y, para alejarse de la creciente violencia que su estado despertaba en el marido, subió un día con Rosamunda a su pueblo, una aldea de nombre Santocristo Quetzalcóatl que era parte de ese archipiélago de pequeñas comunidades que estaban muy arriba en la falda del volcán. María se sintió enseguida parte de esa gente que la adoptó con verdadera devoción y, sin hacer caso de los enviados del griego que la conminaban a regresar inmediatamente a la hacienda, se quedó ahí hasta que dio a luz a una criatura de pelo rubio en la que todos vieron a Xilonen, la diosa del maíz cuyo nombre viene de xilotl, pelos de elote, la del pelo del color de las mazorcas. Santocristo Quetzalcóatl era una comunidad evangelista y mexicanista, fundada por un pastor a principios del siglo XX, que había nacido como uno de los bastiones del protestantismo en Veracruz, un enclave sincrético en el que el culto que enseñaba el fundador estaba determinado por las creencias ancestrales de los aldeanos. En 1948 había muerto el pastor, o se había ido a otro sitio, nadie sabe decirlo con certeza, pero el caso es que la comunidad se quedó huérfana y con un poso religioso que, años más tarde, Artemisa llegaría a poner en movimiento, de manera involuntaria, pero también es verdad que desde entonces ese mismo movimiento que proveía comenzó a moverla a ella, a dinamizarla, y a protegerla porque con cierta frecuencia, a lo largo de los años, Artemisa desaparecía, se iba nadie sabía a dónde pero yo, que había compartido con ella un tramo de su vida, sabía que se iba a refugiar, a llenarse de luz y de energía, a Jesucristo Quetzalcóatl. La niña desarrolló un poderoso vínculo con la aldea y con su gente, con ese universo primitivo que, sin que ella lo supiera, iba a ser su salvación cuando pasó lo que pasó con el toro sagrado, aquel episodio sanguinario que regresó al pueblo de Los Abismos a la noche de los tiempos. Antes de que Artemisa cumpliera seis meses, María regresó a Grecia, a pasar una temporada que terminó siendo una estancia permanente, no volvió a México y dejó a su hija al cuidado de Rosamunda. No la dejes nunca, le pidió, que no pierda esa cosa que tiene con la aldea.

Harta de que la gente husmeara todo el tiempo en el corral del toro sagrado, Artemisa mandó poner una enorme lona negra que caía desde las tejas del establo hasta el suelo y no dejaba ningún resquicio para los curiosos. El mozo que vivía atemorizado por el animal protestó en cuanto la patrona expuso su idea, que bien entendida era una orden terminante, argumentó que mirar hacia afuera le servía al toro de distracción y que esa lona, por la claustrofobia que iba a provocarle, recrudecería su violencia. ¿Qué babosada es esa de la violencia?, preguntó Artemisa, los únicos momentos violentos que tiene el toro te los dedica a ti, por algo será, ¿no? El mozo estaba mosqueado, igual que el resto de los trabajadores, por lo que se andaba diciendo de la señora en Los Abismos, como si no hubieran sido ellos mismos los que habían echado a andar el rumor. A partir de su relación maligna con el toro comenzaron a ensañarse con su inexplicable soledad, con su viudez, con su insalubre apego al joto del pueblo, empezaron a meterse con su mesa tarot, con las ropas que vestía, con la manera salvaje que tenía de montar a su caballo y hasta con la forma en que manejaba su camioneta. Se hablaba por hablar y, en gran medida, se hacía por el prestigio que daba la cercanía con ella, el saberle cosas a esa mujer implicaba la pertenencia a su círculo íntimo. El mozo sostenía, por otra parte, que lo único que iba a conseguir esa lona, además de poner nervioso al toro, sería acrecentar el morbo de los abismeños, como efectivamente sucedió, aunque el verdadero fruto de aquel cerramiento fue la evolución, la revolución de las visitas que hacía Artemisa al establo. Si la mirada de los demás no hubiera sido erradicada, la cosa, probablemente, habría sido distinta.

Artemisa despertó antes del amanecer, luego de una noche llena de sueños inquietantes en los que aparecía ella con el toro, en una serie de escenas muy vívidas que la hicieron dudar si de verdad se trataba de un sueño. Prendió la luz para mirar si tenía barro en los pies, o el camisón manchado y no encontró nada, no había estado en el corral y sin embargo, pensó, ya ni en sus sueños podía salir de ahí, ya era parte de los dominios del toro sagrado, de ese reino desconocido que la succionaba sin que ella pudiera resistirse. Despertó a Rosamunda de un grito para que hiciera el café, se puso su vestido verde y su sombrero de pelo de conejo, se acicaló como si fuera a una fiesta y, en cuanto comenzó a amanecer, montó su caballo y se fue a la casa de Chelo Acosta. A esas horas ya no había el trasiego de los hombres hostigando a las muchachas, ni el de las muchachas poniéndoles a los hombres el hasta aquí, lo que había era una calma y un silencio muy propicios para leerse las cartas. El sol no tenía todavía altura suficiente para meterse por las ventanas y dentro seguía instalada la penumbra, encendió el candelabro para no molestar a Josefina Miroslava, que se había quedado traspuesta en un sillón, y se sentó en su trono, frente a su mesa, desenvolvió la baraja que protegía con un pañuelo rojo y comenzó a revolverla pensando en lo que quería saber exactamente. Cortó tres veces el mazo, había un aire grueso que olía a rancio, a humo de tabaco, a alcohol transpirado y al perfume de las muchachas, a sebo, a sudor, a semen, a carne agria y abierta en canal, a piel marchita y a fruta podrida, a la vida sórdida que se había estancado ahí, en una suerte de lento remolino que iba enredándose, como un listón negro y afelpado, en el corazón. Artemisa trataba de formular la pregunta exacta, se paseaba por la casa en penumbras con las cartas en la mano, rozando las vitrinas, las mesas y las sillas con el vuelo de su vestido verde, abrió la ventana, se sirvió un vaso de whisky y con la iluminación del primer trago decidió que lo mejor era jugarse la respuesta en una sola carta. Regresó a la mesa y sacó una al azar, una sola entre las setenta y ocho que podría haber sido cualquier otra, pero fue a sacar la única que llevaba un mensaje inequívoco, el arcano XXI, El Mundo, la carta que tiene en el centro una mujer desnuda y en la esquina inferior izquierda un toro. Artemisa estaba buscando al toro sagrado y lo encontró, la carta también tiene un águila, un león y un ángel y la mujer lleva una banda de dos colores y objetos en las manos, un conjunto de elementos, que entonces consideró irrelevantes, que no afectaban lo que vio de manera incontestable, lo que quiso ver, sería mejor decir, a ella y al toro.

Se quedó un rato con la carta en la mano recibiendo en la cara el primer rayo de sol que entraba por la ventana. ¿Qué haces aquí tan temprano?, preguntó Chelo, que apareció detrás del mostrador, buscando el frasco de Nescafé, enredada en un vistoso albornoz colorado y con el pelo recogido en un chongo. Nada, mintió Artemisa, no podía dormir y me he venido a sentar a mi trono, dijo sonriéndole a su amiga. No te creo, respondió Chelo, que la conocía mejor que nadie.

Puso el dornajo para sentarse en la orilla mientras cepillaba al toro, pero enseguida aquello le pareció poca cosa, esa noche deseaba algo más y aprovechando la privacidad que procuraba la lona colocó la escalera y, en lugar de acariciarlo como había hecho hasta entonces, se montó en él, con mucho cuidado porque no sabía de qué forma iba a reaccionar, temía que respingara, no había de donde sujetarse y no quería salir volando, hacerse daño y tener que pedir ayuda a sus peones a esas horas. Más que el daño que pudiera hacerse le preocupaba el ridículo, eso que irían a contar, las conclusiones que sacarían al encontrarla maltrecha en el suelo y con la escalera puesta al lado del animal. Si me tira me arrastro hasta la casa aunque me haya roto los huesos, pensó Artemisa en lo que se acomodaba a horcajadas encima del toro sagrado. El animal no se alteró, no parecía importarle que se le subiera encima, quizá porque era ella y no el mozo, al que, seguramente, habría lanzado al aire de una sacudida para después clavarlo con un pitón contra los tochos del corral. Con ella era distinto y desde el primer momento Artemisa percibió, con una nitidez inequívoca, la corriente que ya había advertido, el tórrido influjo que rezumaba cada vez que se ponía a acicalarlo diciéndole cosas que no le había dicho nunca a nadie, ni a los amantes que había tenido ni al pobre Jesuso, su difunto esposo. Poco a poco se fue recostando sobre el lomo del toro, se repegó tratando de abarcar lo más que se pudiera, los brazos extendidos en los costados, las manos muy abiertas en el afán de ceñir completo el ardor y hacerlo crecer, dejar que la inundara mientras iba aspirando la emanación acre que le salía de la pelambre, el espíritu que manaba de ese cuerpo caliente que se le metía debajo de la piel, lo sentía hervir en el pecho y en el sexo, en el abdomen y en el sexo y en los muslos y luego todo concentrado en el sexo y, a partir de ese momento, el cuerpo completo de Artemisa se integró con el pulso del otro cuerpo y con su aura tormentosa de calor. De pronto tuvo la certeza de que el toro estaba bajo su dominio pero enseguida se sintió dominada por él y un instante después supo que a los dos los sometía una energía superior, iban enganchados en la misma órbita, viajaban alrededor de un astro en el que ardía el fuego primigenio, pero ella era su dueña, la única que lo había visto surgir como un dios del agua del tiempo, y, embelesada por esa idea, envalentonada, se arremangó el camisón y comenzó a tallarse contra el lomo de su toro, cada vez con más urgencia, hasta que empezó a invadirla ese arrebato que creía olvidado.

El toro sagrado terminó convirtiéndose en el monotema de las tardes de whiskys y música guapachosa en la cocina. Lo malo era que hablar del toro, del rey, como lo llamaba Wenceslao con desprecio y a la vez con mucho tino, ponía a Artemisa de un humor ambiguo que terminaba invariablemente en el ensimismamiento, o en el enfado cuando él le hacía ver que el asunto iba adquiriendo una pinta siniestra, o cuando le sugería que aquello iba a terminar mal, pudiera ser que hasta en un desastre, decía Wenceslao con mucho tacto, pero con los ojos desorbitándosele y un fastidioso tono paternalista. ¿Qué desastre?, lo desafiaba Artemisa al borde del cabreo y a partir de ahí la tarde comenzaba a torcerse. Por más que Wenceslao maniobraba para distraerla con otros temas, algunos suculentos como sus últimas puterías en el garito, la tarde ya no tenía remedio, el whisky se hacía turbio con la bilis y las canciones iban perdiendo su línea de flotación, casi podía verlas yéndose a pique una detrás de otra, despojadas de su brillo como peces muertos.

Al final el toro sagrado acabó robándole a Wenceslao sus tardes felices con Artemisa, decidió que no volvería durante un tiempo, que huiría de las confidencias de su amiga, veladas pero no suficientemente, sobre lo mucho que la hacía gozar su toro. Se sentía desconcertado, preocupado y también celoso y aprovechó la situación para encerrarse a trabajar en su taller, en un viejo proyecto que llevaba años desplazado por la guarapeta y las parrandas. Su voluntad de aislarse también incluyó la casa de Chelo Acosta, lo cual provocó la extrañeza de las muchachas, que lo querían y lo consecuentaban como si fuera el hermanito, y no entendían esa decisión tan radical que él defendía argumentando que trabajaba en un proyecto que requería de toda su concentración.

Unos días después, como iba a suceder tarde o temprano, Wenceslao escuchó venir de lejos los cascos del imponente caballo negro rematados por el poderoso bufido del animal que ya estaba en la puerta de su taller. Artemisa descabalgó mascullando algo, iba medio borracha, llevaba el vestido azul eléctrico con el que a veces se engalanaba para leer las cartas en la casa de Chelo Acosta, porque había otras ocasiones en las que aparecía ante la clientela con la ropa de las faenas del rancho, con camisa de franela, pantalones de cowboy y las botas con plastas de lodo secas de la brega del día anterior, pero al final el resultado era el mismo, Artemisa más que vestirse encuadraba su belleza. ¿Te crees que las mujeres tenemos que ir siempre muy peripuestas para deleitarlos a ustedes?, le soltó una vez a un cliente que algo comentó, de lejos y discretamente según él, sobre el lodo que llevaba la señora en las botas. Para usted es muy fácil vestirse de cualquier forma con esa clase que tiene, le decían las muchachas, porque a nosotras esa vestimenta de ranchero nos convertiría en rancheras mientras que a usted, señora Athanasiadis, esa camisa mierdosa se le ve como una Armani de las de verdad. No importaba nada que Artemisa llevara un manchón de tierra en el antebrazo o las botas repletas de estiércol, como tampoco importaba que dejara plantados a sus clientes, o que se enfadara y gritoneara o que se pusiera grosera o altanera, a la señora Athanasiadis el pueblo de Los Abismos le perdonaba absolutamente todo. Nunca se sabía cuándo iba a aparecer, había veces que se presentaba los siete días de la semana y otras que llegaba cada tercer día a ocupar su trono y cada vez que no aparecía las personas que la esperaban, lejos de enfadarse o de incomodarse o de lamentar el tiempo que habían perdido en la espera, se iban con el acicate de que, si querían estar con ella esos cinco minutos gloriosos, al día siguiente tendrían que volver, dócilmente y sin rechistar. Todo se lo perdonaban, llegar tarde o no llegar, o hacer lecturas de la baraja hirientes, vengativas o poco escrupulosas, o echar a alguien de la mesa o levantarse airada y diciendo con su voz gruesa y sin embargo profundamente femenina, ¡ahí se quedan, pazguatos!, y si es por el dinero, se lo piden a Chelo Acosta, que les va a devolver hasta el último centavo. Y era verdad, el dinero se devolvía, era cosa de Chelo porque Artemisa no cobraba, echaba el tarot por puro gusto, por beberse esos tragos a lo largo de la mañana con la licencia de que eran parte de su instrumental de trabajo, se sentaba en esa mesa porque le encantaba la admiración que despertaba, la devoción con la que la esperaban, a veces durante varios días, y el único rigor que se observaba en sus lecturas era no el de la hora, desde luego, sino el de la franja horaria, solo atendía antes del mediodía, siempre a deshoras porque el grueso de la clientela se inhibía con su presencia. Ningún hombre de Los Abismos y sus alrededores quería que la señora lo viera en el brete de la debilidad por la carne de las muchachas, en el estado primitivo de la calentura y las ganas inaplazables de coger. A ningún cliente le preocupaba que lo viera el alcalde, el cura, su propia hija, su misma madre o su mujer, pero que lo viera Artemisa era otra cosa y ahí en las mismas mesitas en las que a otras horas aguardaban a que se desocupara la muchacha con la que querían refocilarse, la esperaban pacientemente, veían embelesados cómo iba leyendo las cartas y cómo se iba bebiendo sus vasitos de whisky y diciendo cosas toscas o ligeras, a veces coloridas o plomizas parrafadas, densas frases que se abrían camino entre las cartas, el vaso y el purito humeante.

Los días en los que Artemisa leía la baraja en la casa de Chelo Acosta, las muchachas aseguraban que los clientes desfogaban con ellas en la noche las ganas con las que los había dejado la señora en la mañana. Cogen distinto, decía

Josefina Miroslava, están ahí duro y dale encima de una pero se nota que están pensando en ella.

Aquella ocasión en la que Artemisa llegó al taller de Wenceslao, con su vestido largo azul eléctrico y bajó del caballo de un brinco de navajo o de piel roja, acababa de solventar una de esas tumultuosas mañanas de tarot, llevaba algunos whiskys bebidos y arrastraba un rifirrafe con el ingeniero Fournier que escupió nada más llegar, ante la indiferencia y la frialdad de Wenceslao, que no estaba dispuesto a que su amiga, como ya veía venir, trasladara a su taller los abrumadores monólogos sobre el toro sagrado. El ingeniero había tenido la desfachatez de preguntarle al tarot la fecha exacta en la que iba a casarse con ella, soltó Artemisa para calar el humor de su amigo, ¡hazme el chingado favor!, ¡no sé qué tiene ese hombre en la cabeza!, vociferó y soltó una risa muy efusiva como para invitar a reírse a Wenceslao. Pero él no quería empezar a las risas para después ir cayendo alegremente y poco a poco en el farragoso monotema. Si vienes a hablarme del toro sagrado prefiero que te vayas, le dijo de mal modo y ella se quedó desconcertada, pero enseguida se recompuso, ¿y con quién quieres que hable de eso?, somos amigos, ¿no? Precisamente por eso no quiero hablar del toro, puntualizó Wenceslao, no me parece bien lo que estás haciendo, ¿te acuerdas cómo nos mofábamos de Amapola Xóchitl cuando supimos que se ayunta con los changos que se le meten al jardín?, ¿o lo que se decía de lo que hacían con las vacas los hijos de Filisberto?, pues eso, ahora la gente dice lo mismo de ti, no estoy siendo moralista, simplemente no me gusta que hagas el ridículo, reina, le dijo Wenceslao con una impostada solemnidad. Artemisa estalló, ¿moralista?, ¿que yo estoy haciendo el ridículo?, parece mentira que me digas eso, ¿te gustaría que te recuerde tus grandes momentos en el garito de Jobo?, porque antes de enumerar ciertas andanzas tuyas tendría que persignarme, ¡qué bárbaro eres, Wendy!, aquello que te pusiste a hacer con los chinos de Boca del Río, ¡qué cosa!, ¡qué manera de ofender al universo!, ¡madre mía!, tronó Artemisa con una ironía furibunda y luego se fue, le dijo que no quería volverlo a ver, como le decía siempre que se enfadaba, que ni se le ocurriera aparecerse por su casa, y salió del taller arremangándose el vestido para que no se le enganchara con las ramas nervudas del sayolistle que custodiaba la entrada, brincó al caballo y se fue a todo galope monte arriba.

Yo conocía a Wenceslao perfectamente. Además de lo que se decía de sus inventos, y de aquella página de periódico que inmortalizó su hazaña y que todos vimos, me había encontrado con él en varias ocasiones. Meses antes de su vuelo heroico había venido a la plantación a venderme un dispensador mecánico del que me habían contado maravillas, un artilugio de metal que se montaba en la grupa de un caballo y desde ahí lanzaba, a distancia y con gran precisión, ráfagas de semillas que, en menos de media jornada, dejaban sembrada una hectárea de terreno. Acabé comprando el dispensador que al final nunca utilizamos porque el caporal sostenía que semejante automatización era un atentado contra el empleo de los jornaleros temporales, la parte más delicada de nuestro ecosistema laboral, pues se trataba de una cuadrilla de popolocas, la etnia más violenta de la región que, por los ritmos propios del campo, solo trabajaban en La Portuguesa dos veces al año, durante breves periodos de tiempo. Esa circunstancia anulaba cualquier apego y casi que cualquier simpatía, era gente agreste sin ningún arraigo, ni laboral, ni social, eran trabajadores eventuales fuera del sistema que ya nos habían montado más de un lío, una vez porque nos habíamos retrasado con la raya y otra porque nos exigían una compensación, que nos pareció fuera de lugar, con el fundamento de que habían tenido que sembrar en plena canícula, como si el resto de los trabajadores no hubiera hecho exactamente lo mismo. Mi intención no era sustituir a los popolocas por la máquina, conocía de primera mano su vengatividad, por menos que eso eran capaces de quemarme la plantación, mi idea era aprovechar el dispensador para sembrar las tierras todavía vírgenes que teníamos en la zona oriental, las que colindaban con el rancho de los Penagos, y seguir empleando a los popolocas, como siempre, dos veces al año. Pero el caporal insistía en que la sola presencia de esa máquina era ya una provocación, y lo decía con una vehemencia que me hizo entender que más allá del conflicto con los trabajadores, lo que no soportaba era que yo quisiera imponer un nuevo sistema, que me quisiera entrometer en ese terreno que él controlaba desde hacía años, así que le di la razón, no porque la tuviera sino porque ya bastantes resentimientos complicaban lo nuestro como para encima añadirle ese, no valía la pena. De todas formas y en contra de su necia opinión, que era la de regresarle a Wenceslao su máquina, ordené que se guardara en la bodega por si alguna vez llegaba la oportunidad de utilizarla. La verdad es que en el fondo lo que yo quería era conversar con el inventor, y su máquina era un pretexto perfecto, quería provocarlo para que me contara algo de Artemisa, algo fiable que no fueran las tonterías y las exageraciones que se decían a todas horas, algo real, una particularidad que pudiera incorporar a mi historia con ella, una esquirla, una espina a la cual agarrarme. Quería que Wenceslao refrescara la memoria que tenía de ella, de lo nuestro, que aportara una nueva pieza a ese elenco de evocaciones al que había recurrido durante años y que todavía, de vez en cuando, me atrapaba, a pesar del tiempo que había pasado y de los episodios desgraciados que había tenido yo que soportar. Como Artemisa era el personaje principal de la mitología del pueblo resultaba imposible aislarse, mi herida venía de muy atrás, desde que teníamos los dos catorce años, una edad en la que uno es ya un adulto consumado en esta selva, hay bandidos y cuatreros de esa edad, hay mujeres que paren a esos años, hay alcohólicos, violadores, narcotraficantes, homicidas así de jóvenes, todo crece y envejece y se pudre aquí a una velocidad pasmosa, y a esa edad en la que ya todos aquí nos vamos fermentando yo tuve a Artemisa, o más bien ella me tuvo a mí, me atrapó entre sus piernas y después, he llegado a pensar, me abrió el pecho con un pedernal, me sacó el corazón y se lo ofreció a Tezcatlipoca, eso he pensado a veces cuando creo que tienen razón esos desquiciados que ven en ella a Xilonen. Durante un tiempo parecía que estábamos destinados a acabar juntos, o cuando menos eso era lo que yo creía a esa edad en la que la selva ya se ha deshecho de sus niños, papá y el griego alentaban la relación, sobre todo el griego, porque ya padecía la indocilidad de su hija y quería imponerle un asidero, la padecía porque era una molestia, no porque sufriera por ella, por lo que pudiera pasarle en esta tierra de salvajes, la padecía porque había vuelto del internado en Estados Unidos convertida en una mujer voluntariosa, despojada de su niñez, que de por sí aquí ya no existía, y la perspectiva de casarla pronto, con el hijo de una familia no solo conocida sino también atada al mismo enjambre económico, le parecía la mejor forma de aniquilar los conflictos que él ya veía en el horizonte y que yo ni me olía por estar perdidamente enamorado de ella, por ser un niño ya en edad de ser cuatrero, por andar extraviado en la ilusión de que mi novia fuera la mujer más hermosa y deseada y asediada de la sierra y de la selva. Se trataba de una ilusión estúpida que al final fue una maldición que arrastré durante varios años en los que me quemaba la sola mención de su nombre, ya no digamos el malicioso recuento de sus andanzas que ha sido siempre parte del entorno, como la lluvia o la neblina. Yo era un niño con edad suficiente para ser un secuestrador cuando Artemisa era ya una mujer volcánica, que regresaba después de una estancia de dos años en San Francisco, yo era un ingenuo expuesto a ese vendaval, estaba enamorado y asombrado y asustado y nunca sabía qué tenía ella realmente en la cabeza, lo único que quería entonces era amarrarme a Artemisa aunque fuera con una transacción fraudulenta del griego, o con un pacto de sangre, o con un hijo o contagiados los dos de una enfermedad mortal. Pero en eso empecé a oír cosas que decían y que yo prefería no tomar en cuenta, hasta que estalló el escándalo de su relación con el señor Teodorico y no me quedó más remedio que creer. El señor Teodorico era el hombre más notorio y poderoso del estado, un señor veinticinco años mayor que ella, que tenía catorce, como yo. ¿Es verdad eso que dicen del señor Teodorico?, preguntaba yo y ella me decía que no, que Teodorico era socio de su padre y que a veces tenía que acompañarlos a comer, o a cerrar algún negocio en otra ciudad, era solo eso, no lo que andaba diciendo la gente. Pero el caso es que todos los veían solos, sin el griego, yendo de un lado a otro en el helicóptero, como si fueran pareja. Dime la verdad, Artemisa, le pedía yo y ella estuvo negando el asunto hasta que se hartó y dijo, sí es verdad lo de Teodorico, ¿y qué? Y se fue, me dejó ahí sentado a la sombra de un tempisque sin saber qué hacer y ahí me quedé hasta que se metió el sol, me prometí no volver a verla, no saber de ella, largarme de la plantación cuando se apareciera el griego a arreglar sus negocios con papá, cosa que fue pasando cada vez con menos frecuencia. Unos años más tarde, cuando ya me había hecho a la idea de no tenerla, Artemisa llamó por teléfono, estaba en la Ciudad de México estudiando en la universidad y yo me tragué todo lo que me dijo. ¿No te basta con la paliza que te dio?, ¿quieres más?, ¿eres idiota?, preguntó mi padre y de todas formas fui a la ciudad a meterme una vez más entre las fauces de la diosa, a hilar por fin un futuro común que, como había pasado la vez anterior, solo veía yo.

En aquella ocasión en la que Wenceslao, con su locuacidad habitual, me aseguraba que aquel aparato iba a integrar de golpe a La Portuguesa en el mundo de la alta tecnología, y no desde un satélite sino desde la grupa de un caballo, yo no dejaba de pensar en lo que acababa de contarme de Artemisa. Poca cosa dicha de pasada para no desairarme y, sin embargo, combustible suficiente para echar a andar nuevamente la evocación. Me dijo que estaba sola y que se sentía un poco mayor, eso fue todo. Me dijo eso que yo ya sabía, que había escuchado antes de otras personas, pero que lo dijera él, su amigo íntimo que convivía con ella cada día, tenía un calado especial, casi podía verla sintiéndose sola y mayor y bella hasta la desesperación.

La consecuencia más ardua que tuvo comprarle esa máquina a Wenceslao no fue la sensación de tirantez que quedó entre el caporal y yo, ni el dinero que pagué por un artefacto destinado a oxidarse en la bodega, ni siquiera el peligro latente, que preocupaba al caporal, de que un día me diera por utilizarla y los popolocas ante ese ultraje nos declararan la guerra. La consecuencia más ardua fue el estado en el que me puso lo que Wenceslao me dijo, que Artemisa se sentía sola y mayor.

Unos días más tarde, como embrujado por eso que me había dicho el inventor, decidí que iría a Los Abismos, a presentarme en su rancho con cualquier pretexto, a comprarle unas vacas como había hecho alguna vez cuando vivía Jesuso, su marido, o a ofrecerle información sobre Penagos, mi vecino, que estaba buscando un nuevo proveedor de leche. El plan era absurdo porque lo normal era ir a visitarla y preguntarle cómo estaba, cómo iba la vida, si era feliz con su rancho y sus lecturas de tarot, decirle que hacía muchos años, demasiados, que no la veía y que solo quería saber que estaba bien, pero lo normal no se ajustaba a lo que yo sentía, en realidad no me interesaba saber cómo estaba, Artemisa siempre estaba bien, mejor que yo, lo que quería era meterme otra vez entre sus piernas y en sus fauces hasta acabar destripado. Aquello era una insensatez que rumiaba mientras iba en la camioneta rumbo a Los Abismos, ¿qué pensaba conseguir?, ¿no había tenido suficiente?, ¿eres idiota?, me acordé de papá y me desvié a Orizaba, al garito de Jobo, donde se sabía que de vez en cuando aparecía Artemisa con su amigo Wenceslao. En cuanto llegué comprendí que aquella era una maniobra ridícula, la posibilidad de encontrármela ahí era mínima y era también la evidencia de que en realidad no me la quería encontrar, ¿qué le iba a decir después de tantos años?, no habíamos vuelto a hablar ni a vernos tras aquel violento desencuentro en la Ciudad de México, ni siquiera la había visto ni preguntado por ella cuando había hecho el negocio de las vacas con Jesuso ni tampoco le había dicho nada cuando se quedó viuda, algo de lo que siempre me he sentido culpable y que además terminó vinculándome zafiamente con Teodorico, que tampoco fue a darle el pésame ni le dijo nunca nada. No había en el garito de Jobo más que macheteros, mecapaleros del mercado, campesinos que bajaban de la sierra, labriegos, gañanes, peones de las haciendas de la región, probablemente algunos de los que trabajaban para mí en La Portuguesa. Saludé a Jobo y acepté el whisky de una botella que fue a buscar a su casa porque no quiso servirme guarapo, ni el calichal que se estaba poniendo de moda entre su clientela. No había estado nunca aquí, le dije, preguntándome qué era lo que hacía Artemisa en un lugar como ese, ¿por qué esa mujer tan sofisticada que podía vivir en la Ciudad de México, o en Grecia, donde vivía su madre, o en Nueva York si le daba la gana vivía en esta selva inmunda? Ahí estaba yo sentado entre los peones y los mecapaleros, quizá hasta entre mis propios trabajadores, que al día siguiente irían a contar que estaba yo bebiendo solo, de la botella que me había llevado Jobo, con un suntuoso vaso de cristal cortado para evitarme la inmunda taza de peltre. Ahí estaba yo sentado desentonando gravemente con la atmósfera, envuelto en la bruma alcohólica, en la fumarada de los cigarros y los puros, en el danzón que salía de la sinfonola asfixiado por el escándalo de las conversaciones, de los gritos, del ruidero que retumbaba como una tormenta contra las láminas del techo. Ahí estaba yo sentado como un infiltrado, como el enemigo detestado y sin embargo imprescindible que daba trabajo y de comer a sus empleados y dinero para que se lo gastaran en putas y en guarapo. Ahí estaba yo sentado sin los referentes que normalmente me arropan, lejos de La Portuguesa, distinto pero borracho como todos los demás, haciendo lo mismo que ellos, hermanados todos por el trago y el danzón. Ahí estaba yo sentado cuando comprendí que todas las preguntas que me hacía sobre Artemisa, todas esas cosas que no entendía eran la demostración de que yo no tenía nada que hacer con ella, no había nada que rescatar, nada que revivir, Artemisa era un recuerdo tóxico que debía enterrar, me dije con esa extraña lucidez que a veces da el whisky y luego salí liberado del garito de Jobo, decidido por fin a enterrar su recuerdo, un arreglo que se volatilizó cuando vino la tragedia del toro sagrado.

El griego era un rico hacendado que debía buena parte de su prestigio y su fortuna a su origen, a su historia personal y más que nada a su aspecto, no era indio, como no lo es casi nadie que sea dueño de algo en esta selva. El griego y su mujer eran de un pueblo del estrecho de Euripo donde Artemisa tenía un sistema familiar en el que podía haberse insertado, pero prefirió quedarse en la hacienda de su padre, en un rincón perdido de la sierra de Veracruz. En Grecia hubiera sido una más de las mujeres de la familia Athanasiadis y aquí era una especie de divinidad.

Nosotros no somos griegos, como a los romanos hijos de la chingada les dio por llamarnos, peroraba el griego cada vez que podía, ¡somos helenos y no aceptamos ese gentilicio imperial!, vociferaba orgulloso cuando volvía a contarle a alguien su peripecia de represaliado de la dictadura del general Metaxas. Había tenido que escapar por Macedonia, luego había cruzado Yugoslavia, Italia, Francia, todo a pie, buscando rutas en el bosque y en los acantilados, cruzando ríos embravecidos y sobreviviendo a los ataques de diversas hordas civiles, tribales, militares, porque ya bullía el avispero que iba a convertirse en la Segunda Guerra Mundial. Después de aquella gloriosa huida por medio continente europeo, que el griego había contado hasta el cansancio en la casa de Chelo Acosta, se había subido a un barco en Burdeos que lo llevó hasta el puerto de Veracruz y a partir de ahí, gracias al encandilamiento que su presencia producía, había ido medrando, haciendo pequeños negocios, extorsionando y amenazando cuando la situación lo requería hasta que, a causa de esas amenazas y esas extorsiones, tuvo que afincarse lejos, en las afueras de Los Abismos, donde, muy pronto, y esto ya no lo contaba pero todos lo sabíamos, había caído en la órbita dineraria del señor Teodorico, como irremediablemente iba cayendo toda la gente industriosa de la región.

Entre el griego y la madre de Chelo Acosta había una historia que, de tanto negarla, y con tanto afán, había quedado como una verdad incuestionable que el tiempo se había encargado de corroborar. Ya desde niñas, Artemisa y Chelito eran inseparables, cuando no estaban poniéndose el perfume de las muchachas o untándose sus afeites, o untándoselos a Wenceslao, en la casa que entonces regenteaba doña Chelo, era porque estaban haciendo trastadas en la hacienda del griego, protegidas por Rosamunda para que el señor no viera a Chelito y pusiera el grito en el cielo. ¿Qué hace aquí la niña de la casa de mala nota?, regañaba cínicamente, porque él formaba parte de la clientela de la señora Acosta y, todavía peor, se decía que el señor Athanasiadis era el padre de Chelito y no había manera de desmentirlo pues conforme iban creciendo las niñas, las medias hermanas habría que decir con propiedad, sus cuerpos se iban volviendo idénticos al tiempo que los rasgos de la cara divergían dramáticamente, la belleza del rostro de Artemisa, que había salido a su madre, contrastaba con la jeta que doña Chelo le había heredado a Chelito. Pero cuando aparecía Wenceslao en la casa del griego la cosa escalaba hacia la violencia, el señor Athanasiadis se ponía a aullar, ¡saquen al maricón de aquí!, ordenaba sin importarle que el niño tuviera ocho años, ni que fuera una criatura inocua cuya única ilusión era ser niña como sus dos amigas. Afortunadamente en la casa de la señora Chelo nadie se metía con ellas, se pasaban el día entero perfumándose y pintarrajeándose y viendo bregar a las muchachas con la clientela.

Aunque María, la mujer del griego, estaba viva y activa en Grecia, y mantenía con su hija cierta comunicación, el griego decía que era viudo y esta ficción adquirió una nueva consistencia, años más tarde, cuando la propia Artemisa enviudó y la gente empezó a ver en aquella circunstancia un signo del destino. Están condenados a vivir solos, decían, quien se casa con ellos se muere, aseguraban, y sin embargo, y despreciando atrevidamente ese signo ominoso, todos queríamos casarnos con Artemisa, ni siquiera la sombra de la muerte era capaz de desalentar a sus pretendientes y Crispín Perdomo, uno de sus cortejadores más tenaces, había resumido la situación en un comentario lleno de sabiduría que soltó en voz muy alta y con sobrado dramatismo una noche en la casa de Chelo Acosta, ¡prefiero morir con Artemisa que vivir sin ella!, dijo, y luego le había pegado a su taza de Bacardí un trago fulminante que lo dejó hundido en un mar de lágrimas.

Todos los hombres queríamos casarnos con ella, no ser sus amigos, ni sus amantes, ni siquiera sus novios, buscábamos la atadura del juez y la bendición de Dios, la protección de la norma y el vínculo indisoluble de la Santa Madre Iglesia, ¿quién podía merecer a esa orquídea que se pavoneaba en medio del lodazal?

El griego le endosaba algunos candidatos, maquinaba para que su hija se fijara en los hijos de los padres que podían servir a sus intereses, aunque la mayoría se acercaba espontáneamente siguiendo el reclamo de esa belleza que dejaba a su paso un mar revuelto, un desarreglo, una cohorte de moscardones que se apostaban afuera de su casa solo para verla salir a todo galope en su caballo y quedarse con un piropo temblón en los labios amargándoles la boca. Lo mismo sucedía en Galatea, donde el chofer la llevaba cada día al colegio a estudiar los años que le faltaban para la universidad, ahí empezó la inmolación que confundí con un romance y hasta ahí llegó la noticia devastadora de que el señor Teodorico le había echado el ojo. De un día para otro ya no era fácil atreverse a hablarle, daba apuro seguirla y que el señor se enterara y emprendiera una venganza atroz contra los cortejantes de ¿su amiga?, ¿su amante?, ¿su futura esposa?

Aquella pesadilla colectiva que fue su historia con el señor Teodorico terminó como había empezado, de manera súbita, contra toda lógica y sin que nadie fuera capaz de vaticinar semejante golpe de timón, terminó cuando Artemisa se hizo formalmente novia de Jesuso, el muchacho más guapo del pueblo, un indio con la apostura de un actor de cine que trabajaba con empeño para escapar algún día de la ciénaga a la que estaba condenado. Antes de que ella se fijara en él, Jesuso se apostaba los jueves en el mercado de Los Abismos para verla comprar enseres y bastimentos que cargaban sus dos sirvientas, y un mozo que iba delante para quitarle de encima a los moscones que llegaban a ofrecer su ayuda, o a venderle un producto exclusivo, a decirle cualquier cosa con tal de arrimarse a ella. Jesuso era consciente de que no tenía ninguna oportunidad, en la jauría que la acechaba permanentemente estaban los hijos de las mejores familias de la región y él no era más que un vencido que, seguramente por la envidia que despertaba su apostura, se convirtió en el centro de las burlas y los sarcasmos y las vilezas. ¿Crees que se va a fijar en un pinche indio como tú?, le decían. ¡Te estás tirando los pedos más altos que el culo!, atacaba el de más allá. Se ve que sí te quiere, ¡pero de su chofer!, se mofaba el otro. Con tal de no aguantar las risotadas y el escarnio, Jesuso dejó de acercarse al mercado los días que ella aparecía por ahí con su séquito, pero el daño ya estaba hecho, ya se había echado a andar la típica y mil veces repetida historia del pobre desgraciado que se prenda de una diosa, un argumento que se repite y se repite porque la promiscuidad entre dioses y mortales ha sido desde siempre el motor de la especie y también porque el repertorio del amor, el número de combinaciones que tiene para relacionarse una persona, es francamente limitado. Jesuso había perdido toda esperanza pero un día la hija del griego, al tanto de las burlas que dedicaban al muchacho los canallas, apareció en la puerta del establo que él había construido y gestionaba, cuidando vacas ajenas, con una notable tenacidad, con una energía que al cabo del tiempo lo llevaría a tener su propio rancho. Pero no fue la promesa de la fortuna que sin duda iba a tener ese joven empeñoso el factor que obró el milagro sino, me imagino, el empeño de ella de vivir contra la voluntad de los demás, contra la insistencia de su padre, que quería aprovechar la demanda para sacar réditos y dividendos. Tu belleza es un activo que debe producir riqueza, le decía, no vayas a cometer la pendejada de casarte con un muerto de hambre, cásate con un Intriago, con un Perdomo, con un Rebaté, con un Pírez, con un Montellano, con un Enrigue o con un Rosenberg, no desperdicies tu vida con esos muchachos rascuaches que te olisquean como si fueras una perra, le decía el griego con la misma crudeza con que despachaba sus tejemanejes. Me imagino que Artemisa también se sentiría atraída por la idea de despreciarnos a todos, de hacernos ver que ella hacía exclusivamente su voluntad y que, si le daba la gana, se iba con uno de los campesinos que bajaban a la casa de Chelo Acosta o con un mecapalero, o con el maricón del pueblo como acabó pasando al final. Me imagino que Artemisa se fue a presentar a la puerta del establo porque se enteró de que él, el muchacho más guapo de Los Abismos, estaba enamorado de ella, se fue a presentar por curiosidad, ¿por qué no me acosa como lo hacen los demás?, se habrá preguntado, ¿no le parezco guapa?, habrá temido. Al enamoramiento de Jesuso habría que añadirle el obvio componente social que lo espumaba, la hija del griego no pertenecía a ese pueblo endogámico que durante siglos, generación tras generación, se ha ido reproduciendo consigo mismo, una hidra que se devora por la cola mientras echa por la boca otro reptil, así se fue abultando ese elenco muchas veces repetido de individuos que heredaban los marcadores físicos de sus padres, de sus abuelos, de sus bisabuelos y así hasta llegar a los primeros

75

pobladores, hasta la pareja originaria que, según la historia que se contaban unos a otros, había brotado como la milpa de la tierra. En esta comunidad sin rumbo donde la carne se devora a sí misma y luego se expulsa y luego se vuelve a devorar, la hija del griego era para Jesuso la puerta a otra realidad, era la forma de liberarse de la sombra de la pareja originaria, de la ciénaga, de la maldición. No podía saber Jesuso que, por más que se empeñara, no iba a poder completar el proceso que prometía sacarlo definitivamente de ahí, tener hijos con ella, escapar por medio de su estirpe hacia un nuevo horizonte.

La corazonada de que Artemisa iba a dejarlo flageló a Jesuso desde el primer día. Quizá al final terminó él dejándola a ella, de la peor manera imaginable, el día que ya no pudo soportar más ese presentimiento. Jesuso temía todo el tiempo que Artemisa no volviera de alguno de esos viajes intempestivos que hacía a la Ciudad de México o quién sabía a dónde, sobre todo temía que terminara yéndose con el señor Teodorico al palacio de Acayucan de las Rosas. Pero eso no iba a suceder sin la voluntad de ella. Teodorico había prometido, cuando Artemisa le dijo que iba a casarse con otro, que no atentaría contra su matrimonio y, aunque el señor era un desalmado que no se tentaba el corazón antes de aniquilar a un cristiano o de erradicar un pueblo entero, también era reconocido su rigor a la hora de cumplir una promesa, hasta que llegaba el momento de incumplirla, claro. Por otra parte, Teodorico no perdía la esperanza de convertir a Artemisa en su señora y sabía perfectamente que la única opción que le quedaba era dejarla en paz y esperar a que ella, algún día, recapacitara y tomara posesión de ese imperio que él, así se lo dijo una vez en un momento de efervescencia, había construido para ella.

No era fácil ignorar a ese hombre omnipresente que era el dueño de casi todo en la región, pero Artemisa se empeñaba en no saber de él, en no enterarse y en hacerle comprender a Jesuso que no tenía ninguna intención de volver a ver al señor, aunque esa declaración no era suficiente para acallar la torturante barahúnda que llevaba él en la cabeza, Jesuso vivía acongojado ese infierno que se avivaba con el chismorreo que producía la falta de hijos en el matrimonio. Se había casado con la mujer más bella y ¿para qué?, se preguntaban los hombres y las mujeres de Los Abismos, ¿será que no tienen ninguna intimidad?, aventuraban metiendo harta cizaña. No se trataba en realidad de esclarecer la situación sino de vacilar y pasarla bien a costa de la desgracia de otro, ¿qué hace Artemisa con ese que no le sirve más que para olerle los pedos?, preguntó una vez Sara Centolla, a grito pelado, en la casa de Chelo Acosta, y la clientela celebró la vulgaridad con una jubilosa risotada. La verdad es que algo había de contradictorio en esos ataques viciosos que le dedicaban a Jesuso porque, en general, era un hombre muy respetado en la región, tenía un rancho grande y próspero que surtía de vacas y de leche a las haciendas del valle y había conseguido romper el círculo perverso que constreñía el destino de sus predecesores, su padre, su abuelo, su bisabuelo y quien hubiera detrás habían vivido siempre en la miseria y él había logrado escapar y eso suscitaba admiración y respeto, pero quizá no tanto como para contener la pulla y la burla mordaz. Esa hembra te queda grande, le decían al pobre Jesuso, que ya no hallaba dónde meterse, y otros le decían, ni el señor Teodorico pudo con ella, ¿a poco creías que ibas a poder tú? Llegó el momento en el que comenzó a dejar de ir a ciertos lugares y a evitar la plaza, la calle, los negocios en los que había comprado toda la vida, cuando necesitaba arreos o bastimentos prefería conseguirlos en otro pueblo y, en vez de ir a la casa de Chelo Acosta o al garito de Jobo, en donde lo habían convertido en el hazmerreír, comenzó a frecuentar la cantina de Córdoba, o la de Potrero Viejo o la de Chocamán, donde se ponía a beber para olvidar como cualquier borracho, lo cual era una novedad porque antes de que se desbordara la desavenencia con Artemisa, Jesuso era un hombre abstemio y disciplinado que había visto siempre con disgusto y con alguna superioridad moral a las personas que se embriagaban. Poco a poco había ido recalando en el consuelo del guarapo y esa deriva curiosamente lo acercó a su mujer, los armonizó, los situó en la misma órbita aunque en polos diametralmente opuestos. Ya desde entonces Artemisa pasaba las mañanas en la casa de Chelo Acosta leyendo las barajas y bebiendo vasitos de whisky que en su mano, y en sus labios, parecían muy elegantes, porque Artemisa hasta cuando estaba borracha parecía sumamente refinada y en cambio su pobre marido, y ahí radicaba lo diametralmente opuesto, enseguida se ponía melancólico, todavía no llevaba ni la mitad del vaso bebido cuando ya empezaba a netear y a autoflagelarse y enseguida se descuajaringaba, perdía el hilo en el habla, la tensión en las vértebras cervicales y la apretura en las comisuras de la boca, donde bien seguido aparecía un hilito de baba. No te pongas tan pedo, Jesuso, te van a hacer algo cuando te quedas por ahí tirado, le advertía Artemisa y él algo balbuceaba, alguna cosa quería recriminar pero nunca terminaba de atreverse, no se quejaba ni pedía explicaciones, no se animaba a sacar el tema de Teodorico, que no lo dejaba vivir en paz, no decía nada por el miedo de que Artemisa se molestara y se fuera, no le muevas, no hagas olas, no le juegues al vergas, se aconsejaba a sí mismo desde la otredad que, al hilo de varios tragos, le endilgaba el guarapo. Vivía pasmado ante ella, postrado y dispuesto a soportar cualquier ignominia con tal de retenerla, no alcanzaba a ver que a pesar de las desavenencias Artemisa no se había planteado dejarlo, no iba a darles la razón a esos que habían vaticinado el fracaso de la pareja ni a su padre, que siempre había desaconsejado el matrimonio con ese muerto de hambre, además Jesuso no la molestaba nunca, la dejaba en paz y, por otra parte, la figura del marido matizaba el acoso de los pretendientes, lo posponía, porque había muchos que esperaban el momento en el que Artemisa dejara a Jesuso, o que él, hastiado de tanto incordio, la dejara a ella. O los más siniestros, que contemplaban también la muerte de él y la viudez de ella, que fue lo que al final pasó. O los más rencorosos, que deseaban que ella fuera la muerta, ya que no habían podido tenerla que no la tuviera nadie, ni siquiera el pinche Jesuso.

Rosamunda y los vecinos de Santocristo Quetzalcóatl sabían desde siempre que Jesuso no iba a dar el ancho, hacía falta un dios, o cuando menos un mortal divino para preñar a esa mujer, y él no era más que un indio como ellos y por su culpa la estirpe iba a terminarse, ese era a fin de cuentas el daño irreparable que había hecho, no habría estirpe ni futuro, el horizonte estaba clausurado.

Las visitas de Jesuso a las cantinas, que al principio eran un desfogue ocasional, comenzaron a convertirse en costumbre, con todo y que el fantasma de su padre, que había sido en su tiempo el borracho del pueblo, era el aviso continuo de esa herencia negra, de ese marcador genético que lo llevaba de botella en botella. No vayas a acabar como tu papi, destripado por el ferrocarril de Veracruz, fruncido como un chicle entre los metales de las ruedas y los rieles, le decía la Negra Moya porque ella misma había convivido con el padre de Jesuso en sus momentos gloriosos, en unas francachelas interminables, en la casa de Chelo Acosta, que no había quien aguantara, les amanecía a los dos en la mesa, bebiendo, fumando y hablando despropósitos y ahí se seguían hasta el mediodía y a veces empalmaban una noche con la otra, parecían una pareja de vampiros, a veces uno se caía al suelo y otras se agarraban de las manos, no como dos enamorados sino con el azoro propio de los que sobreviven, contra todo pronóstico, a un tremendo bombardeo. Así éramos tu papi y yo, le contaba la Negra a Jesuso para disuadirlo, no te metas a estos parajes pantanosos, le decía, porque luego no podrás salir, mírame a mí y contempla mentalmente a tu padre muerto, ¡no seas pendejo, Jesuso!, mejor ve a coger con tu mujer, que es lo que quisiera cualquiera de estos pelados que beben precisamente porque no pueden cogerse a tu mujer, sermoneaba la Negra a la vez que señalaba a los desventurados que bebían alrededor. A pesar de las filípicas que le largaba la Negra, Jesuso fue perdiendo la voluntad y entregándose al ciclo pernicioso de la borrachera y la resaca y otra vez la borrachera y así fue descuidando el rancho y perjudicando lo poco que le quedaba en común con Artemisa, que ya era más un delirio de sus borracheras que esa persona real que amaba hasta el oprobio. Cada noche se sentaba solo en un rincón de la cantina a rumiar su desgracia mientras iba encarnando, si aquello fuera materialmente posible, el fantasma de su padre.

En esa época fui a su rancho a comprarle unas vacas, me lo había encontrado en la cantina de Potrero Viejo y habíamos quedado de vernos dos días más tarde para hacer la operación, y cuando llegué me di cuenta de que ni siquiera recordaba haberme visto pero, como se avergonzaba de tener esas lagunas, disimuló, fuimos a ver las vacas que me iba a vender y llegamos a un acuerdo económico. Le dije que al día siguiente mandaría un camión y en lo que íbamos hablando, en el porche de su casa y luego en el establo entre los animales, yo iba deseando y no deseando, anhelando y temiendo que Artemisa saliera y fuera a saludarme, o que siquiera pasara a lo lejos para verla, no me atreví a preguntar por ella y más tarde agradecí que no hubiera salido, porque habría refrendado esa memoria que yo estaba dejando marchitar. Esa fue la última vez que vi a Jesuso.

Unas semanas después de aquel encuentro apareció apuñalado en medio del platanar que estaba detrás de la cantina de Potrero Viejo. Había ido a cobrarle un dinero al señor Kenighe y, como era costumbre, se había quedado charlando y bebiendo el ron que se producía ahí mismo en el ingenio azucarero. El señor Kenighe era el dueño del ingenio y le compraba a Jesuso la leche que incluía en la canasta de alimentos que daba semanalmente a sus empleados, además de otras prestaciones que lo habían convertido en el benefactor de ese pueblo que, antes de que él llegara a instalar ahí su fábrica, era una comunidad paupérrima. Kenighe era un viejo judío alemán que había recalado en Veracruz huyendo de la represión nazi y sin la ayuda de nadie había construido una enorme fortuna. Jesuso se había hecho su amigo, le contaba sus cosas y alguna vez, sensibilizado por los vasos de ron, le confió las desavenencias que tenía con su mujer, la famosa hija del griego a quien Kenighe conocía perfectamente. Artemisa y el mismo Kenighe le habían hecho ver a Jesuso la imprudencia de manejar, cada semana, de Potrero Viejo a Los Abismos con esa cantidad de dinero metida en una bolsa de deporte, que escondía debajo del asiento. El señor Kenighe había ofrecido, en varias ocasiones, pagarle con un cheque, o que uno de sus empleados le llevara el dinero a su casa, pero a Jesuso le gustaba ir a platicar con el viejo y prefería tener ese dinero en efectivo para los gastos del rancho.

Cuando descubrieron su cuerpo apuñalado y medio mordido por los coyotes, parcialmente oculto detrás de un mogote, en medio del platanar, llevaba dos días desaparecido. El señor Kenighe era el último que lo había visto, además de los que estaban esa tarde en la cantina, que fueron incapaces de ofrecer un testimonio coherente. Al parecer, antes de agarrar la carretera rumbo a Los Abismos, Jesuso paró en la cantina y estuvo bebiendo un largo rato que ninguno de los clientes supo determinar con exactitud, lo habían visto como siempre en la mesa del rincón pero nadie se fijó a qué hora se había ido. Cuando Artemisa llegó con Chelo Acosta al cuartel para reconocer el cuerpo, el señor Kenighe le entregó la bolsa de deporte que había encontrado él mismo debajo del asiento de la camioneta. Aquello descartaba el asesinato por robo, que había sido la primera hipótesis, y sugería que el móvil del crimen, como sucedía la mayoría de las veces, había sido una riña de borrachos, la puñalada como respuesta a un empujón, a un golpe, a una palabra hiriente o a una mirada torva, o a la sola suposición de esa mirada. Pero la bolsa de dinero intacta en la camioneta, más la inconsistencia del argumento de la riña, para la que no había ni testigos ni sospechosos, nos hizo pensar a todos en la obsesión que, después de tantos años, seguía teniendo Teodorico por Artemisa. Pero nadie dijo nada.

Artemisa y Teodorico

Teodorico disponía ceremoniosamente, encima de una mesilla, un rimero de objetos que guardaba bajo llave en un vistoso arcón. El mueble tenía pretensiones chinas, era la obra de un artesano de Peñuela que, en su afán de quedar bien con el patrón, de agasajarlo con una pieza única de notoria laboriosidad, barnizó la madera con una laca negra y pintó en los lugares estratégicos, a golpe de pincel, un dromedario, un oso, un salmón saltando en los rápidos de un río, una fauna inverosímil en ese entorno donde lo único que abundaba eran las alimañas. El último sol de la tarde entraba por el ventanal y dejaba en la habitación una atmósfera luciferina, mitigada por el chorro de aire helado que salía por las rejillas del techo y las paredes. Sentado de espaldas al ventanal, Teodorico miraba fijamente una caja de vidrio que había puesto sobre la mesilla con un cuidado reverencial. Dentro estaban los restos de una rosa, el tallo desecado y unas piezas negras, como chamuscadas, que habrían sido hojas o pétalos en el tiempo en el que ese cadáver había sido una flor, la última flor, la flor que le había dado a su amada unos días antes de que se acabara la relación. Aquella noche, Artemisa, muy airada, había arrojado la rosa que él acababa de darle a la parte más enmarañada de la manigua. Durante la cena se había acercado a Teodorico la dueña del restaurante con el único propósito de hacerle ver a Artemisa que el señor y ella tenían cierto historial. Teodorico no sabía cómo echar a esa aguafiestas de la mesa y, cuando por fin lo consiguió, se deshizo en nerviosas explicaciones pero ya era tarde, la niña estaba furibunda y le exigió que se fueran inmediatamente. En el vuelo de regreso no se pronunció ni una palabra. Cuando aterrizaron en la hacienda del griego, Artemisa se bajó del helicóptero y arrojó a la manigua la rosa que el señor se había sacado de la manga, como un mago, para contentarla. Durante años regresaría Teodorico a esa escena una y otra vez, la rosa desecada en la cajita de vidrio representaba los celos de Artemisa y esos celos habían sido la contundente evidencia de su interés, ¿de su afecto?, ¿de su cariño?, ¿de su amor? Habían pasado ya demasiados años y él seguía frecuentando su colección de objetos con una actitud incierta que a veces era añoranza y últimamente una costumbre fundamentada en la voluntad de obedecer al brujo Fausto. No había vuelto a ver a Artemisa, ni siquiera cuando se quedó viuda, no fue ni para mandarle el pésame, ni un mensaje de solidaridad con la Negra Moya, no quería exponerse a que lo despreciara, a que le hiciera el feo, o quizá, igual que yo, no soportaba la idea de verla para luego irse sin ella a seguir viviendo su vida.

Ese hombre omnipotente, célebre por su crueldad y su falta de escrúpulos, quedaba neutralizado frente a Artemisa, el león de Acayucan se transformaba en un obediente corderillo que respetaba religiosamente la distancia que ella había impuesto aunque, de vez en cuando, se preocupaba por que supiera, a través de alguien, que la seguía queriendo. No pretendía desde luego aparecerse en su vida sin su consentimiento, pero pensaba que era fundamental no desaparecer del todo. Hay que mantener la brasa ardiente de aquel fuego, le decía a su amiga la Negra Moya, que en la casa de Chelo Acosta convivía con Artemisa más de lo que hubiera querido y no veía ni cómo ni por dónde podía seguir ardiendo esa brasa que percibía su amigo. Pero algo le había contado la Negra a Teodorico, una indiscreción que en la borrachera se le había salido a su hijo y luego, al darse cuenta de su error, había querido emborronar el dato con el socorrido truco del borracho que dice tonterías porque está borracho. Andaba diciendo Wendy, pero vete tú a saber si será verdad, que Artemisa iba a traerlo aquí al palacio para pedirte el dinero que requiere la producción industrial de su máquina voladora, le dijo la Negra a su amigo escudriñándole atentamente el gesto, a ver si lograba identificar algún sentimiento que le cimbrara el interior. O sea que en una de esas, ¡se acaba la veda!, concluyó la Negra con un punto de socarronería y luego soltó una artificiosa carcajada, semejante al cuacuá de un pato, que él recibió con frialdad. No quería esperanzarse mucho Teodorico pero tampoco podía enterrar la inquietud que le provocaba la revelación, llevaba años esperando esa coyuntura, una eternidad paliando la ausencia de Artemisa con una recua de amantes y, en un plano más íntimo, aunque era verdad que ya con menos entusiasmo y en ocasiones cada vez más espaciadas, con la colección de objetos que guardaba celosamente y bajo llave en el arcón de Peñuela. Porque esos objetos eran lo único que le quedaba de ella, pero también porque seguía la recomendación del brujo Fausto, el hombre que lo aconsejaba en las encrucijadas de su vida. Cada vez que tenía que tomar una decisión importante, o cuando el destino lo vapuleaba y había que reconstituirse y abrir un nuevo camino, lo mandaba traer al palacio. Así lo hizo cuando Artemisa lo dejó, llegó el brujo Fausto a escucharlo, con esa convincente cara larga de iguana que se le ponía cuando era muy prolijo el relato. Teodorico le contó cada detalle y cuando llegó al inciso de los objetos de ella que conservaba como un tesoro, y que estaba a punto de quemar en una hoguera salvífica y sanadora porque no hacían más que ponerlo mustio, el brujo Fausto lo detuvo con un enérgico aspaviento y lo regañó con el vozarrón que le salía cuando el mensaje que debía comunicar era neurálgico, ¡no hagas eso!, ¡no quemes nada!, ¡no seas chambón!, esos objetos te unen a ella, son ella y cuando los miras y los tocas la estás mirando y tocando y ella siente eso, no los tires, ¡no seas mentecato!, lo reconvino el brujo Fausto. Y luego añadió, la niña va a regresar, tarde o temprano, si sabes conservar esos objetos, y sobre todo no hagas caso de las tonterías que te enseña el profesor Brambila, menudas mariconadas esas que hacían los pinches griegos, cogían entre hombres, se metían ramitas de olivo en el cuchufrus, ¡no mames, compadre!, quién quita y el profesor Brambila no te pide un día que le metas su ramita o que le embadurnes el espadín.

Su relación con el brujo Fausto venía de lejos y se disparaba en varias direcciones. *El Sol de la Rosa Mística*, por ejemplo, era un nombre que se le había ocurrido a él cuando vio que Teodorico andaba queriendo montar un periódico. Ponle así, argumentó el brujo en su momento, no vayas a cometer el atropello de ponerle El Sol de Acayucan, como he oído por ahí, no desestimes el poder que puede darte un nombre bien puesto, la rosa mística disipa las tinieblas, abre caminos, conecta entidades diversas de una forma siempre benéfica y eso nunca sobra, ponle así, te va a quedar chingón el periodiquito, ya verás. Teodorico acabó poniéndole así al periódico, hacía caso de todo lo que le decía el brujo Fausto desde que lo había salvado, cuando tenía apenas doce años, de un lío terminal en el que se había metido cuando vivía en Zapayucalco. Teodorico había ido a dialogar con el líder campesino para pedirle que alargara el plazo de un pago que supuestamente se debía por el usufructo de una parcela. El líder lo atendió a regañadientes mientras revisaba el estado de una acequia. Era un hombre adusto e inflexible que, mientras el niño enumeraba sus razones, iba soltando una mueca burlona en lo que palpaba la juntura de unas piedras, un nudo de raíces que desguanzaba el bordillo, una grieta de la que brotaba un mazacote de lodo. Hasta que llegó el momento en el que Teodorico, viendo que aquello no iba a arreglarse y cada vez más enchilado por la mueca y la forma en la que el líder lo ignoraba, le sorrajó un palazo en la espalda mientras estaba agachado husmeando el agujero de una zarigüeya y luego, todavía muy enchilado, lo golpeó varias veces con saña en la cabeza hasta que lo mató. Después, como no supo qué hacer, arrastró el cuerpo para esconderlo detrás de la breña y fue corriendo a pedirle ayuda al brujo Fausto, que era amigo de su padre y además padrino suyo de la primera comunión y sobre todo era un hombre resolutivo que enseguida se hizo cargo de la situación, le dijo que inmediatamente irían a deshacerse del cuerpo, antes de que alguien lo descubriera, pero que su verdadera preocupación era el espíritu del líder campesino que, si no cumplían con ciertas formalidades, iba a perseguir al niño el resto de su vida. Para eso soy tu padrino, le dijo, para allanarte el camino y protegerte de los espantajos, así se lo prometí a tus padres y así será. Echaron entre los dos el cuerpo a la batea de la camioneta y fueron a enterrarlo a la orilla del río, en medio de un banco de juncos. Pero antes el brujo Fausto, con la destreza de un cirujano, abrió el pecho del cadáver con su puñal campirano y, mientras le sacaba el corazón, le iba diciendo a Teodorico, vas a tener que comerte esta porción de tu víctima si no quieres que su espíritu te esté jeringando el resto de tu vida, que es mucha puesto que apenas tienes doce años. Teodorico, con esa entereza y esa sangre fría que lo convertirían en el hombre más poderoso de la región, se quitó la camisa y los pantalones para no mancharse de sangre y se comió el corazón ahí mismo en medio de los juncos. Así, muy bien, chingón, decía el brujo asintiendo satisfecho mientras el niño rompía a dentelladas su propio maleficio.

Teodorico sacaba los objetos en sus ratos de declive emocional, aunque al pasar de los años ya los sacaba, como dije, por hacerle caso al brujo, que a veces le preguntaba, ¿sigues toqueteando las cositas de la niña?, muy bien, chingón, no hay que cejar ahí, no hay que desmayar para que las ánimas de la selva se mantengan de tu lado, chingón, pocamadre, así síguele.

Dejando de lado a la Negra Moya, cuya intimidad con Teodorico rayaba en lo escabroso, el brujo Fausto era uno de los vértices del triángulo íntimo del señor, los otros eran el profesor Brambila y la criada Amparito, que ocupaba un lugar estratégico, el más íntimo, en el microcosmos del palacio de Acayucan de las Rosas. Durante los primeros años, los objetos salían del arcón de manera espaciada pero con constancia, casi siempre antes de dormir o a veces Teodorico aprovechaba el ocio de un insomnio, sacaba uno, lo ponía en la mesilla y lo contemplaba, o lo tocaba o se lo llevaba a la nariz o a la boca, cosa que no podía hacer con la rosa muerta, con esa flor de flores que se ponía a contemplar mientras rememoraba cómo había mandado al piloto a recuperarla rebuscando con una linterna en la manigua. La recoges con este kleenex, no se te ocurra tocarla con la mano, le había advertido muy circunspecto. Lo mismo habían hecho, con diversos objetos, sus guardaespaldas, sus choferes, sus asistentes y achichincles, que andaban siempre, por órdenes suyas, a la caza del rastro objetual que iba dejando la niña en las mesas de los restaurantes y en otros sitios. Eran los objetos de aquellas cacerías, que su gente había recogido con guantes para no tocarlos con los dedos desnudos, los que conservaba bajo llave en el arcón, había cucharillas de postre usadas por ella, vasos, tazas, tenedores, broches y ligas para el pelo que ella olvidaba y alguien recuperaba para él, envolturas de caramelos, sobrecitos de azúcar, palillos, papelitos con su letra y una de sus joyas, que era el lápiz de labios que olfateaba con fruición buscando vestigios de los labios de Artemisa. En los primeros meses después de la ruptura, en los momentos de añoranza devastadora, se pintaba los labios y gimoteaba y lloraba y se estrujaba la cara hasta que quedaba pintarrajeado como un payaso. También echaba mano del perfume, del collar y de las pulseras que le había ido regalando y que, unos días después de la escena de la rosa arrojada a la manigua, le devolvió un mozo de la hacienda del griego, en una caja de latón que entonces le pareció el sarcófago de sus propios huesos.

Una vez, Amparito, la vieja criada que lo conocía desde los tiempos de Zapayucalco, que lo había visto crecer, salir de la miseria y triunfar desaforadamente, lo encontró cuando iba a despertarlo, como hacía cada mañana, con el collar de Artemisa puesto, la cara manchada de pintalabios y completamente desnudo. Esto no puede saberlo nadie, Amparito, le pidió desencajado, estaba molesto por haberse quedado dormido en esas trazas y avergonzado del espectáculo que ofrecía, ya no era ningún jovencito y sabía que la carne, a cierta edad, lejos de entusiasmar ofende. No te preocupes, Teo, estoy acostumbrada a estas cosas raras de los hombres, le confió Amparito, y como si hubiera querido darle en prenda un dato bochornoso que contrapesara el suyo, le dijo, mi marido a veces se pone mi brasier y mis pantaletas, que disque para inspirarse, y yo no digo nada pus, total, ¿qué daño le puede hacer a una?

El señor Teodorico vivía en Acayucan de las Rosas, un pueblo en mitad de la sierra que había crecido y prosperado alrededor de su casa. Quizá sería mejor decir que el pueblo era una excrecencia de su casa, de su palacio, como llamaban todos a la casona enorme y amorfa, esperpéntica, situada en lo alto de la colina que presidía la hondonada de Xochitlán, una vasta pradera en la que se cultivaban las flores que le daban el apellido a la población. El señor Teodorico era un hombre siniestro y dadivoso y su generosidad, que a veces podía ser apabullante, era el precio que pagaba para tenerlos a todos de su lado, no contentos sino de su lado, dispuestos y hasta obligados a defenderlo, a arriesgarse por él porque sabían que sin la protección del señor sus vidas iban a convertirse en una catástrofe. En realidad, el señor Teodorico era más siniestro que dadivoso, su generosidad no tenía que ver con la nobleza ni con la preocupación por el prójimo, era el instrumento mercantil con el que compraba la voluntad común, y también la de las personas que manejaban los hilos del poder y disponían del destino del país. Ayudaba el señor al menesteroso, a la madre agobiada, al campesino que le pedía dinero para el enganche del tinaco o al que lo solicitaba para abrir un aguaje en su parcela. Socorría al emprendedor que quería montar un negocio y lo mismo hacía con diversas instituciones como hospitales, escuelas, equipos de beisbol y desde luego financiaba a los alcaldes de diversos pueblos y al gobernador de Veracruz. Ahí estaba el señor Teodorico cuando algún agente del organigrama del poder necesitaba dinero para terminar una obra pública o para su campaña política. O por un motivo personal que más valía mantener en la clandestinidad, como podría ser añadirle un bungaló a la casa de la playa o pagar la boda de la hija que merecía casarse por todo lo alto. Los gestos dadivosos del señor Teodorico iban más allá de Veracruz, llegaban hasta la capital, a los secretarios de Estado, a los altos mandos del ejército, a los presidentes de la República, que invariablemente, durante los primeros días del nuevo sexenio, recibían dos caballos pura sangre criados en Acayucan de las Rosas. Alguna vez que un presidente, con la intención de mantenerse lejos de su órbita, que todo lo enturbiaba, había argumentado que no tenía dónde poner los caballos, el señor Teodorico le compró un terreno en las Lomas de Chapultepec, a unas cuantas casas de su domicilio particular, para que pudiera criar con holgura los animales que le había regalado.

El amparo del señor Teodorico se expandía como una hiedra, repercutía en cada uno de los habitantes de la región, no había quien no le debiera algo y de la misma forma también se expandían sus maniobras represivas, mochar una oreja o una mano, como advertencia o como represalia, o liquidar a alguien o quemar una propiedad o envenenar el agua de un pozo, o mandar violar a la mujer o a la madre o a las hijas como escarmiento, para que no se les olvidara y no lo volvieran a hacer, para reafirmar la noción de que los intereses del señor Teodorico eran intocables. Él veía aquel despliegue de violencia como un gasto imprescindible para mantener su imperio en pie, cada episodio llevaba su firma y no podía confundirse con otros incidentes del mapa criminal de la región, eran golpes precisos, acciones quirúrgicas, escarmientos que dispensaba el amo y señor y que nadie tenía el arrojo de objetar. Eran escarmientos que se miraban de soslayo, con indulgencia incluso, eran cosas del clan, como la ira del padre, que nada tenían que ver con la violencia del narco, de los zetas o del ejército, esas organizaciones siniestras que, por cierto, también pasaban por el control del señor.

El nombre de Teodorico en labios de Artemisa bastaba para poner enfermo a Wenceslao. Llevaba años prohibiendo que se hablara del señor así como últimamente se había prohibido a sí mismo hablar del toro sagrado. Del señor al animal se abría un espacio demarcado por lo que no se podía decir, lo que más valía no saber, lo que invitaba a mirar de manera civilizada para otro lado. Pero una tarde llegó la salvedad, entre un whisky y otro, con el aparato de casets reproduciendo una canción empalagosa, Artemisa, sin más intención que ayudar a su amigo, pronunció el nombre maldito. Teodorico te va a dar el dinero para la producción de tu máquina voladora si se lo pido yo. Wenceslao se quedó muy serio, no supo qué decir, detestaba de ese hombre hasta el nombre pero necesitaba desesperadamente su dinero. No seas tonto, no te pongas así, lo reprendió Artemisa, hace veinticinco años que no lo veo, ya ni se ha de acordar de mí. Aquello lo dijo sin creer lo que decía pues había ido escuchando comentarios a lo largo de los años que, muy a su pesar, algo socavaban en ella, era difícil desdeñarlos aunque siempre procuraba hacerse la desinteresada. El hombre más poderoso de la región, con el que todos querían congraciarse, seguía teniendo en ella, después de tantos años, su gran debilidad y aquella evidencia algo removía.

Hacía no mucho un desconocido que venía del palacio de Acayucan, de hacer algún negocio o alguna turbiedad con el señor Teodorico, había parado en la casa de Chelo Acosta para beberse una cerveza y dejarse sonsacar por las muchachas, antes de reemprender el camino hacia Poza Rica. En lo que decidía si se iba o pedía otra cerveza o de plano escalaba hacia las alturas del guarapo, reparó en Artemisa, que estaba en el fondo del salón echándole las cartas a un cliente y, después de observarla un rato que a Filisberta, que trataba de engatusarlo, le pareció ofensivo y fuera de lugar, dijo como para sí mismo, en un tono velado que brotaba claramente de su introspección, es ella. Eso fue todo. Quién sabía lo que habría visto o escuchado en el palacio de Acayucan. Quién sabía el grado de intimidad que tenía ese hombre con Teodorico o si, como era más probable, porque el señor no era de intimar con nadie, lo había visitado en un momento de flaqueza y algo habría traslucido. O quizá, más probablemente, lo conocía de los tiempos en los que andaba de arriba abajo con Artemisa y habría hecho alguna averiguación, cualquiera que los hubiera visto entonces habría retenido la figura del hombre mayor que bajaba del helicóptero, o cenaba en una mesa de restaurante, o compraba en una joyería de la Ciudad de México acompañado por una jovencita rubia, casi una niña que podía haber sido su hija. Una imagen indeleble que desde luego habría despertado la curiosidad, años después, de ese señor de Poza Rica. Cuando ya el cliente había reemprendido el camino, Filisberta fue a contarlo, fue a rascar para ver qué sacaba, pero Artemisa no se prestó al chismorreo. Me habrá confundido, le dijo a Filisberta, ¿de qué voy a conocer yo a ese pinche viejo?

La realidad era que no había otro mecenas que pudiera financiarle a Wenceslao la producción industrial de su máquina voladora. Ya había intentado, muy mustio y a espaldas de Artemisa, acercarse al señor a través de su madre, pero la Negra se había negado a ayudarle. ¿Que te crees que te va a dar dinero solo porque se lo pida yo?, que te lo dé Artemisa, yo ni loca voy a pedirle esas cosas nada más porque es mi amigo, ya parece, no quiero compromisos, ¡no quiero deudas!, ¡faltaría más!, ¡soy un alma libérrima!, así había comenzado, en esa ocasión, la Negra a desbarrar, con esa viveza lírica que le salía a latigazos y que había heredado de su padre el poeta Malagón, emblema del postestridentismo que en 1936 guio al poeta francés Antonin Artaud por los laberintos de la noche mexicana. Malagón, ya en las últimas, había embarazado, con un chisguetazo terminal, a la mamá de la Negra, que era una veracruzana jacarandosa de Mandinga que, con mucho tino, había ido a Los Abismos a aliviarse, huyendo del marido, cornudo y furibundo, que desde luego no era el famoso poeta. ¡Yo fui el último poema del poeta Malagón!, presumía la Negra cuando andaba ya bien peda, ¡soy el gran final del postestridentismo!, ¡un respeto y silencio, hijos de la chingada, que voy a recitarles uno de los alejandrinos de papito!

Artemisa le aseguraba a Wenceslao que el señor ya no significaba nada para ella, pero siempre recibía con alivio la noticia de que él no la había olvidado, sabía que la cadena no se había roto en todos esos años, que Teodorico seguía ahí a su merced como un perro y si un día de estos me muriera, pensaba últimamente, se arrastraría hasta mi tumba para llorarme, abrazaría la losa, se moriría ahí encima de la tristeza y la desesperación.

Artemisa era consciente hasta el cinismo del efecto que seguía produciendo en los cuerpos que tenía alrededor, los años habían mermado muy poco su belleza, bastaba verla andar por Los Abismos o por las calles de Orizaba para comprobar las olas que provocaba, era como si los hombres se fueran postrando a su paso para adorarla, hombres postrados en la orilla de las veredas, en las trochas o en los bordes del chicalotal, sobre los costurones de cemento de la banqueta, encima de la tapa de las pichanchas y en el vado del zaguán o junto al quicio de las puertas, decenas y decenas de hombres postrados y esperanzados en que el vuelo de su falda les tocara el rostro, el codo, un dedo, que el polvo que levantaba con sus botas les cayera encima como el polen primitivo y los dejara preñados, ella en el corazón, ella en el alma y en la boca y en los sueños, ella y nada más que ella.

La Negra Moya trataba continuamente de averiguar intimidades para írselas a contar al señor Teodorico. Aparecía de repente en la casa de Artemisa para hablar de cualquier cosa y sacarle algo a la niña. Era la fuente de información del señor y era también su compañera vitalicia, su paño de lágrimas y el abismo por el que se iba cuando hablaba con ella de esa mujer que le había astillado la vida. Fuera del tiempo que había pasado con Artemisa, la realidad de Teodorico había sido la del lobo solitario, la del amor rigurosamente lúdico y el sexo a granel, la historia del empresario y líder social sin tiempo para los melindres domésticos, la guerra del ermitaño que iba a morir al pie del cañón y sin descendencia. Nunca iba a estar Teodorico dispuesto a admitir que la Negra Moya era lo más parecido a una pareja que había en su pedregosa biografía. Desde que tenían diez años, los dos ya se metían a tentalearse en las cuevas de Atoyac, en los galerones abandonados de la estación de Paso del Macho, en el sórdido temazcal de Chocamán y en donde fuera, entre la milpa, las matas de chile o los cafetos, ahí mismo donde les había agarrado la necesidad, a la sombra de los tepehuajes, de los chichipates, de los tempisques y los lacocotes. La Negra era lo más parecido a una pareja que tenía el señor Teodorico, a una esposa podría decirse estirando hasta niveles gravosos el concepto pues, haciendo de lado la gozosa promiscuidad que cada uno gastaba por su lado, habían estado juntos en momentos cruciales, apoyándose mutuamente, desentendiéndose de otros menesteres con tal de sacar al cónyuge del agujero, y había sido ella, por poner el ejemplo que aquí viene al caso, la que lo acompañó, y en varias ocasiones hasta lo condujo por la noche interminable a la que lo había condenado Artemisa. La Negra y el ramillete de muchachas de la casa de Chelo Acosta lo habían rescatado de aquella noche larga y espantosa, se aparecían en el palacio de Acayucan para levantarle el ánimo al señor, pues la Negra sabía que, en los asuntos del amor, un clavo saca a otro clavo y que, para reponerse de los descalabros de esa naturaleza, no hay mejor método que el de la cogedera, el de la metralliza copulatoria, el del abrazo carnal para escapar en volandas de las llamaradas del infierno, como un ángel o cuando menos como un teporingo. Además la Negra en aquellos aquelarres diseminaba su recetario filosófico, piensa solo en las partes feas de la niña, lo conminaba. Recuérdala solo en situaciones gruesas, mocos, pedos, caca, un hollejón de frijol afeándole la sonrisa, sugería la Negra tratando de mantener la seriedad. Y el señor Teodorico replicaba, no sigas por ahí, mi negra, que Artemisa no tiene partes feas y además amo todas sus excreciones, sus deyecciones y sus exhalaciones, decía Teodorico trabajosamente porque las muchachas, que hacía diez minutos habían entrado en ramillete, ya se habían convertido en un enjambre de abejas amorosas que se le subía encima para desvestirlo mientras le iban dando besitos de abejita y diciéndole al oído estimulantes marranadas. ¡Ya párenle!, les decía atrayéndolas ansiosamente con los brazos. ¡No me acatarren, abejitas mías!, les decía gozando a más no poder el asedio, en lo que refutaba interiormente las recetas filosóficas de su amiga porque los mocos y los pedos y la caca de Artemisa estaban lejos de darle asco, al contrario, su invocación lo situaba en un plano físico imposible de explicar y doloroso de ver, lo excitaba y simultáneamente lo hacía llorar, ¡vaya papelón!, decía la Negra y luego advertía a las muchachas que nada de lo que pasaba en los salones del

100

palacio podía contarse afuera, todo debía quedarse dentro porque si salía, el señor era muy capaz de colgarlas del puente de la barranca de Metlac, después de meterles un alacrán por el chumino.

Los negocios que tenía con Teodorico llevaban al griego a estar presente, algunas veces, en el momento en el que se dilucidaba el remedio para la intromisión de un líder campesino. O cuando se decidía de qué forma se neutralizaba una tropa paramilitar acantonada en un punto nodal del recorrido. O de qué manera se extirpaba del palacio de gobierno a un presidente municipal díscolo y levantisco. Las acciones se ejecutaban para preservar la tersura de sus operativos sobre el territorio y eran ordenadas por el mismo Teodorico, frente a dos o tres miembros de su estado mayor que se bebían con delectación cualquier cosa que el patrón dijera. Las órdenes salían de su boca con una ligereza procaz a mitad de una comida, o en su oficina en el palacio de Acayucan, o mientras veían una pelea de box en la televisión. Hay que echarlos de ahí a balazos, decía. Reviéntenlos, a como toque y ni me cuenten cómo, ordenaba con un ímpetu marcial. Luego pasaba tranquilamente a otro tema, o a comentar el *uppercut* que su amigo, el Huitlacoche Medel, acababa de propinarle a su rival. ¡Quémenles la casa en la noche, cuando estén dormidos!, mandaba Teodorico a su gente en presencia del griego. No se trataba de un desliz, lo hacía adrede para comprometerlo, quería que se enterara de esa información que no podría revelar sin exponerse a que le quemaran también a él la casa. Era una prueba de lealtad que le ponía el señor, una advertencia velada más bien, una trampa en realidad, llegó a pensar el griego.

Una vez, al final de una comida con el líder de los agricultores de Apizaco, en un restaurante de la Ciudad de

México, Teodorico le dijo al oído que estaba pensando deshacerse del general que dirigía la zona militar de Veracruz. Cinco minutos después ya iban en una camioneta rumbo al Zócalo, a una oficina en el Palacio Nacional forrada de caoba y salpicada de diplomas, oropeles y bártulos castrenses. Era un espacio que tenía que oler a pólvora quemada o a cuero restregado o a tabaco renegrido, pero había en la atmósfera un tufo a sacristía. El griego ni dijo nada ni se le dirigió la palabra, era el otro agraviado que asistía a esa reunión intempestiva como una pieza de utilería, estaba ahí exclusivamente para darle cuerpo a la reclamación que hacía Teodorico con una energía bélica. Los agravios que enumeraba retumbaban como cañonazos en las paredes de la oficina, lo señalaba a él y luego a sí mismo, se daba una ráfaga de picotazos en el pecho con el dedo índice y luego lo lanzaba contra el militar que lo escuchaba, con una incomodidad mal disimulada, detrás de su escritorio. El griego fue testigo aquella vez, seguramente fue llevado ahí con esa intención, del enorme poderío de ese hombre que se extendía desde la sierra de Veracruz hasta los ministerios en la capital. Después de la diatriba feroz, aquel desdichado general, que había querido imponer su autoridad en la zona, terminó desvaneciéndose, volatilizándose, y el griego prefirió entender la desaparición como un acto de ilusionismo, y como una bendición la noticia de que el secretario de la Defensa en persona, según le contó al día siguiente Teodorico, había decidido zanjar el incidente enviando a otro general que tuviera más afinidad con los empresarios de Veracruz.

Fue Teodorico el que originalmente se acercó al griego, no de manera personal, tenía gente que se ocupaba de esos protocolos, enviaba a alguien a que le preparara el camino, o a que se lo allanara o arramblara con todo según el caso. Era como esos reyes que van siempre antecedidos por un factótum que entra por la puerta y antes de que nadie pueda preguntar nada golpea el suelo con la culata del bordón y dice en voz alta y clara, para que nadie vaya a perderse el anuncio, ¡su majestad, el rey!

Teodorico se acercó al griego porque era un hacendado notable y nada que fuera medianamente importante quedaba fuera de su control. Pero además buscó la relación personal por las mismas razones que podía tener cualquiera para codearse con el griego, era blanco y extranjero, dos singularidades que han impresionado siempre en esta selva llena de indios. A Teodorico le gustaba ser visto con él, lo citaba en sitios concurridos para hablar de sus negocios, en los portales de Galatea, en el restaurante del Jaripeo de Perote, en el Club de Leones de Orizaba, que eran lugares donde siempre tenía una mesa y manera de acomodar a sus guardaespaldas y a sus achichincles, no muy cerca de él para que la gente pudiera acercarse a saludarlo, si quería, ni muy lejos para poder intervenir en caso necesario, o por si se le ofrecían sus gafas oscuras en un momento de resolana. O una chamarra a la hora del relente. O por si había que ahuyentar a un comensal desagradable o amenazante, agarrándolo discretamente del brazo. O practicándole una oficiosa manita de puerco o un inclemente calzón chino para sacarlo en vilo entre las mesas. O clavándole en el hueso sacro la punta metálica de una 38 y susurrándole salivosamente en el oído, órale, no estés molestando al patrón porque aquí mismo te carga el payaso, órale, pafuera. Pero donde de verdad le gustaba exhibirse era en Los Delfines, un restaurante muy conocido en Boca del Río, una palapa enorme frente al mar con todos los flancos abiertos, al que llegaban en su helicóptero, que era una nave inconfundible porque estaba pintada con un juego de franjas negras y amarillas que el populacho asociaba con una avispa. En cuanto aterrizaban en el estacionamiento, en el claro que les despejaban entre los coches de la clientela, aparecían, zarandeados por el remolino que producían las aspas, el gobernador del estado y el alcalde de la ciudad, que habían sido alertados desde la mañana por el gerente. Acudían dispuestos a saludar y a genuflexionarse, o a postrarse si hacía falta ante el hombre fuerte de la región, cuyo visto bueno era imprescindible para ocupar el cargo y luego para mantenerse en él. Teodorico saludaba al gobernador, que se ponía una vez más a las órdenes del señor y soltaba algún comentario ejecutivo, o alguna nota variopinta con el ánimo de quedar registrado en la memoria de ese hombre que era imprescindible para su trabajo, y para su existencia en general. Cuando quiera puede mandar por eso, ya revocamos aquella orden del secretario de Agricultura, le envía sus saludos el señor presidente, dice que a ver cuándo lo visita, ¡ja, ja, ja!, a la legua se ve que lo estima de verdad, comentaba el gobernador dócil, sumiso, rendido hasta la obscenidad. Después venía el saludo todavía más breve y sin comentarios añadidos del alcalde, porque los guardaespaldas ya estaban ahí sugiriendo, empujando suavemente por el hombro, por la baja espalda, diciendo a los oídos de los mandatarios, el señor tiene que tratar otros asuntos, gracias por venir, no les quitamos más su valioso tiempo. Con el mismo empujón suave en la baja espalda, que era prácticamente una caricia, los sacaban de la escena y los llevaban con alguno de los achichincles para que tomara nota de las inquietudes que querrían tratar, cuando buenamente se pudiera, desde luego, con el señor.

Al griego le impresionaba el poder que tenía Teodorico sobre el resto de los poderes del estado, pero también era consciente de la morbosa fascinación que sentía el señor por él y de que la única forma que tenía de conservar esa posición de privilegio era precisamente no dejándose impresionar, manteniéndose impertérrito ante los desplantes que hacían converger en su mesa todas las miradas del restaurante. El griego era un individuo presuntuoso y muy pagado de sí, estaba orgulloso de la fortuna que había logrado hacer en un país que no era el suyo y no perdía oportunidad para contar su enfrentamiento con el general Metaxas y el accidentado viaje que lo había llevado de Grecia hasta

México. Todo eso lo sabía Teodorico y no le provocaba ningún interés, su vida había sido mucho más difícil y sus logros, mucho más contundentes. Tampoco, la verdad, es que fueran muy importantes los negocios que tenía con el griego, pequeñas transacciones con parcelas o con cabezas de ganado, venta de cosechas con sobreprecio a empresas del estado, una flotilla modesta de autobuses regionales que gestionaban con otros dos accionistas. Eran pequeñas operaciones que podría haber llevado perfectamente la secretaria de Teodorico o cualquiera de sus ayudantes, como al final terminaría pasando, pero no era por el negocio que sentaba al griego en su mesa, lo que hacía era utilizarlo para exhibir el alcance social que tenía su poderío. Su amigo comía sumisamente de su mano, a la vista de todos, dentro de una realidad donde normalmente eran los extranjeros los que pisoteaban a la gente como él. Ahí estaba el hombre fuerte, admirado por todos los parroquianos, abrazado por la música de los jaraneros y por la brisa del mar que removían los ventiladores. Ahí estaba comiendo ceviche de jaiba, escamoles al pipián y langosta con un Peñafiel de mandarina. Ahí estaba dándole la vuelta a la historia y ostentando su versión más lucidora, muy consciente de que así era como se le veía, como Moctezuma sometiendo a Hernán Cortés, el indio subordinando al encomendero, el totonakú poniéndole al hacendado la bota en el cuello, y eso no pasaba desapercibido para nadie, era el cambio de signo, la teatralización de la venganza, el reverso de la fortuna, era la serpiente arrastrándose entre los zapatos de los comensales, diseminando un escalofrío por todo el restaurante, avisando, advirtiendo, amenazando, ¡en cuanto yo quiera o así lo decida o cuando sea más conveniente voy a devorarme, enfrente de todos ustedes, a este pinche mirlo! El griego se daba cuenta de la puesta en escena, era el antagonista, la víctima del performance al que se prestaba para regocijo de los que estaban ahí, representaba dócilmente su papel porque la ganancia era muy superior al ligero reconcomio que le provocaba esa descarada manipulación. De hecho experimentaba en esas ocasiones una ola de simpatía, su sacrificio público era imprescindible para que el señor resplandeciera. ¡Tráile más escamolitos aquí al güero!, ordenaba el señor con una terminante autoridad. ¡Tráile una langosta de las grandes para que luego no ande diciendo que no lo alimentamos bien!, decía estentóreamente para diversión de los comensales. ¡Tráile más frijolitos, más nopales y más huazontles para que vea lo que es bueno! Allá en su país no tienen de esto, ¿no?, se mofaba, y luego soltaba una carcajada de satisfacción, de gusto, de regocijo mientras hacía venir a los jaraneros. ¡Tóquenle un son aquí al güero que viene de Grecia!, ordenaba y los músicos se arrancaban con una pieza vaciladora, que ya le habían dedicado en otras ocasiones, bordada alrededor de su extranjería, de sus ojos del color del aguacate, de sus zapatones, de su rubicundez, de la desgracia en suma de no haber nacido mexicano y jarocho.

Al final de aquellas comidas, cuando les servían el café, ya para irse porque el señor tenía siempre muchas cosas que hacer, Teodorico ordenaba al piloto, que estaba en una mesa cercana liquidando un pámpano, que fuera echando a andar el motor del helicóptero y lo hacía con una señal característica que era otro de los elementos de la representación. Después de darle el primer trago a su café levantaba el brazo izquierdo y dibujaba en el aire con el dedo índice el movimiento de la hélice y esa era la señal para que saliera el piloto disparado, y para que los guardaespaldas y los achichincles se fueran yendo a las camionetas que los llevarían a Acayucan de las Rosas por la carretera, mientras uno de ellos pagaba lo que debía el señor. Un minuto después de la orden del dedo índice arrancaba la escandalera del motor y de las hélices en el estacionamiento y simultáneamente comenzaban a volar servilletas, las cartas del menú, las hojas amarillas de las comandas y las hojas secas de los tabachines, de los tamarindos, de los carambolos, volaban sombreros, mantillas y bolsas de plástico, todo volaba dentro del restaurante que estaba a los cuatro vientos y todo era arrasado por el escándalo de las aspas que acallaba a los jaraneros y hacía callar a los comensales, mientras él, seguido por su amigo el europeo, salía del restaurante y luego de Boca del Río volando a toda velocidad rumbo a su palacio, a bordo de su resplandeciente avispa.

Había otro elemento, más íntimo, que hacía atractivo al griego a los ojos de su socio. Desde muy joven, con el afán de distanciarse culturalmente de la casa miserable en la que había nacido, Teodorico había contratado al profesor Brambila, ese maestro del que el brujo Fausto se burlaba sin piedad, para que lo ilustrara, para que lo desasilvestrara insuflándole conocimientos de cultura general que, llegado el caso, él pudiera ir dosificando en sus conversaciones, con el ánimo de desterrar la ominosa marca social que le habían dejado el adobe y sus padres labriegos. La explicación de su propio nombre le daba la oportunidad de contar ante un secretario de Estado, o frente a un empresario mamón o muy cerca de una mujer a la que se disponía a seducir, la vida y los milagros de los reyes francos que le había enseñado el profesor Brambila. El acento de ese proceso de refinamiento que fue transformando al Teodorico rústico en una persona medianamente sofisticada estaba puesto en la Grecia antigua, un tema en el que Brambila era un experto, que le había dado para publicar un celebrado ensayo en la editorial de la Universidad de Veracruz. El profesor, a lo largo de los años, le había ido enseñando alegorías filosóficas, fábulas, leyendas morales, piezas de teatro, sagas heroicas, la historia política y los albores de la democracia y algunos mitos que Teodorico contaba para ilustrar ciertas situaciones de la vida y, más que nada, para hacerle ver a su auditorio que no era ningún pelafustán. El señor se sentía muy atraído, desde luego, por la omnipotencia de Zeus y por su versatilidad sexual, de la que hablaba cuando la mesa era propicia, cuando se vacilaba, por decir algo, con un grupo de ganaderos de Veracruz, sobre los ligues o las infidelidades, o los amantazgos o las barraganadas que caldeaban el entorno. Aunque después de todos los años de instrucción del profesor Brambila fue Artemisa la que, en unos cuantos meses y con un método áspero que rayaba en el maltrato, consiguió culminar el proceso de refinamiento de Teodorico.

El profesor Brambila era originalmente maestro de Etimologías Grecolatinas en la Universidad de Xalapa y, a pesar de su prestigio, y de los libros que había publicado, tenía un salario modesto que le permitía vivir en un pequeño departamento, en el centro de la ciudad, era soltero y dedicaba su tiempo a la lectura, al estudio y a alguna francachela ocasional con la gente de su gremio. A su prestigio académico se sumaba el de ser el vástago de una de las familias más respetadas de Xalapa, en la que había un rector universitario, un alcalde, un gobernador del estado, su abuelo, y su padre, que había sido secretario de Cultura del Ayuntamiento, una familia de funcionarios prominentes de la que le tocaba como herencia el lustre y el prestigio. No se sabe exactamente cómo fue que Teodorico se acercó, cuando era todavía muy joven, al profesor Brambila, ni cómo fue que acabaron entablando ese intercambio mercantil, de enseñanza a cambio de una remuneración económica, pero puede suponerse que fue la vocación del profesor, la conciencia social que había aprendido en casa de sus padres, la que lo llevó a ayudar a ese muchacho desarrapado que deseaba cultivarse y no el dinero, que al principio no podía haber sido mucho pero que, al cabo de los años, terminó siendo el factor más notorio en esa relación. Cuando yo supe de su existencia, el profesor Brambila recorría las carreteras en un automóvil Camaro azul cobalto, tenía una casa con jardín y alberca en las afueras de Xalapa y un helicóptero aterrizaba cada tercer día, en el descampado de enfrente, para llevarlo a dar sus lecciones al palacio de Acayucan de las Rosas. Unas lecciones que de vez en cuando, como contó alguna vez el Telonius en la casa de Chelo Acosta, aflojado por el guarapo y la admiración de las muchachas, se desdoblaban en unos fiestorros donde el profesor y el brujo Fausto, que se tenían una profunda antipatía, alternaban con las celebridades que visitaban el palacio, con un nivel de participación y un entusiasmo que iban más allá, o quizá más acá, de la academia y la hechicería.

Teodorico era el hijo venido a más de unos labriegos de Zapayucalco. Era un hombre poco agraciado, bajito, rechoncho, que paliaba su ¿fealdad?, ¿rudeza?, ¿tosquedad?, hermoseándose con todo tipo de aditamentos. Lociones caras, sofisticados tintes que le mantenían el cabello de un negro inverosímil, trajes que mandaba a hacerse en Europa, Etro, Burberry, Mr. Porter, camisas de Charvet y de Lorenzini, prendas de lino que le traían de Inglaterra para los días muy calurosos, chamarras de piel de la casa Berluti y unos largos abrigos finlandeses, de la firma Heikkinen, que aquí en pleno trópico provocaban extrañeza. Toda su vestimenta, incluso la ropa interior, venía de otros países, pero con el calzado era estrictamente regional, usaba unos finos botines que le confeccionaba un zapatero de Naolinco y en lugar de corbata se amarraba al cuello un paliacate rojo, para que no se le olvidara su origen. Eso argumentaba el señor con coquetería cada vez que alguien se atrevía a preguntarle el motivo de aquella excentricidad, de aquel exabrupto campesino que no era originalmente una idea suya, sino una sugerencia que le había hecho el Huitlacoche Medel. No pierdas tus raíces, hermano mío, átate a ellas como se ata el capitán responsable a la rueda del timón, le había dicho el boxeador en un momento de verbosidad alcohólica. Que tus raíces se vean, que puedan comprobarse de un vistazo, que sean raíces aéreas, al aire, y no enterradas en la oscuridad, puntualizó el Huitlacoche, que era una vieja gloria del boxeo y un amigo por el que se dejaba aconsejar. Era su asesor y más que nada su mantenido, a cambio de estar siempre dispuesto a comentar el punto, a platicar con él o a estarse ahí sentado cuando la onda era silenciosa y taciturna. O a subirse al helicóptero cada vez que a Teodorico se le ocurriera presumirlo en una fiesta, o en una comida de negocios. Era su mantenido a cambio de que, cuando al señor le entraran las ganas, le enseñara a boxear, aunque siempre la cosa quedaba en que se sentaban juntos en el salón del palacio a ver viejas grabaciones de las peleas del mismo Huitlacoche. A esas alturas de su vida, el boxeador ya tenía demasiados años pero era muy animoso y muy vital, muy atinado a la hora de dar consejos porque, como solía decir, había recibido los golpes en la mandíbula, en el hígado, en el píloro, en el duodeno y el yeyuno que una persona normal no recibiría ni en ciento cincuenta vidas. Así exageraba el Huitlacoche y remataba diciendo, por eso soy bueno para dar consejos, he vivido muchas vidas, me las sé de todas todas y hasta el pinche diablo me pela la macana, sé más que él, yo he vivido el infierno en la tierra y él no, él ha vivido en el infierno, en sus propias instalaciones y rodeado de su gente, así qué chiste, ¿no? De esa forma peroraba el Huitlacoche mientras se iba bebiendo un tequila tras otro y luego se ponía a festejar sus propios *jabs*, sus propios ganchos al hígado y sus propios *uppercuts* que iba dando él mismo de muy jovencito en la pantalla del televisor, metido en un cuadrilátero del pasado remoto, con la marca de la cerveza Carta Blanca toscamente estampada en los postes del ring. Un *crochet*, un *swing*, otro *uppercut*, un *hook*, otro tequila mientras Teodorico bebía un Peñafiel de mandarina o un Jarochito de grosella, con un ojo a la televisión, otro a las fantochadas pugilísticas de su amigo y otro a la pantalla de su teléfono móvil, que no paraba de recibir mensajes, pequeñas urgencias del trabajo mezcladas con ligoteos y maquinaciones eróticas, porque a las horas en las que convivía con el Huitlacoche eran sus asistentes los encargados de capotear los asuntos más gruesos. Pero también había noches extremosas en las que el señor tenía que dirimir, en lo que el Huitlacoche lanzaba golpes frente al televisor, todo tipo de trifulcas con sus empleados, siempre siniestros y misteriosos, que se acercaban a murmurarle cosas en la oreja, a pasarle papelitos o a hacerle señas y visajes desde el otro lado del salón. Así vivía Teodorico, no dejaba de trabajar ni cuando se estaba divirtiendo, quizá por el miedo que le daba arruinarse y tener que volver a Zapayucalco, a la casita de adobe, a la miseria picoteada por los pollos, a los interminables ocasos en los que no se vislumbraba ninguna esperanza, solo la pobreza, el hedor, la podredumbre, el espeluzno de la carencia, todo eso que representaba, o más bien que exorcizaba el paliacate que se amarraba obstinadamente al cuello. No tenía manera Teodorico de escapar del espantajo de aquellas calamidades que lo atormentaban, cada pacto, cada negocio o chapuza, cada enemigo desvanecido, cada ranchería quemada y cada cubeta de veneno vertida en el pozo o en el arroyo significaban para él un tramo más en esa carrera que lo alejaba del infernal Zapayucalco. A pesar de su fortuna y de su costoso guardarropa y de sus colonias estentóreas y de su palacio y de su salón lleno de reliquias y pinturas de la Grecia antigua. A pesar de las enseñanzas del profesor Brambila que lo habían convertido en un hombre, desde cierto punto de vista, refinado. A pesar de que controlaba, de manera obscena, los poderes de la región, del estado y de la República mexicana. A pesar de los pesares seguía teniendo un sueño recurrente que no lo había abandonado nunca, se veía de regreso en la casita de adobe y se preguntaba qué carajos había pasado y se respondía a sí mismo, aterrorizado dentro del sueño, que lo del palacio de Acayucan de las Rosas había sido una alucinación megalomaniaca y que la triste realidad era que seguía viviendo en la lúgubre casita. En ese instante despertaba, bañado de sudor, con todo y que las máquinas de aire acondicionado enfriaban permanentemente el palacio, porque el frío de artificio también lo alejaba de la casita de adobe y ratificaba de manera muy palpable su prosperidad. Gracias al aire acondicionado podía estar en el salón con la chimenea encendida, no importaba que hubiera treinta y cinco grados a la intemperie, y cuando llegaba una conductora de televisión o una artistilla de telenovela, o simplemente una muchacha de buen ver, se ponía su mejor abrigo finlandés, o una gruesa chamarra de piel para desplazarse como un rey nórdico por sus dominios.

El señor, además de adicto al trabajo y de vivir atormentado por el espectro de la casita de adobe de Zapayucalco, era, como va quedando claro, sumamente vanidoso. Le gustaba estar rodeado de viejas glorias como el Huitlacoche Medel o el Ratón Macías, o el famoso luchador Huracán Ramírez o el futbolista Willy Gómez, y también de deportistas en activo como el beisbolista Simbad Oropeza, y de cantantes, actores, periodistas y conductores de noticiarios y sobre todo de mujeres, que nunca le decían a nada que no. Ninguna pasaba de largo frente a sus encantos que, a fuerza de empeñarse, se habían vuelto más notorios que su fealdad. Al señor Teodorico nadie se le resistía, solo una, solo la única, solo ella y nadie más que ella.

Una vez vi a Teodorico en el esplendor de su vanidad, rodeado de deportistas y artistillas, de políticos y empresarios de todo el país y respaldado culturalmente por el profesor Brambila y espiritualmente, desde un oscuro rincón, por la figura inconfundible del brujo Fausto. Iba con un pomposo traje blanco que, según decía mi tía, se lo había diseñado el modisto español Cecilio Serna. Del brazo llevaba colgada a una actriz de telenovelas muy empingorotada. Era la tarde en la que se reinauguraba el estadio Beisborama de Galatea, que además se rebautizaba con el nombre del hombre que había pagado su ampliación: Estadio don Teodorico Aguilar Balbuena. Aunque quizá en lugar de su ampliación habría que decir su construcción, porque antes de aquella fecha el Beisborama era un llano con bancas de metal detrás del *home* y otras al costado del jardín izquierdo. Teodorico era el artífice de la trasmutación del llano en un estadio en el que podrían jugar con soltura los Yankees o los Dodgers, decía con orgullo la prensa de la región y probablemente fuera cierto si se descontaba la tendencia que el público local tenía hacia el relajo, la revuelta y el pandemónium. Pero esa tarde, cuando menos al principio, los mil quinientos aficionados que habían llegado de la sierra y de la selva a sentarse por primera vez en las gradas de un estadio, y a beberse la cerveza que don Teodorico obsequiaba copiosamente, se portaban moderadamente bien. Había gritos, chiflidos, leperadas más o menos tolerables y se hacía la ola cada dos o tres minutos, e incluso se ovacionó al señor, con verdadero entusiasmo, cuando caminó hasta el centro del diamante, con su actriz empingorotada del brazo, para hacer el lanzamiento inaugural desde la loma del pitcher. Un lanzamiento de trayectoria dubitante que bateó con diligencia el famoso Félix Abasolo, también conocido como la Chicharrita de Tlalpujahua, hijo del mitológico Chicharro y célebre por su porcentaje de bateo pero, sobre todo, por sus tórridos romances, que se escenificaban espontáneamente y con gran contundencia en las cantinas de la región, donde no entraban las mujeres pero las de la Chicharrita sí. Después del batazo inaugural comenzó el juego entre los Cafeteros, que eran los de casa, y los Caballos de Otumba, un equipo correoso que nunca bajaba de la media tabla de clasificación, pero tampoco aspiraba nunca a ganar el campeonato. Teodorico se prodigaba con el selecto grupo que llenaba el palco de honor. El Huitlacoche Medel vacilaba con la gente que se acercaba a saludarlo, firmaba gorras, hacía *jabs* de sombra compulsivamente para canalizar su excitación y se prestaba a los selfies con sus fans sin remilgo alguno, sin la más mínima compostura y ya un poco descuachalangado por los tequilas que se bebía, sin derramar una gota de su vaso a pesar de la metralla de *jabs* que soltaba incesantemente. El Huitlacoche navegaba lejos de la solemnidad del Huracán Ramírez y de la elegancia del Willy Gómez, que se conducía con un dejo que aspiraba a ser majestuoso, del brazo de una señora de edad indescifrable, que lo mismo podía ser su pareja que su mamá que su enfermera. El componente aglutinador del grupo que llenaba el palco era una nebulosa de jovencitas que iban de un lado a otro, resistiéndose y simultáneamente sucumbiendo a la atracción gravitacional que ejercían sobre ellas los viejos verdes, los viejos repulsivos que les convenía pescar, los viejos de oro y de cieno, los carcamales de diamante y de boñiga que eran para las jovencitas la promesa de una vida de mierda que sin ellos sería decididamente miserable. Las jovencitas y los señores gravitaban en ese sistema acompasado por los culebreos casi cósmicos, casi místicos de la Negra Moya, que bailaba, con verdadera opulencia, las piezas guapacho-sas que iban poniendo para animar el partido, bailoteaba y, en cada estertor, rozaba las caderas de la madre de Chelo Acosta, la pieza inmóvil en torno a la cual giraba ese siste-ma, el clavo al que todos se agarraban o terminarían inelu-diblemente agarrándose. En ese palco de honor figuraban, lo recuerdo bien, el gobernador y el alcalde, el jefe de la policía, el de la zona militar y el secretario de Obras Pú-blicas que, se decía en voz baja, había puesto dinero para la construcción del estadio que, se suponía, había paga-do Teodorico. En medio de aquella multitud que brinda-ba animadamente, vi al griego, su pelo rubio reverberaba como una antorcha, se le veía pendiente de lo que quisiera decirle Teodorico, cerca de él, dispuesto a saludar a quien el señor le indicara, a hacer el sondeo instantáneo de algún funcionario para montar otro negocio, listo para desapare-cer, reaparecer o volverse a ir, lo que el señor mandara. Pa-recía mentira que ese hombre que había sobrevivido al acoso del general Metaxas, que había recorrido media Euro-pa caminando y fundado una hacienda boyante en un país que no era el suyo, se arrastrara de esa forma. Aquel hombre era la evidencia de que por más dinero y poder que tengas siempre hay alguien que te pone la bota enci-ma. Y a Teodorico ¿quién se la ponía? No había en el hori-zonte quien se la pusiera, alguien habría pero no alcanzá-bamos a verlo y eso lo convertía en una especie de dios. Yo era entonces un muchacho y el griego era lo que más me perturbaba de ese palco, era el padre de la mujer con la que yo iba a casarme y verlo ahí comportándose de esa forma, tan pendiente y tan dispuesto a soportar la bota que tenía encima, tan rastrero, avivó la angustia que me había carco-mido durante las últimas semanas. El griego era la prueba lastimosa del poder absoluto de Teodorico y a mí empezó a lastimarme ahí mismo lo que decía la gente. Envidiosos, resentidos, decía yo tratando de esquivar el dardo de la palabra envenenada, la sustancia corrosiva del murmullo, de la comidilla que decía que habían visto a Artemisa con Teodorico en una de sus camionetas o bajándose del helicóptero. Pues claro, había dicho yo, si es el socio de su padre, su presencia tendrá que ver con la compra o la venta de algo. Argumentaba eso porque me parecía imposible que la situación fuera otra. Artemisa era mi novia, iba a casarse conmigo, me lo había dicho y el murmullo, pensaba entonces, no era más que puro chismorreo. Pero algo había empezado a incendiarse ante la visión del griego sumiso, servicial, abyecto, un incendio que no amainaba ni al ver a Teodorico oficialmente acompañado por la famosa actriz de telenovelas. ¿Era su pareja?, me preguntaba como si de verdad eso tuviera importancia, me agarraba de lo que podía, era yo un muchacho ingenuo y rústico que vivía en una plantación de café y la visión de la actriz, que tendría que haberme tranquilizado, no hacía más que avivar las llamas. Estaba yo ahí con mi padre y con mi tía, con el caporal y su mujer y algún trabajador de la plantación y con las criadas de la casa, se trataba de llenar el palco que estábamos estrenando, para no quedar mal con el dueño del estadio, para que no se dijera que lo desairábamos, como si no fuera suficiente lo que papá le había pagado a Teodorico por esa propiedad, igual que Jobo el del garito y los Intriago, los Enrigue, los Pírez, los Perdomo y todas las familias que poseían ranchos, plantaciones, negocios en la región. Todos habíamos comprado un palco para estar en paz con Teodorico, nadie lo quería desairar, salía más a cuenta comprar ese cubículo que enemistarse con el señor, no importaba que fuera ridículamente caro, ni que ninguno de los flamantes propietarios fuera aficionado al beisbol. ¿Cómo va a ser verdad lo que dicen si este viene a exhibirse aquí con esa actriz?, ¿cómo va a salir Artemisa con ese viejo que le lleva veinticinco años?, pensaba desde mi dolorosa ingenuidad. Era yo un rústico y un pueblerino, incapaz de imaginar lo que la misma Artemisa confesaría al día siguiente, harta de mis preguntas, de mi insistencia, del incendio que me devoraba, y aquella revelación que me dejó devastado quedaría unida para siempre en mi memoria con la imagen del palco de honor, con Teodorico y su actriz, con el Huitlacoche Medel prodigándose entre sus admiradores, con la tenebrosa figura del brujo Fausto y, junto a Lucio Intriago, cacique de San Juan el Alto, la cabeza llameante del griego con su pérfido brillo. Mientras yo trataba de decodificar la angustia que me producían esos personajes, el estadio alcanzaba su punto de ebullición. Todavía no acababa la primera entrada cuando cruzó el aire el primer proyectil, que fue lanzado desde la gayola, un vaso que cayó entre dos asientos del primer graderío y bañó de cerveza a los que estaban cerca y provocó la reacción airada de un muchacho que se levantó para increpar a los de arriba. ¡Qué se traen, hijos de la chingada!, ¡voy a subir a romperles su puta madre! Los de arriba, medio ahogados por las carcajadas, le tiraron otro vaso lleno seguramente de orines porque ¿quién iba a desperdiciar de esa forma la cerveza que obsequiaba Teodorico? A ese vaso siguió otro y luego un bombardeo indiscriminado que bañó a todo el graderío. Los de abajo insultaban ásperamente a los de arriba y se defendían, en franca desventaja, lanzándoles pedruscos de cemento, rebabas metálicas, trozos de madera, tornillos que habían dejado ahí los albañiles y, a pesar de la desventaja, lograban sacarle sangre a alguno, de la cabeza, del pómulo, de la frente y aquella masacre en la gayola, como sucede en el mar cuando la sangre se expande entre los tiburones, disparó el instinto asesino de la muchedumbre y multiplicó los proyectiles. A los vasos llenos de orines se añadieron los mismos desechos que habían dejado los albañiles por toda la obra, clavos, tuercas, varillas de la cimbra, que empezaron a llover sobre los del primer graderío. Algunos corrían a refugiarse debajo de los alerones y otros, los más aguerridos, se lanzaron escaleras arriba para liarse a trompadas con los agresores. En menos de cinco minutos el recién inaugurado

Estadio don Teodorico Aguilar Balbuena, antes Beisborama, era el escenario de una batalla campal. El ampáyer suspendió el juego porque una sección de la artillería apuntaba, con una saña homicida, contra los Caballos de Otumba, que corrieron a refugiarse al *dugout*. Los Cafeteros trataban de apaciguar a sus seguidores desde el campo, el famoso Chicharrita, acompañado por Manny Álvarez y Rico Carty, se acercó por la zona del cátcher y Vic Davalillo y Natanael Alvarado lo intentaron por la tercera base pero, en cuanto se aproximaron a la tribuna, recibieron un baño masivo de orines que los hizo escapar también al *dugout*. Los que no estaban trenzados en algún cuerpo a cuerpo salían del estadio en una avalancha que se llevaba por delante a quien no se pusiera vivo y al mismo tiempo irrumpía, por el portón que daba al llano, la policía municipal con sus porras y sus macanas y unas severas descargas de gases lacrimógenos que dieron por terminada la zacapela. El final coincidió con dos bravos de la gayola que llegaron hasta la barandilla cargando un mingitorio de porcelana, que acababan de arrancar del baño, y lo dejaron caer para que se hiciera pedazos contra las gradas de abajo. Los de los palcos habíamos atrancado las puertas y nos tiramos al suelo para estar protegidos por si empezaban los tiros. Todos nos escondimos menos Teodorico, que se mantuvo de pie, en su sitio, imperturbable durante toda la batalla, radiante con su traje blanco, el pelo de un negro inverosímil, fumando chulescamente un enorme Cohiba Coronas Especiales de los que, decían, le enviaba Fidel Castro, añadiendo humo a la humareda lacrimógena que lo envolvía, parecía un general mirando con indulgencia a sus soldados en plena refriega, mientras sus invitados se guarecían debajo de las butacas, acurrucados contra las paredes, amontonados en el cuartito de la cocineta y en el clóset. A nadie extrañó que Teodorico se quedara de pie desafiando la vorágine, no esperábamos menos del hombre fuerte de la región, era el amo, el invencible, el indoblegable.

No sabía el cabrón lo que le esperaba, ni yo tampoco, aunque algo empecé a saber esa tarde, algo vi, muy pronto iban a doblegarlo y a hacer que se arrastrara como un animal, muy pronto Artemisa iba a empezar a ponerle la bota encima, a pisotearlo, después de pisotearme a mí.

¿Cuántos años tiene la chamaquita?, preguntó Teodorico la primera vez que vio a Artemisa. Estaba en casa del griego atendiendo un asunto que le urgía resolver. La situación era excepcional porque normalmente todos los asuntos se resolvían en el palacio de Acayucan, pero esa vez la intención era sorprender, presentarse de improviso, intimidar para hacerle ver al griego el riesgo que corría si le daba por insubordinarse. A veces le entraba al señor una paranoia que lo obnubilaba, que se le expandía como un gas por dentro del cuerpo y, sin pensarlo demasiado ni hacer mucha averiguación, era capaz de aterrizar en un claro de la milpa, a las seis de la mañana, para intimidar a un campesino que, de acuerdo con su percepción, le estaba jugando chueco. O de irrumpir en la sacristía de la parroquia de San José, para hacerle ver al cura que su homilía sobre las desigualdades sociales podía alebrestar al populacho, para sugerirle que sería mejor bordar sobre otros temas, como el amor al prójimo, la solidaridad entre los vecinos, la moderación a la hora de ponerse a beber, temas realmente útiles para la comunidad, le había aconsejado Teodorico aquella vez al cura. Porque si me los intoxica con eso de las desigualdades se me van a alborotar, y ¿para qué?, ¿para que tenga que intervenir la policía o el ejército? Lo que hacen esa clase de homilías en realidad, puntualizó en aquella ocasión, es perjudicar al pueblo, llevarlo al matadero, que es precisamente lo que debe evitar un padrecito, se supone que usted debe salvar las almas de los fieles, y no va a salvarlas si anda diciendo lo que dice. ¿Viviría usted tranquilo si sus palabras provocaran una masacre que acabara con un pueblo?, ¿con Huatusco?, ¿con Tehuipango?, ¿con Tlachichilco?, ¿verdad que no?

Algo habría notado Teodorico en el griego, un comentario de él o algo que le habían dicho. Un gesto bastaba para que aplicara el correctivo de presentarse sorpresivamente a desbaratar de un manotazo, sobre la mesa o sobre su propia rodilla, el complot que presentía. Aparecía llamado por eso turbio que urgía aclarar de forma no muy directa, por vías alternativas, porque al señor no le gustaba que se le transparentara la paranoia, era una debilidad, una fisura indeseable en el hombre fuerte, así que se iba yendo por la periferia, se valía de eufemismos, insinuaba, proponía alegorías, trasuntos, extrapolaciones. Lanzaba una conversación truculenta que pretendía sacar a flote el objeto de sus sospechas y, una vez que confirmaba o desterraba su preocupación, pasaba a los asuntos concretos, los nombres, los números, los objetivos, de manera distendida y general porque, más tarde, alguno de sus empleados se encargaba de exigirle cuentas al sospechoso, de reconvenirlo, a veces con métodos violentos, y de regresarlo al redil. Aquel día, el helicóptero del señor había aterrizado en el jardín de la hacienda del griego, los mozos y las criadas lo vieron a lo lejos como lo veían siempre, remoto y lejano, un mosquito ruidoso que medraba en lontananza contra el cielo azul, y nunca se imaginaron que, en lugar de pasar de largo rumbo al mar, se iba a ir haciendo cada vez más grande y más estruendoso hasta quedar suspendido encima con su panza brillante obstruyendo el sol, provocando la sombra que haría un eclipse. El escándalo se había multiplicado en las arcadas del corredor y se propagaba en las caballerizas, en los establos y corría por el descampado hasta producir un eco apisonado contra el talud de la montaña, mientras la hélice engendraba una ventolera que se recrudecía conforme el helicóptero se acercaba al suelo, el torbellino hacía ladrar a los perros, agitaba las palmeras y los tabachines, y arrancó del tendedero camisas, calcetines y una sábana que se fue a enganchar, como un fantasma, en las ramas de una sabina. Los que andaban por ahí fueron a refugiarse al corredor y los que estaban dentro de la casa se asomaron para ver de dónde venía ese escándalo que hacía temblar las ventanas y las vitrinas. Todos excepto el griego, que se quedó en su escritorio, no necesitaba asomarse para saber lo que pasaba, temía lo que pudiera traer esa visita intempestiva que ya empezaba con una agresión, con el recordatorio de quién era el amo y señor, porque en lugar de aterrizar en el descampado lo había hecho en mitad de su jardín. En cuanto el helicóptero tocó tierra, el piloto apagó el motor y, con las aspas todavía girando ya sin ruido rumbo al reposo, se abrió la portezuela y bajó Teodorico, ajustándose el saco, pasándose una mano por el cabello, ignorando a los perros que ladraban con desconfianza a ese individuo que acababa de caer ruidosamente del cielo. Buenos días, dijo a la servidumbre que lo miraba asombrada, pasmada frente a ese caminar coqueto y despreocupado por el jardín. Ese pájaro metálico lo había llevado hasta ahí desde quién sabía qué confines, seguramente desde el averno, pensaron los que contemplaban su presuntuoso andar, después de paladear la pestilencia a queroseno que se adueñó del ambiente en cuanto se apagó el motor. ¿El señor Athanasiadis?, preguntó a una criada que lo miraba confundida mientras pensaba, ¿es él?, ¿qué hace aquí?, ¿ya nos está cargando la chingada? Aturdida por las dudas, pero bien resuelta a hacerse cargo de la situación, la criada le dijo a Teodorico, señalándole el camino, después de usted. Prefería ir detrás de ese hombre que, según contaban, no era de fiar, prefería tenerlo vigilado durante el trayecto, le iba viendo las botas, el impecable traje de lino azul claro y un bulto en la cintura que tenía que ser un arma. Enfilaron por el largo pasillo que llevaba al despacho del griego, un corredor sembrado de puertas y recovecos que de por sí atemorizaba a la criada, por la cantidad de memorias nefastas que había ido acumulando, a lo largo de su vida, en esos espacios largos en los que sus hermanos le pegaban, cuando era niña, unos sustos de muerte. Le hacían ruidos terroríficos de sapos gigantes, de caimanes furibundos, de los huesos de un esqueleto chocando unos contra otros. O aquel recuerdo del pasillo en la vieja casona de la Confederación Campesina de Los Abismos, donde le había salido un malandrín para quitarle su dinero y de paso palparle golosamente los pechos. O aquel otro susto que se había llevado una noche, en el pasillo de la casa de su tía Imelda, cuando le salió su tío Everardo de un recoveco con la bata abierta y su cosa erecta, diciéndole ay, mijita, es que estás bien chula, ay, mijita, no me juzgues con demasiada severidad, así se me pone nomás de pensar en ti, ayúdame a sacarme del cuerpo este tormento. Y a todos estos horrores que asaltaban a la criada cada vez que recorría esa parte de la casa había que sumar los espíritus, las apariciones, las sombras tenebrosas y los chaneques, que no propiamente existían pero bien que la asustaban. Cuando iba por la mitad del pasillo, esperando que le saliera un susto de una puerta o de un recoveco, cayó en la cuenta de que no había cosa que asustara más en la región que el mismo señor Teodorico que venía delante de ella, conjurando los espantos que pudieran salirle al paso. Todos temían las iras del señor y sus represalias, su talante desalmado y su soltura para liquidar a quien se le pusiera gallito, con la pistola, el machete, el cuchillo y, como decía la leyenda, con sus propias manos o, según el apunte de los más exagerados, con dos dedos de la mano izquierda, el meñique y el pulgar. Así que la criada se preguntó, ¿qué más me dan los espíritus, las sombras y los chaneques, si es el mismo diablo el que me viene precediendo? Cuando llegaban al despacho del griego, que estaba al final del pasillo, la criada tomó la delantera para anunciarle a su patrón, que esperaba angustiado en su silla, que lo andaba buscando el señor del helicóptero. Teodorico irrumpió en el despacho con una seriedad y una mala vibra que invitaba a refugiarse debajo del escritorio. ¿Un café?, ¿un refresco?, ¿una agüita de guanábana?, preguntó el griego después de darle obsequiosamente la bienvenida. Le acepto un Peñafiel del sabor que tenga, dijo Teodorico, y luego se sentó en una butaca, al tiempo que se desabrochaba galanamente el saco de lino y, sin ninguna clase de preámbulo, comenzó a componer su monólogo periférico, que ya venía pensando en el helicóptero, para ver qué sacaba, a ver de qué manera reaccionaba su socio y si era que iba a sorprenderlo en la movida, si es que la había. Qué casa tan grande tiene, comentó Teodorico a mitad de su averiguación, ¿así son todas las casas en Grecia?, preguntó con una guasa que puso nervioso al griego, pero enseguida volvió a su disquisición. Planteó, sin que se notara su propósito, unas preguntas, unas sentencias provocadoras que le indicaron, rápidamente, que el griego no le estaba haciendo ninguna jugarreta. Podía estar tranquilo de momento, era muy palpable que el efecto de pisotearle el jardín con el helicóptero lo había puesto en un estado de ductilidad muy conveniente. ¿Y vive usted solo en este caserón?, preguntó antes de beber un trago de su refresco, hurgaba en el lado íntimo de su socio para ver si afloraba alguna información que, en caso necesario, pudiera capitalizar más adelante. Antes vivía solo con la servidumbre, pero desde que regresó de Estados Unidos mi hija vive aquí conmigo, explicó el griego, aliviado porque la conversación pasaba a otro terreno. Qué suave, comentó Teodorico haciéndose ahora el campechano y, luego de practicar un gustoso buche con el refresco, compartió, en retribución por lo que acababan de contarle, una pieza de su intimidad, no muy íntima pues todo el mundo sabía eso que reveló con aire de confidencia. Yo vivo solo allá en aquel palacio que tengo en Acayucan, aunque de repente me visitan amigos y sobre todo las muchachonas, dijo y se carcajeó y se palmoteó repetidamente los muslos y, ya sosegado, aceptó el Cohiba que le ofreció el griego. ¿Quiere otro refresco?, le preguntó, la visita se alargaba y ya entraban en la conversación banal que Teodorico atacaba con entusiasmo porque era el contraveneno, el resarcimiento si se quiere, de la intimidatoria irrupción en el jardín. La banalidad era una buena noticia en todo caso, pensaba el griego, porque la visita no había terminado abruptamente, como decían que a veces pasaba, con el señor levantándose de golpe, abandonando la casa sin explicación alguna, sin decir una palabra, dejando el espacio libre para que, en otro momento, lo ocupara su administrador, su abogado o, cuando la infidelidad era muy flagrante, uno de sus matones. Por esto la conversación banal era casi un bálsamo para el griego y, cuando ya el humo de los puros se imponía a la peste del queroseno, ese olor picante que la servidumbre había identificado con los hedores del averno, apareció la hija del griego en el patio que se veía desde el ventanal del despacho. Llegó anunciada por el ruido de los cascos del caballo que resonaban contra el empedrado. Ellos daban la espalda al ventanal pero el griego sintió vértigo en cuanto la oyó, no la esperaba, no esperaba nada de lo que sucedía esa mañana porque, de haberlo sabido, le hubiera dicho a su hija ni te aparezcas por aquí cuando venga el señor Teodorico, no regreses hasta que se haya ido el helicóptero. El griego sabía cómo se relacionaba el señor con las mujeres, y la forma en la que ellas se le lanzaban a él. Era un depredador que contaba con el consentimiento de sus presas, o con su miedo, y siempre con su silencio. Artemisa se acercó al ventanal con curiosidad y desde la altura de su caballo vio a su padre hablando con el señor que, en ese momento, contaba algo acaloradamente, revolvía con su manoteo la humareda de los puros. El caballo, que ya había metido los belfos al despacho, soltó un estruendoso bufido. ¡Llévate a ese animal de aquí!, gritó el griego con ganas de que su hija desapareciera inmediatamente, pero Teodorico ya se había quedado hechizado con esa muchacha rubia que lo miraba con osadía y descaro desde la silla de su caballo. Artemisa se dio cuenta del efecto que produjo en el señor, un panorama vasto e inquietante comenzó a abrirse ante sus ojos mientras Teodorico clavaba en ella su mirada rapaz. Desmontó con una gracia soberbia y dio instrucciones al mozo, cosas básicas que se hacían siempre y que no requerían de ninguna instrucción, pero ella estaba por la teatralidad, quería que el señor además de comérsela con los ojos la escuchara mandando, disponiendo el orden de los elementos del establo. Cuando Artemisa se fue, la conversación que estaban teniendo ya se había desvanecido, Teodorico hizo una sola pregunta y luego se puso de pie y salió, recorrió el largo pasillo de regreso y, en cuanto pisó el césped del jardín, el piloto echó a andar el motor del helicóptero, desató otra vez el escándalo y la ventolera. Los perros ladraban y le hacían cabriolas alrededor y él caminaba impasible rumbo al helicóptero, miraba las ventanas de la casa, la zona del establo, miraba entre la maleza para ver si veía una vez más a la muchacha. Artemisa estaba oculta en la espesura del jardín, sabía, desde ese momento, que el socio de su padre, el hombre más poderoso de la región, estaba a su merced. Todavía antes de subirse al helicóptero, ya con el pie puesto en el estribo, Teodorico echó una última mirada, incomodado por el ventarrón de las aspas que le alborotaba el pelo y le estorbaba la visión. ¡Vámonos!, le dijo resignado al piloto. El helicóptero se elevó a gran velocidad y reemprendió su ruta hacia el mar. ¿Por qué no iba a pasar con ella lo que pasaba con todas?, se fue pensando Teodorico, muy seguro de que aquella jovencita terminaría entre sus brazos. En los años por venir recordaría obsesivamente ese episodio, Artemisa montada como una diosa en su caballo negro desafiándolo, haciéndolo menos, mirándolo como si fuera una triste cagarruta. Esa mujer, lo supo inmediatamente, sería su cruz y su delicia, y antes de salir del despacho del griego ya había empezado el vuelo amplio y circular sobre su presa.

129

¿Cuántos años tiene la chamaquita?, eso fue lo que preguntó antes de irse. Catorce, respondió el griego. Es apenas una niña, añadió, pero eso ya no lo escuchó el señor.

A partir de entonces, el señor Teodorico comenzó a visitar al griego con cualquier pretexto. Nunca se sabía a qué hora iba a aparecer el helicóptero y en cuanto alguien oía el motor, o lo veía aproximarse como un mosquito encima de la montaña, daba la voz de alarma y corrían los mozos y los jardineros a despejar el área, y una sirvienta salía despavorida a recoger la ropa porque no quería terminar descolgando de los árboles sábanas, camisetas y calcetines con una pértiga, o metiéndose a buscarlos a la maleza, entre los jobos y los lacocotes. No quería recoger la prenda, toda pisoteada, de entre las patas de una vaca o de un caballo, y tener que volver a lavarla por culpa de ese señor que, como les había contado Rosamunda en un cónclave urgente que habían tenido en la cocina, no era de fiar, no se andaba con mamadas. Si lo sabré yo, decía, pregúntenle a Anita por las malas vibras que sintió cuando iba detrás de él en el pasillo, observándolo, con su andar vicioso y su arma haciéndole bulto en la cintura. No es de fiar ese señor, reiteraba Rosamunda en lo que encendía un puro en la lumbre del fogón, era ya de noche y la punta rojiza de la brasa le coloreaba la cara. No es de fiar, ya les digo, cualquier día el pinche Huehuecóyotl nos trae una calamidad. La llegada del helicóptero también ponía en guardia al griego y a Artemisa la situaba en ese estado que muy pronto se convirtió en el vector de su vida, en el trance de la diosa a la que enciende su adorante, porque ella desde entonces ya vivía para ese fuego que nos atraía y simultáneamente nos achicharraba, ya era ella ese fuego. El jardinero se quejaba de que el helicóptero dejaba manchas de queroseno en el pasto,

¿no podría aterrizar siempre en el mismo sitio?, así dejaría la mancha en un solo lugar, reclamaba. También protestaba porque el viento de las aspas descabezaba los anturios, las magnolias y las aves del paraíso. No hay nada que hacer, hay que aguantarse, decía el caporal, al señor Teodorico no puede decírsele dónde aterrizar y dónde no, él aterriza donde le sale de los tompiates, y si no te gusta díselo tú mismo, a ver si te hace caso, a ver si no te manda a uno de sus pistoleros para que te cosa la boca con un hilo de pescar, como le hizo a Domitilo el de la hacienda El Capulín, zanjó malhumorado el caporal.

A veces, cuando visitaba alguno de los negocios o contubernios que tenía en la zona, Teodorico llegaba por tierra a la hacienda del griego, con un séquito de camionetas negras que todos veían pasar, con admiración y congoja, por el camino de Los Abismos. La frecuencia con la que últimamente aparecía el señor daba de qué hablar, porque antes no pasaba casi nunca, decían, el señor ni se acercaba al pueblo, pero ahora se ha de haber hecho muy amigo del griego, especulaban, y han de tener muchos negocios juntos, suponían, y todo ese ambiente conjetural redundaba inevitablemente en el prestigio del griego. Cada vez que aterrizaba el helicóptero o llegaban las camionetas crecía su reputación, la insistente cercanía terminó contagiándole al griego el poder. La preocupación que le causaba al principio el interés del señor por su hija se diluyó rápidamente, enseguida entendió que aquello iba a dejarle unos enormes beneficios a los que, sin la participación de Artemisa, nunca hubiera podido aspirar.

Teodorico se bajaba del helicóptero o de la camioneta, saludaba acremente a quien se cruzaba en su camino y él mismo, sin necesidad de que nadie lo acompañara, porque así lo había hecho saber para alivio de la criada asustadiza, enfilaba, con el vicioso andar de Huehuecóyotl que percibía Rosamunda, por el largo pasillo hasta el despacho donde ya lo esperaba su socio, listo para interesarse en cualquier cosa que quisiera plantearle el señor mientras se bebía un Peñafiel y se fumaba un Cohiba. Todavía no se había consumido ni la tercera parte del puro, ni la mitad del refresco, cuando ya estaba Teodorico comiendo ansias, ¿por qué no seguimos platicando en el restaurante de Boca del Río?, proponía. Sirve que invitamos a su hijita para que no se quede aquí sola, decía untuoso el señor. Ella sabía su juego y se hacía la remolona. Tengo tarea, decía. Tenía pensado ir a ver a Chelo, se hacía la del rogar. Había quedado de verme con Wenceslao, pretextaba y luego hacía un divino mohín. ¿El hijo de la Negra?, brincaba Teodorico casi contento de tener, siquiera, ese lazo en común, por espinoso y transgeneracional que fuera, con Artemisa. Es un buen muchacho, añadía el señor, tiene mucha creatividad y un notable empeño por sacar adelante sus ideas, agregaba para que ella viera que era verdad que lo conocía y luego se atrevía a insistir, ven con nosotros, en el helicóptero llegamos a Veracruz en un periquete, tú te vas adelante con el piloto y así ves el paisaje mientras tu papá y yo hablamos de nuestros negocios, comemos rápido y nos regresamos para que puedas ver a tu amigo Wenceslao, ofrecía con una afectada sonrisa. Artemisa acababa aceptando porque no estaba dispuesta a perderse a su adorante, al adorador más prominente que tenía, el que más la hacía refulgir pues, desde que entraban al restaurante Los Delfines de Boca del Río, todas las miradas se dirigían a ella, a esa niña rubia y alta que, todos suponían, era hija del señor que acompañaba a Teodorico. Pero algo había en la manera en la que vibraba ese trío que hacía murmurar a los parroquianos, algo misterioso, porque desde esas primeras comidas ya se había definido la forma en que circulaba el poder en la mesa, y eso era algo que los parroquianos percibían con delectación, Teodorico, el insometible, sometía al griego al tiempo que se dejaba someter por Artemisa, ella era el dinamo que electrizaba a los otros dos y, de paso, al restaurante entero.

Al griego lo tranquilizaba, si es que eso era necesario, la forma en la que su hija, desde el primer instante, se había adueñado del rumbo y de la dinámica del trío. Todos sabíamos que el griego era un miserable capaz de sacrificar a su hija para consolidar su relación con el señor, pero si la relación prosperaba no era ni por sus miserias ni por su ambición, era porque Artemisa así lo quería. Muy pronto ella había empezado a mandar y a disponer, ella decidía, por ejemplo, cuándo se iban del restaurante y Teodorico obedecía mansamente, hacía al piloto del helicóptero la señal para que fuera encendiendo el motor y, en cuanto empezaban a girar las aspas, caminaban rumbo a la salida, ella por delante para hacer ver la prisa que tenía por irse a hacer otras cosas, los tres expuestos a la curiosidad de los parroquianos, medio emborronados por el ventarrón que hacía volar papeles, servilletas, mascadas y pañuelos, hojas muertas, pelusas de gato, cáscaras de camarón, plumas sueltas de gallina o de paloma.

Llegó el día en que Teodorico se animó a pedirle permiso al griego para invitar a su hija a cenar, él y ella solos, en un restaurante muy bueno que está en Puebla y que le va a encantar, le aseguró. ¿En Puebla?, preguntó el griego, la niña tiene catorce años, don Teodorico, no sé si está en edad de irse por ahí sola con usted. El griego no dijo eso porque le preocupara lo que pudiera sucederle a su hija, sino por puro instinto mercantil, para aumentar, con su resistencia, el valor de la transacción. Conmigo su hija está más segura que con nadie, y de mí no tiene qué temer, soy un caballero, faltaría más, se defendió el señor.

Artemisa sabía, desde la primera mirada que le había dedicado, cuáles eran las intenciones del señor, estaba habituada a soportar los embates de los hombres, conocía perfectamente los rituales del macho, las miradas, los gestos, los piropos y las demostraciones de fuerza, la danza en círculo alrededor de la presa. ¿Y si a Teodorico le daba por abusar de ella?, ¿quién lo iba a detener si gozaba de una impunidad absoluta?, podría incluso hacerla desaparecer y ¿quién se iba a atrever a pedirle explicaciones? Artemisa no veía en Teodorico al monstruo que veíamos los demás, veía al hombre al que todos temíamos volverse sumiso e inseguro en cuanto ella aparecía, lo veía transfigurarse en uno más de esa sucesión de cortejadores que le salían en la plaza, en el mercado, en la vereda o detrás de unos matojos, era otro más de esos galanteadores que se bajaban de la camioneta o del caballo para hacerle conversación. Pero nadie más se bajaba de un helicóptero, ningún otro se aproximaba volando encima de la sierra ni cosechaba tal cantidad de lisonjas, de muestras de docilidad y subordinación, de miradas cautelosas colmadas de terror. Nadie más hacía ese ruido al llegar ni levantaba esas atroces ventoleras, ni irrumpía con ese descaro en su jardín.

Los primeros intentos que Teodorico empezó a hacer para conquistarla, sus tímidas embestidas, el errático despliegue de su estrategia, lejos de inquietarla la divertían, la hacían sentirse importante, la ensoberbecían, la endiosaban y con ese endiosamiento ratificaba la forma en la que se ordenaba continuamente su entorno. Todos los hombres con los que se cruzaba, y Teodorico no iba a ser la excepción, terminaban rendidos ante ella, ese era el orden invariable, eso era lo normal.

Después del internado en Estados Unidos, Artemisa había regresado a la hacienda convertida en una mujer. Regresó a ignorarse mutuamente con su padre, a estudiar en una escuela provinciana rodeada de muchachos ordinarios, de espíritus pueblerinos, de almas lastimeras atrapadas en las neurosis de su colectividad. Llegó a quemar el tiempo que faltaba para poder irse a la universidad y en eso apareció Teodorico.

Si la niña no se enreda con el señor va a acabar, de todas formas, enredada con otro, calculaba el griego con un sordo pragmatismo. Mejor que sea con este, rumiaba, que siquiera nos conviene, y no con uno de esos muertos de hambre que pululan alrededor de ella en Los Abismos.

Teodorico quedó embrujado por ella. Parecía mentira que un satanás de su calaña se sometiera de esa forma tan abyecta a los caprichos de la niña, pero ya se sabe que hasta el más rapaz puede encontrarse un día con su contraveneno, con esa persona que lo amansa y lo descoloca y lo pone a su merced, con esa criatura que lo coloniza. No hay parte sin contraparte y lo más oscuro tiene siempre su porción de luz, si no terminaría desapareciendo, disuelto en la pura oscuridad.

Teodorico vio muy pronto a Artemisa como la reina de su palacio, ya se saboreaba que ella era la mujer con la que iba a pasar el resto de su vida, quizá se sentía viejo, o andaba transitando por un periodo de escozor sentimental. O quizá ya se había hartado de las actrices y las artistillas, de los racimos de muchachas que le mandaba Chelo Acosta. El caso es que el señor quedó atrapado en un enamoramiento devastador que se llevó por delante el sentido común y, según se decía en el pueblo, los principios elementales de la moral, como si los abismeños hubieran sabido cuáles eran esos principios. ¿De la moral de quién?, preguntó Teodorico a la Negra cuando le vino con el chisme de lo que andaba diciendo la gente y luego añadió, en lo que le dedicaba una de esas miradas suyas en las que los ojos se le ponían como pedruscos: aquí no hay más moral, ni más ley, ni más pinga que la mía, ya lo sabes, pinche Negra.

Artemisa emprendía alrededor del señor su fascinante danza, en una representación que tenía lugar, según lo que veíamos los demás, en la boca del lobo. Vivía aburrida, el pueblo le parecía una tumba y su novio, que era yo, no alcanzaba siquiera, en su constelación personal, el tamaño de un remordimiento. Ella no tenía ningún temor ni consideraba que hubiera peligro alguno, estaba segura de que controlaba la relación y seguramente era cierto, ella marcaba las formas, los límites, las posibilidades, ese era su poderío, en eso consistía su imperio y la más vívida impronta de aquel paripé era el hombre fuerte de Veracruz, el dueño de todos los activos vivos e inanimados, arrastrándose detrás de la niña como un perro, como un saraguato. El poderío de Artemisa era, y lo seguiría siendo durante muchos años, la debilidad de Teodorico que solo ella era capaz de hacer aflorar. A ver si no va a propasarse contigo como ha hecho con otras chiquillas de tu edad, le advirtió compungida Rosamunda, cuando iba a subirse sola, por primera vez, al helicóptero. No te preocupes, le respondió Artemisa muy segura de sí misma, Teodorico hace lo que yo le digo.

Desde que Artemisa se subió por primera vez al helicóptero sin la compañía de su padre, a Teodorico le quedó muy claro que no iba a ser fácil conquistarla. De manera sorpresiva, la niña quiso sentarse junto al piloto, quería ir viendo el paisaje, argumentó, y luego desoyó la ampulosa invitación que, desplegando esa telaraña seductiva en la que acababan cayendo todas las mujeres, le hizo el señor para que se sentara con él en los asientos de atrás. Le dijo que iría mucho más cómoda, que así podrían ir platicando en lo que llegaban al restaurante, para irse conociendo mejor. Enseguida, ante el silencio de la niña, añadió un comentario de orden práctico y de espíritu crítico, le dijo que además no vería mucha cosa porque ya era de noche. Eso es lo que quiero ver, replicó Artemisa, la noche. Luego se ató el cinturón de seguridad para sellar su decisión.

La servidumbre de la hacienda del griego no sabía qué pensar de aquello que acababa de suceder, y que no habrían creído de no haberlo visto con sus propios ojos, comentaría Rosamunda desolada unos minutos después. Habían contemplado, sorprendidos y atemorizados, cómo el helicóptero se aproximaba al jardín en plena noche y cómo al escándalo y al vendaval se le añadía el potente faro que enmarcó la casa y sus alrededores en un círculo de luz blanquísima que solivió el verdor de la selva. ¿Qué hace aquí a estas horas?, se estaban preguntando cuando vieron a la niña cruzando sola el jardín y subiéndose con una desconcertante naturalidad, casi casi de forma cantarina, al pájaro diabólico de Teodorico. A ver cómo nos la regresa, dijo gemebunda Rosamunda.

Resignado a viajar solo en el asiento trasero, el señor se entregó a un monólogo que pretendía ser divertido durante los cuarenta minutos que duró el trayecto y que sirvió solamente para acentuar su soledad. Contó de una cuadra de caballos que acababa de comprarle a un príncipe saudí, puros caballos de pura sangre árabe, ¡ja, ja, ja!, se reía solo desde su abandono en la retaguardia. Intentaba capturar la atención de la niña con anécdotas que pudieran impresionarla, anécdotas ligeras que lo hicieran ver como un hombre decente, amoroso, con un grado importante de domesticidad, anécdotas que pretendían eclipsar a las que de verdad la hubieran impresionado grandemente, como podría ser alguno de esos operativos salvajes que llevaban su firma pero que nadie se atrevía a echarle en cara. El envenenamiento de doscientas cincuenta vacas del establo de la Nestlé que había ordenado hacía unos días. O el caserío que había mandado quemar la noche anterior. O, en otra tesitura, ese impresionante dato de corte económico que le había soltado aquella misma mañana a su amigo el Huitlacoche Medel, y que tampoco podía contar si quería evitar las preguntas y las suspicacias de la niña, el dato de que el año pasado había ganado tanto dinero como los productos interiores brutos de Veracruz, Puebla y Tamaulipas juntos, eso le había anunciado serenamente al Huitlacoche mientras se limaba una uña. De los caballos árabes Teodorico pasó a los borregos cimarrones que estaba criando a partir de dos hembras y dos machos que le habían traído de las montañas de Sonora, una anécdota desmadejada y expresada con un ascendente nerviosismo, que pretendía ser graciosa, sobre la rocambolesca ruta que habían recorrido los borregos, en una camioneta de redilas, por los vericuetos de la sierra de Cananea, ¡ja, ja, ja!, se reía Teodorico de su propia historia, desde su destierro en la parte trasera, y no recibía más apoyo que la risa interesada del piloto, una risa a sueldo, breve y testimonial, para disimular el hecho de que Artemisa ni siquiera sonreía, iba muy concentrada en lo poco que se podía ver, el contorno de la sierra, la masa de árboles más oscura que la noche, el manchón de luz de un pueblo o los tímidos destellos de las aldeas de arriba de la sierra que la fascinaban. No la distraían ni las historias ni las esforzadas carcajadas de Teodorico, que subían de decibeles al tiempo que se agudizaba su mirada rapaz lanzada al cuello y a los hombros, a la sandalia izquierda que quedaba a la vista y permitía el espectáculo de su hermoso e inenarrable pie, la mirada rapaz lanzada sobre su divino perfil, la nariz, los labios iluminados por la luz azulosa del tablero de controles del helicóptero. Iba excitado y nervioso Teodorico, él, que era normalmente más contenido, no paraba de hablar, iba por fin a cenar solo con Artemisa, ella y él, *tête-à-tête*, y con suerte *cheek to cheek*, en una sesión en la que tenía proyectado conquistarla, aunque el empecinamiento con el que iba ella escrutando la noche desde el asiento del copiloto y la forma en que lo ignoraba no parecían un buen augurio. Lo desconcertaba lo inseguro que lo hacía sentir la niña, no sabía de dónde le salían esas historias insulsas y esos titubeos, él no era así, ni las mujeres se portaban de esa forma en su presencia, cualquier otra ya iría sentada junto a él y a ninguna se le hubiera ocurrido sentarse adelante, lamentaba el señor. Pero ya caería, se animaba pensando mientras el piloto buscaba un claro para aterrizar en el estacionamiento del restaurante.

Con catorce años me tuvo a mí mi mamá, rememoraba Teodorico tratando de adecentar el cuadro moral que estaban a punto de contemplar los comensales. Algún escozor le producía aquello, una levísima oscilación que se extinguía enseguida ante la contundente realidad de que él hacía lo que quería y a ver quién era el guapo que le iba a decir lo contrario. Trataba el señor de no amilanarse ante la indiferencia y los desplantes de esa niña que lo hacían sentirse viejo y feo. En el futuro recordaría ese momento de inseguridad y de dudas lacerantes como el principio de la catástrofe. Tendría que haber reculado, se diría continuamente años más tarde. Tendría que haber interpretado esa actitud y dado marcha atrás, o siquiera haberle preguntado, ¿por qué me ignoras de esa forma?, ¿te molestan mis chistes?, ¿te estoy cayendo gordo?, ¿por qué me rehúyes de esa manera y por qué chingados vas tan enfurruñada? Quizá una buena retahíla de preguntas de esa naturaleza hubiera cambiado la dinámica de la relación. Quizá una advertencia con esa voz golpeada que aterrorizaba a todo su entorno, ¿te pasa algo?, si sigues así lo mejor va a ser que vayamos regresando. Pero en lugar de eso preguntó, con una voz meliflua, en cuanto el helicóptero tocó tierra en el estacionamiento del restaurante, ¿te gustan los chiles en nogada?, aquí los hacen buenísimos. No mucho, dijo Artemisa mientras lo miraba por primera vez a los ojos desde que se había subido al helicóptero y le dedicaba una sonrisa embrujadora que borró de golpe la hosquedad que le había obsequiado durante el viaje. ¡Te pedimos una carnita, o lo que tú quieras, faltaría más!, ofreció Teodorico muy contento porque finalmente la niña le dirigía la palabra, feliz con esa sonrisa instrumental que él interpretó como el amanecer de una nueva vida.

El dueño del restaurante los esperaba, acompañado por el *maître*, a poca distancia del helicóptero, soportando el aironazo de las aspas que les alborotaba el pelo y les sublevaba las corbatas. Teodorico lo saludó efusivamente, no por el recibimiento, que era el habitual, sino por el borboteo que le había provocado la sonrisa de Artemisa y, después de estrechar con energía las manos de los dos que estaban ahí para servirlo, no supo qué hacer con la niña, de qué forma presentarla, qué cosa decir para que no se escandalizaran pero que tampoco fueran a pensar que era su hija. Tanto se dilató pensando una estrategia que Artemisa dijo buenas noches secamente y pasó de largo rumbo al restaurante. Teodorico salió tras ella, consideró que lo mejor era no dar ninguna explicación a esos hombres que lo habían recibido durante años, al pie del helicóptero, acompañado siempre por mujeres que no requerían de una explicación, actrices, artistillas, conductoras de noticiarios y señoras de alcurnia con las que en más de una ocasión había dado algún espectáculo, caricias más allá de la etiqueta, besos enardecidos, magreos crepusculares, manoseos cargados de sofocos y resuello. Pero esa noche no tenía nada que ver con ninguna de las anteriores y cuando entraron en el restaurante se sintió incómodo con las miradas que les dedicaron, inseguro a pesar de su omnipotencia, no solo por la edad de su acompañante, también porque Artemisa era evidentemente de otra clase, era una niña rubia y rica que a su lado brillaba como el sol, y lo hacía verse como un Urano, como un Plutón, como un planeta fundido, helado y cacarizo. La niña gozaba el efecto que producía, se crecía, se iba engallando en lo que recorrían el restaurante detrás del *maître*, mientras Teodorico se degradaba a su lado, ya no era un planeta fundido sino un aerolito oscuro y amorfo, un pedrusco sideral vapuleado por una tolvanera cósmica, una cagarruta del espacio, cuando lo normal hubiera sido, como le sucedía cuando iba con otras mujeres, muy vistosas todas ellas, que el engallado fuera él, que se desplazara diciéndoles a todos con la mirada, miren el bellezón que traigo sin ser yo guapo, algo muy contundente debo tener, si no, ¿cómo es que esta mujer tan bella anda loca por mí? Pero la reacción de Teodorico durante ese recorrido breve y agónico era la contraria, la belleza y la clase de Artemisa lo hacían sentirse doblemente feo y un poco sucio, como el feo y sucio Vulcano cuando andaba detrás de la límpida Afrodita. ¿Te gusta el restaurante?, le preguntó acercándose, porque iba detrás y eso lo hacía parecer, se dio cuenta en ese instante, su lacayo, así que la alcanzó arriesgándose a sufrir una mala cara, un descolón, pero para su sorpresa, y su alivio, Artemisa volvió a sonreírle, le dijo que sí, que era muy bonito el restaurante y así llegaron caminando juntos a la mesa, sin tocarse, y él, con todo y la sonrisa que le había vuelto a dedicar, no se atrevió a cogerla del brazo por miedo al desaire.

Se instalaron en una mesa discreta, que era la que prefería Teodorico porque estaba medio oculta, medio penumbrosa, en un punto desde el que podía verse perfectamente la entrada del lugar. Aquel era un detalle que siempre cuidaba porque con todo y que sus guardaespaldas, que habían llegado horas antes en dos camionetas, controlaban el área, siempre prefería estar viendo la puerta y sentado con la espalda contra la pared, así se había salvado de dos ataques traicioneros en los últimos años. ¿Vienes mucho aquí?, preguntó Artemisa, parece que todo el mundo te conoce, le dijo, y él respondió cualquier cosa, una evasiva, no tanto porque pretendiera ser modesto, sino porque el motivo de su celebridad era más bien tenebroso. Lo que dijo en todo caso le provocó a ella una risa discreta, alegre y con un punto de picardía que hizo que el corazón de Teodorico diera una voltereta. Toda la ansiedad que había acumulado en los últimos minutos se esfumó, estaba solo con la mujer más hermosa que conocía y ya le daban igual las miraditas de la gente y el qué dirán de los mochos y de los envidiosos. Empezó a sentirse menos aerolito, ya era un cuerpo menos amorfo, quizá era incluso un planeta que despedía cierto brillo. En lo que les llevaban las bebidas, una Cocacola para ella y un Peñafiel de mandarina para él, Artemisa le contó la historia de su caballo negro. Era hijo del Sultán y de Andrómeda, dos ejemplares históricos de la cuadra de su padre, ella lo había visto nacer y era la única que lo montaba desde que era un potrillo, los mozos lo alimentaban y lo cepillaban pero tenían prohibido montarlo y era tal el apego que tenía por el animal que se lo había llevado a Estados Unidos, su padre lo había mandado a San Francisco con el veterinario y uno de los mozos porque en el colegio tomaban clases de equitación. Y ni modo de montarme en otro caballo si ya tengo el mío, ¿no?, dijo y después bebió de su Cocacola, puso sus labios divinos sobre el popote y Teodorico sintió un recio escalofrío que lo dejó como si lo hubieran electrocutado. Ese popote, que al final de la cena fue capturado por un guardaespaldas, sería, a lo largo de los años, rechupeteado por Teodorico hasta su desmenuzamiento. Luego la niña le contó una de sus aventuras, de cuando se escapaba del dormitorio con su amiga Isora y se iban por ahí a vacilar con los cadetes de una escuela de la marina que estaba cerca. ¿A vacilar?, preguntó Teodorico sorprendido de que los cadetes le provocaran un ardiente brote de celos que disimuló como pudo, y Artemisa, que algo intuyó, le pidió que no fuera a contarle nada a su padre, que esa historia tenía que quedar entre los dos, y el señor quedó feliz de ser el confidente de esa nimia e irrelevante confidencia. Artemisa sabía su cuento, desplegaba su estrategia para mantener a ese chacal comiendo dócilmente de su mano, como un gorrioncillo, sabía precisamente de qué hilo tirar y en qué momento para controlar al déspota que lo controlaba todo. El silencio y la locuacidad, el desprecio y el aprecio, el péndulo que iba de un extremo al otro de manera rigurosamente calculada, la zanahoria y luego el palo que cayó en cuanto regresaron al helicóptero y ella se negó, otra vez, a ir con él en el asiento de atrás. Quiero ir adelante, dijo, y no volvió a abrir la boca hasta que aterrizaron en el jardín del griego. Teodorico se quedó desconcertado, herido incluso y todavía más enamorado.

Después de aquella primera cena en el restaurante de Puebla, en la que Artemisa empezó de verdad a calibrar su poderío, la relación entre el griego y Teodorico cambió radicalmente. A partir de entonces, el único activo de su socio que le interesaba al señor era su hija. Desde la mañana siguiente, el griego comenzó a notar la nueva distribución de las fuerzas, Teodorico dejó de atender personalmente sus asuntos, empezaron a contestarle el teléfono, y a resolver las particularidades de las operaciones, una caterva de asistentes que lo ponían furibundo porque aquello era tanto como despojarlo de golpe del poder que le daba la intimidad con el jefe.

El helicóptero aparecía solo cuando iba a recoger a Artemisa, ni siquiera observaba el señor la cortesía de bajarse, el motor permanecía en marcha mientras la niña cruzaba el jardín para subirse a ese pájaro endemoniado que, según Rosamunda, se la llevaba a Mictlán, el mundo de los muertos. ¿De los muertos?, se mofaba Artemisa cuando la criada la prevenía contra el señor. Todo lo contrario, decía, me lleva a los mejores restaurantes, que están llenos de gente muy viva. ¡Allá tú!, se exaltaba Rosamunda, ese hombre es el diablo, ¡es Mictlantecuhtli!, yo lo he visto con mis propios ojos, ¡allá tú!

Al principio, el griego no quería resignarse a la nueva situación, sabía lo mucho que apreciaba el señor su compañía, y a los asistentes que lo atendían prefirió mirarlos como un arreglo temporal, pero llegó el momento en el que tuvo que aceptar la realidad, había menospreciado la autonomía de Artemisa, su poder de seducción y su enorme talento para manipular pero quizá, especulaba el griego con una desagradable frialdad, podía tener en ella un caballo de Troya, una infiltrada en la intimidad del señor, y eso tenía que dejarle algún rédito. Así que una tarde, antes de que el helicóptero aterrizara en el jardín, llamó a Artemisa a su despacho y le pidió que intercediera por él ante el señor, pídele que me reciba en el palacio de Acayucan, le dijo. Lo que alcance yo a sacarle a Teodorico va a ser para ti, tú te vas a quedar con todo cuando yo me muera, lo que vas a hacer por mí en realidad lo harás por ti, argumentó el griego con una angustia mal disimulada. Ya veré si viene al caso pedirle eso, no prometo nada, le respondió Artemisa. El griego enfureció, dio un puñetazo en el escritorio y comenzó a gritonear una dolorida letanía contra los hijos malagradecidos, contra las crías de la tarántula que devoran el cuerpo de su propia madre. Ella se levantó, le dedicó una larga mirada desafiante y salió del despacho, lo dejó gritoneando solo, sabía exactamente dónde estaba situada y de qué lado se decantaba el poder. El griego se sintió agraviado, traicionado por su propia hija. ¿Traicionado?, lo que no quiero es participar de tus enjuagues, que me utilices para llegar al señor, reviró antes de echarse a andar por el pasillo. La niña entendió en ese momento que el sacrificio tendría otra víctima, que otro iba a ser el cordero que terminaría degollado, Teodorico lo había cambiado por ella y ella no estaba dispuesta a enturbiar, por los enredos de su padre, la estimulante aventura que estaba viviendo.

Artemisa pasó esos años de su garbosa juventud, de los catorce a los dieciséis, administrando los embates del señor Teodorico y, simultáneamente, desplegando sus encantos, su coquetería, ese talento atávico que manejaba a placer y con tanto acierto que, durante ese tiempo, que fue toda una época, concedió solo lo que ella quiso y nada más. Aunque es verdad que nunca se ha sabido qué fue lo que pasó en aquella relación de la que se hablaba con entusiasmo y mucho morbo en los pueblos de la selva. Se discutía y se enmarcaba moralmente la aventura de esa pareja dispar, ese lascivo ir y venir en el helicóptero que, cada vez que sobrevolaba la región, estimulaba la envidia y el resentimiento de todos esos hombres a los que ella les incendiaba la mirada, a esa multitud de hombres en llamas que no lográbamos explicarnos cómo era que Artemisa se liaba con ese señor feo y mucho mayor que ella. Porque la riqueza de Teodorico no podía ser un valor tan importante para una muchacha rica, decíamos cada quien desde nuestra perplejidad, desde nuestra pendejez quizá sería mejor decir. ¿Qué hacía Artemisa con ese naco?, ¿con ese indio patarrajada?, ¿con ese indio bajado de la sierra a tamborazos?, ¿con ese hampón y ese asesino? Todos nos hacíamos esa pregunta que tenía una respuesta antigua y bastante obvia, el señor era el jefe del clan, el rey, el emperador omnipotente que pierde la cabeza por una mujer y la mujer que condesciende, que se divierte y se siente a gusto con el rey descabezado. ¿Quién es la única que ha logrado descabezar al rey?, podría habernos dicho para dejarnos callados. En todo caso aquello acababa formando una borrasca a mi

147

alrededor. ¿No eras tú el novio de Artemisa?, me preguntaban con crueldad, ¿no te ibas a casar con ella?, ¿no era que hasta ya le estabas llamando suegro al griego?, me recordaban con sorna, para divertirse pero también por el gozo insano que les producía la situación, mi noviazgo con ella les había parecido siempre un disparate, no la merecía, nadie se explicaba por qué me había elegido a mí, pero lo mismo se decía de Teodorico, se diría de Jesuso y se hubiera dicho de cualquier otro, ¿quién podía merecer a Artemisa? Como ninguno la merecíamos, ella eligió al hombre más notorio que había, él la miró pero ella fue la que dejó crecer el engendro y yo tuve que resignarme. Y si Artemisa hubiera rechazado a Teodorico la primera vez, ¿la habría dejado en paz? Seguramente, de la misma forma en que la dejaría en paz durante veinticinco años, hasta el día desgraciado en el que ella aceptó volver a hablar con él.

Teodorico estaba acostumbrado a lidiar con chicas de la farándula, con lagartonas y jovencitas que pretendían sacarle una tajada a su fortuna y a su poder, con mujeres siempre dispuestas a cumplirle su voluntad, porque era poco agraciado pero era el rey. Por más que se vestía de lino inglés parecía recién salido de las catacumbas donde se forja el hierro, no sabía cómo tratar a Artemisa y a pesar de las lecciones del profesor Brambila carecía del código para conducirse frente a esa diosa surgida de una concha en la orilla del mar, esa ninfa mediterránea que para mantener al señor bajo su absoluto dominio procuraba, de una forma tan sutil que producía todavía más embeleso, que Teodorico no dejara de sentirse viejo, feo, ridículo y, sobre todo, sometido. Estaba tan embelesado que no se daba cuenta de que la niña lo exponía a un doloroso retroceso, frente a ella él se reconvertía en el indito que había sido, volvía a ser el hijo paupérrimo de los labriegos de Zapayucalco, regresaba a la casita de adobe de sus pesadillas, se convertía en Juan Diego postrado a los pies de Guadalupe, incapaz de tocarla si ella no se lo permitía, incapaz de mirarla a los ojos sin sentirse paralizado por su divinidad. Ella era la que gestionaba la intensidad y el ritmo de la relación, procuraba evitar que el tropel de pretendientes que se querían casar con ella se inhibieran, o se aterrorizaran ante la sombra del monarca, lo cual indicaba sus intenciones con toda claridad, no estaba cultivando un futuro con Teodorico, se divertía, y sin duda disfrutaba del hecho insólito de traer al hombre fuerte, al hombre que todos temían, arrastrándose detrás mientras ella seguía como si eso que todos veíamos no estuviera sucediendo. Seguía yendo al mercado con su séquito que le cargaba las canastas, seguía irrumpiendo montada en su caballo a todo galope por las calles del pueblo, seguía visitándome a mí como si no hubiera pasado nada, hasta que tuve que decirle que no viniera más, que me hacía daño, que preferiría no verla y ella sonrió, se fue y no volvió a hablarme hasta unos años después, cuando estaba estudiando en la Ciudad de México.

Los devaneos de Artemisa con el señor, más allá de la noción escandalosa que teníamos de ellos, fueron siempre un misterio, todo lo que pasó, o parecía que pasaba o nunca llegó a pasar ocurría en la penumbra, en el rincón de un restaurante en Xalapa, en Puebla, en la Ciudad de México o en alguna estancia del palacio de Acayucan de las Rosas. Ocurría por medio de la operación quirúrgica de costumbre, el helicóptero bajaba en el jardín, extraía a la niña y horas más tarde la dejaba en el mismo punto, nadie los veía pero cada vez que pasaba de noche el helicóptero sabíamos que iban juntos a algún lugar. Artemisa era menor de edad y él optaba por la cautela, no por miedo al delito, pues la ley se amoldaba a sus caprichos, ni por el prurito moral, que le producía, la verdad, poco escozor. Prefería que no los vieran juntos por miedo a hacer el ridículo, a parecer al lado de ella más viejo y más feo de lo que era. A Teodorico le llegaba por primera vez, a sus años, la locura del amor, empezaba a adentrarse en una espesura que Artemisa contemplaba desde afuera, lo veía irse, perderse, ahogarse.

Eso era lo que el señor Teodorico perseguía, un resplandor, una ilusión perpetrada en un cuadro sumamente agreste, incorrecto y hasta delictivo, la bella y la bestia, Atenea y el sucio Hefesto, Xilonen y Tezcatlipoca. No me gustan esas botas de víbora, Teodorico, parecen de matón, le decía Artemisa de manera juguetona, melosa incluso. Deberías ponerte mejor unos mocasines lisos, normales, unos donde no cante tanto el animal, le sugería a él, que se había calzado especialmente esas botas, hechas en Naolinco a partir de una piel importada de Hungría, para ir más elegante y causarle a ella una mejor impresión. Un fracaso clamoroso, lamentaba Teodorico, vaya cagada, se decía a sí mismo, ahora ocultando los pies con sus botas que hasta hacía un instante salían provocadoramente por debajo de la mesa para que ella pudiera contemplarlas y decirle algo, elogiárselas, floreárselas como hacían las otras damas cuando a él le daba por presumir alguna pieza de su vestimenta. Qué botas tan cucas llevas, le habían dicho de esas mismas otras mujeres, y también de las de armadillo, de las de ornitorrinco y de las de pangolín. Y entonces en la próxima ocasión, para complacer a la niña, para no empezar desagradando la velada, mandaba a uno de sus asistentes a comprar varios pares de mocasines a la tienda Florsheim de la Ciudad de México, mocasines sobrios, sencillos, finitos, donde no cante tanto el animal, le indicaba a su enviado. Y cuando en la siguiente cena se presentaba con sus zapatos nuevos, Artemisa lo miraba con indiferencia, a lo mejor con una leve sorna, casi deplorando que le hubiera hecho caso porque eso denotaba una gruesa falta de personalidad, y desde luego ni se los floreaba ni hacía comentario alguno. Siquiera no se los criticaba, pensaba Teodorico con resignación, siquiera no se mofaba de él ni le hacía sentir, ni le restregaba su consustancial naquez. ¿Y esa guayabera?, le preguntó una noche, con esa inocente maldad que la hacía verse todavía más bella. ¿Guayabera?, preguntó mosqueado Teodorico, y aclaró que era una camisa de verano de la marca Charvet, hecha a medida en la boutique de París. Pues tiene toda la pinta de una guayabera, insistió Artemisa, de las guayaberas que usan los diputados, o tu amigo ese que me presentaste el otro día, el líder campesino de Cosoleacaque, dijo la niña con una frescura contagiosa que hizo sonreír a Teodorico mientras se preguntaba cómo es que no había reparado en la similitud, se había dejado llevar por la marca y por el prestigio de la boutique, aunque bien vista la prenda, había concluido más tarde cuando se desvestía para irse solo a la cama, no es que se pareciera mucho a una guayabera pero, como lo último que deseaba era llevarle la contraria a Artemisa, al día siguiente ordenó a la criada Amparito que sacara del clóset todas las camisas de verano de Charvet. ¿No hace mucho calor para esa chamarra?, ¿no te la quieres quitar?, le dijo otra noche en la que ella vestía una blusa de tirantes y Teodorico, una ostentosa chamarra con borrega de la marca Berluti, que llevaba puesta justamente para que Artemisa viera lo bien que le quedaba. ¿No te gusta?, preguntó confundido, aunque era verdad que estaba un poco acalorado. No es que no me guste, es que me parece que estás incómodo, dijo ella con un mohín, ¿no te la quieres quitar? Y Teodorico por supuesto se la quitó, como se quitaba o se ponía cualquier cosa que le molestara o le gustara a Artemisa. Todos esos comentarios, que eran más bien pullas contra su guardarropa, iban siendo dosificados durante la cena, y echaban abajo las intentonas de Teodorico, sus esfuerzos por alcanzar un nivel más profundo de intimidad con ella, dinamitaban el tortuoso camino hacia la conquista de su corazón. Cada vez que se ponía romántico, cada vez que trataba de lanzar una tímida embestida por medio de una tímida declaración tímidamente dicha, cada vez que le decía, por ejemplo, me divierto mucho contigo, la niña sacaba la guadaña y cortaba de tajo su frase, ¿te diviertes?, reviraba ella, qué soy para ti, ¿un juguete?, ¿un número de circo? Dos minutos más tarde aquella majadería era compensada cuando él le preguntaba ansioso, acezante, jadeando patéticamente, ¿te lo estás pasando bien? Claro que me lo estoy pasando bien, si no, ¿tú crees que estaría aquí contigo?, le respondía. Esa declaración de ella bastaba para ponerlo exultante, dicharachero y feliz y sobre todo esperanzado porque, desde su punto de vista, la cosa avanzaba. No quería ver que cada recompensa venía seguida de un castigo y viceversa, el palo y la zanahoria, la zanahoria y el palo. Una noche, la guadaña de Artemisa cayó sobre el paliacate que él se ponía en el cuello como seña de identidad, para que no se le olvidara su origen, como si la niña no le recordara permanentemente de dónde venía. Ese paliacate que te pones siempre no combina nada, le dijo. Él recibió el palo con entereza, iba enfundado en uno de sus elegantes trajes de la casa Mr. Porter que hasta el momento de la pulla lo hacía sentirse muy distinguido. ¿No te gusta?, preguntó tratando de que no se le desmadejara la entereza, mientras explicaba que el paliacate era un mensaje para sí mismo, para no olvidar de dónde venía, dijo con cierto orgullo tratando de defender su punto. ¿Y crees que te hace falta estar recordando todo el tiempo de dónde vienes?, preguntó Artemisa con una maldad poco disimulada, ¿de verdad se te olvida en algún momento del día la casita de adobe de Zapayucalco?, insistió con una sonrisa que exageraba su belleza y que dejó a Teodorico extraviado en su boca, en sus labios, en el glorioso hilo de saliva que se estiró del canino superior al incisivo inferior, antes de quedar desbaratado por la lengua, vaya lengua, vaya boca, pensó tratando de concentrarse en lo que estaban hablando.

Estaba con la guardia baja, atontado y sin las defensas que necesitaba para argumentar la pertinencia de llevar el paliacate atado al cuello, y desde esa indefensión intentó explicar que se trataba de una sugerencia que le había hecho su amigo el Huitlacoche Medel. ¿El boxeador?, preguntó Artemisa sorprendida, o fingiendo estarlo pero, en todo caso, abriendo mucho esos ojos azules que lo inundaban todo, y sobre todo el interior de Teodorico, lo inundaban de mar, de cielo, de interminables campos de flores azulosas, y desde ahí, perdido en esa azulosa inmensidad que lo tenía en un estado cercano al vahído, trató de defender la idea de su amigo, algo balbuceó diezmado por la inseguridad que le borraba no solo el argumento sino hasta las palabras, se quedó en blanco frente a la diosa que, crecida ante la precipitada disolución del señor, opinó mientras sacaba, con la punta del cuchillo, unas hebras de carne blanca de la pata del cangrejo que se estaba comiendo, ¿de verdad confías en lo que te dice el boxeador?, ¿has visto cómo se visten los boxeadores, las joyas que se ponen, los coches que manejan, las mujeres que se ligan?, sí estás consciente de que un boxeador es un señor que se gana la vida dándose golpes en la cara y en la panza contra otro señor, ¿no?, preguntaba Artemisa medio en broma y medio en serio, con esa sonrisa y ese cielo y esa agua y esos campos azulosos saliéndosele a borbotones por los ojos. Teodorico, ya integralmente diluido, no sabía qué contestar, se reía babosamente, Artemisa tenía razón, ¿cómo se le ocurría hacerle caso al pinche Huitlacoche? Tú ganas, dijo mientras se desamarraba el paliacate y se lo guardaba en el bolsillo, no deseaba más que complacerla y además se imponía alguna reacción de su parte, y como no era capaz de argumentar nada decidió cortar de esa manera la deriva que estaba tomando la cena. ¿Lo estaba humillando Artemisa?, ¿lo estaba haciendo menos?, de ninguna manera, se empeñó en pensar Teodorico, la niña lo hacía por su bien, ergo, le importaba su aspecto, y ¿a quién le importa tu aspecto si no se interesa por ti? ¿Qué tal?, preguntó con el cuello recién desnudado, libre por fin del gravoso paliacate. Mucho mejor, Teodorico, dijo Artemisa con el entusiasmo que le producía el *knock out* que acababa de propinarle al Huitlacoche y que el señor desde luego leyó como entusiasmo por su persona recién adecentada, estaba feliz de que ella estuviera complacida, iba en la ruta correcta hacia la conquista de esa mujer extraordinaria, se decía a sí mismo sin considerar, o quizá desconsiderando adrede para no enturbiar su idilio, que a cambio de ese palo sangrante le había tocado una zanahoria enana y escurrida, pues a cada palo contundente venía una zanahoria cada vez más mísera, pero zanahoria al fin, que es lo que cuenta, pensaba Teodorico. Mientras haya zanahorias habrá esperanza, reflexionaba más tarde ya francamente animado y, como un efecto secundario del episodio del paliacate, modificó un plan que llevaba acariciando semanas enteras, la presentación de la diosa griega con el boxeador, su íntimo amigo, que últimamente se quejaba del poco caso que le hacía y aquel malestar, incipiente pero con una ponzoña manifiesta, pensaba cercenarlo con una cena informal en el palacio de Acayucan de las Rosas. Al plan lo estimulaban las preguntas machaconas que el Huitlacoche le hacía por teléfono al señor, ¿y hoy sí nos vamos a ver?, o vas a volver a salir con esa chamaca, o me vas a dejar vestido y alborotado como el otro día, o de plano plantado como la semana pasada, ¿me la vas a presentar algún día?, ¿le da repeluco que haya sido yo boxeador?, así provocaba el Huitlacoche con el tonito desafiante que le habían dejado sus celebrados años de púgil fajador. No seas mamón, Huitlacochito, un día de estos te la presento, le decía Teodorico para que se aplacara, y dos días después le había dicho, ¡va!, te vienes el jueves, te mando el helicóptero y cenamos los tres aquí. Pero en la víspera de la fecha convenida pasó lo del paliacate, Artemisa expresó, sin margen posible para otras interpretaciones, el desagrado que le producían el boxeador, sus opiniones y su

154

idea absurda, y siniestra, de amarrarse ese trapo al cuello para recordar eso que nunca se le olvidaba, de manera que Teodorico decidió cancelar la cena con la que iba a desagraviar a su amigo. ¿Y es tu novia de verdad?, le preguntaba frecuentemente el Huitlacoche, incrédulo porque sus novias siempre andaban pululando por ahí y era raro que a esta ni siquiera la conociera, pero ¿es tu novia novia?, insistía sin ningún tacto, ¿ya se coció el arroz?, ¿ya rompieron el turrón?, ¿ya se comieron ese lonche? ¿Qué burradas son esas?, se quejó Teodorico, molesto y arrinconado, y acabó aceptando que novia novia todavía no pero que lo sería muy pronto, estaba trabajando en eso y, cuando finalmente le dijo al Huitlacoche que siempre no se iba a hacer la cena este le reviró: ya sabía que era puro cuento lo de tu novia griega, puro pedo, puro pájaro nalgón. ¡Vete a la verga, pinche Huitlacoche!, explotó Teodorico, ¡y a ver si me vas teniendo un poquito de respeto!, ¡pendejo!, le gritó y después le colgó el teléfono. El Huitlacoche se quedó aterrorizado, acababa de atizarlo ese hombre que desaparecía personas y pueblos enteros con total impunidad, quedó descolocado porque su relación con Teodorico había estado siempre llena de risas y de vacilón, de faltas cariñosas de respeto, no se imaginaba que el tema de Artemisa lo iba a poner tan sensible, nunca había reaccionado así su amigo a causa de una mujer, más bien las ignoraba, les echaba en cara el interés que tenían en su dinero y en su poder, y hasta una vez le había dicho a una actriz de la que se había cansado, ¡ándale, vete con el Huitlacoche, que te va a coger más sabroso que yo! Me va a llevar la verga, pensaba el boxeador con el teléfono en la mano, tantos combates en el ring que le aguanté al enemigo, para acabar liquidado por mi amigo, qué vueltas más culeras da la vida ¡chingao! Así se quejaba el Huitlacoche, con el teléfono todavía en la mano, mirando confundido la casa, los muebles, el enorme televisor y la cantina con barra y dos bancos que le había regalado su amigo, todo se lo debía a él, incluso el teléfono que tenía en la mano, y ahora iba a deberle hasta su propia muerte, concluyó apesadumbrado. Después de colgarle airadamente, Teodorico se puso a rumiar el desencuentro que acababa de tener con su amigo predilecto, quizá el único que tenía, y muy pronto concluyó que la culpa era de Artemisa. Un rato después osó pensar que en la noche le iba a decir que el Huitlacoche era su amigo y que, a pesar de lo mal que a ella le caía, se lo iba a presentar porque los dos, ella y el boxeador, eran en ese momento las personas más importantes de su vida. Eso iba a decirle, estaba decidido, así pensaba subsanar el desencuentro, pero en la noche ya no veía tan claro lo que estaba decidido a hacer, la niña subió radiante al helicóptero, con una sonrisa que puso nervioso hasta al piloto, la cosa empezaba con la zanahoria, no la mísera sino la frondosa y Teodorico pensó, desde la soledad del asiento trasero a la que ya se había acostumbrado, que lo mejor era esperar el momento propicio para hacer su reivindicación. Esa noche fueron a un restaurante en la Ciudad de México porque ella quería ver, desde arriba, esa mancha monstruosa de luces cuadriculada por las avenidas, y ya que estaban en la mesa, entre un platillo y otro, Teodorico aprovechó para introducir el tema que le preocupaba. ¿Te acuerdas de mi amigo el Huitlacoche?, preguntó y ella le dedicó una larga mirada ambigua que lo dejó desarmado y luego, como ya no se animó a continuar, Artemisa preguntó, ¿ya te quiere volver a poner el paliacate en el cuello? Noooo, cómo crees, se defendió Teodorico al tiempo que ella soltaba una de esas carcajadas que la volvían refulgente y él, arrobado por esa belleza que le calcinaba las retinas y le hacía temblar las rodillas, pensó, ¿qué más da que no la conozca el Huitlacoche?, ¿quién se cree que es para exigirme que se la presente?, ¿qué se trae ese hijo de la chingada?, ¿no le basta con todo lo que le doy?

Llegó el momento en el que salió a relucir el bigotito. Habían cenado en un restaurante campestre, en las afueras de Xalapa, y caminaban por un bosquecillo que le había interesado a Artemisa. Iban hacia un lago seguidos discretamente por cuatro guardaespaldas que se movían al compás de su caprichoso divagar y que trataban de pasar desapercibidos como les había indicado el señor, que no quería verlos ni escucharlos, ni a ellos ni los chirridos de sus *walkie-talkies*, cuando estaba con Artemisa. Pero esto no quiere decir que me dejen de cuidar, les advertía a cada rato, háganse los invisibles, a ella no le gusta que nos anden siguiendo. Con esa misma consigna de la invisibilidad operaba el encargado de ir recolectando el rastro material que dejaba la niña en las mesas de los restaurantes, la servilleta, la cucharilla, el vaso y la taza, una liga para el pelo olvidada, un broche perdido y la barra de labios que iba a convertirse en el centro de ese universo objetual que más adelante le serviría al señor de consuelo y de martirio.

Una noche en la que Artemisa había repartido demasiados palos, se vio orillada a ofrecer una compensación mayor. Llevaba toda la cena tirándoles pullazos a su vestimenta, a su camisa y a sus zapatos, a sus maneras de patán y a sus historias insustanciales y, cuando la niña calculó que se le había pasado la mano, se sacó de la muñeca la pulsera con la que jugueteaba graciosamente y, con una calma premeditada y teatral, la colocó en el borde de la copa de él y la fue deslizando hacia abajo, amorosamente, lúbricamente hasta que se detuvo, en la parte más ancha, como un cinturón. Luego lo miró divertida, disfrutando de la turbación que acababa de procurarle. ¿No vas a beber?, le preguntó y Teodorico, un poco sofocado, pegó el trago más lascivo de su vida, como si se la estuviera bebiendo a ella.

A lo largo de esos años, Artemisa estiró la cuerda a conciencia, sabía perfectamente hasta dónde hacerlo, no quería excederse, disfrutaba repartiendo pullas y rejonazos casi tanto como cuando se subía al helicóptero y sentía detrás de ella el zumbido que hacía el deseo voraz del señor. Le fascinaba el aura que le daba esa aventura, la forma en la que los veía la gente en los restaurantes, empezaba a enviciarse con el poder que tenía sobre el hombre más poderoso de Veracruz, el poder sobre el poder, ella era su debilidad, su talón de Aquiles, era la que iba a liberarlo de su condición, de la maldición del indio que aunque se vista de seda indio se queda. Artemisa estaba llamada a demoler por fin la casita de adobe de Zapayucalco y Teodorico pasaba por alto las pullas, los enfurruñamientos, las groserías y esos largos silencios cuando iba sola, ignorándolo, mirando por la ventanilla del helicóptero. Es el temperamento griego, se decía a sí mismo el señor, así es de caprichosa y así me gusta, se animaba sin ningún recato en los momentos de incertidumbre y hundimiento.

Aquella noche, Artemisa había visto el lago desde el helicóptero cuando el piloto hacía la maniobra de aterrizaje y Teodorico había prometido, o más bien ella le había hecho prometer, que después de la cena irían a pasearse por ahí. Era un lago urbanizado, había faroles y bancas en el andador de cemento que lo rodeaba. El bosquecillo era un parque en la periferia de la ciudad del que los empleados de la alcaldía, por órdenes de su jefe, habían echado a la gente antes de la hora en la que cerraban habitualmente, para que el helicóptero del señor Teodorico pudiera aterrizar sin contratiempos. Hacía fresco y él le había puesto su fino saco de Burberry en los hombros, era su manera de intimar, por medio de las prendas que le prestaba y de los objetos tocados por ella que podía conservar. No se sabe en realidad, ya lo he dicho, si el enamoramiento radical de Teodorico, que se prolongó durante casi tres décadas, podía deberse a lo que Artemisa le dejó probar y luego le quitó, o a lo que nunca le dio, en todo caso es un capítulo que ella evadió cuando años después me contó esta historia.

En aquel paseo por el bosquecillo, Teodorico, poseído hasta el tuétano por Artemisa, respiraba contento el aire refrescado por los pinos, su Burberry sobre esos hombros divinos lo hacía fantasear. ¿Y esa sonrisota?, le preguntó ella. Estoy contento, dijo Teodorico, me gusta mucho caminar contigo rumbo al lago por este bosque de cuento, algo tiene de romántico este paseo, se atrevió a decir. Artemisa se detuvo en seco y lo encaró, le echó encima esa mirada que lo dejaba desarmado antes de decirle que se vería mejor sin su bigotito. ¿Cómo?, preguntó el señor, desconcertado, ¿quieres que me lo quite?, ofreció casi con ilusión, porque ese deseo de ella era la prueba inequívoca de que le interesaba lo que estaban construyendo, de que había futuro. Rápidamente, Teodorico borró de su historial el detalle categórico de que el bigote era su seña de identidad más antigua, no se lo había rasurado nunca, lo llevaba desde que le había empezado a salir cuando era un muchacho. No estoy diciendo que quiera que te quites el bigote, sino que te verías mejor sin él, puntualizó Artemisa y lo hizo sin dejar de observarlo con una objetividad de aire científico en la que él veía belleza y solo belleza, abismal belleza. Al llegar al lago, Teodorico iba encandilado por el interés que despertaba en ella la erradicación de su bigote que, aunque era claramente una claudicación, él se empeñaba en ver como un triunfo, como que ya empezaba a abrirse el camino hacia su corazón. Artemisa no volvió a decir nada, se quedó un rato mirando un cardumen de pececillos somnolientos que se abandonaban al vaivén del agua.

Dos días más tarde llegó Teodorico a la hacienda del griego, aterrizó en el jardín y la esperó al pie del helicóptero muy sonriente y con el bigote escrupulosamente afeitado. ¿Te lo quitaste?, ¡qué mono!, le dijo ella sin mucho entusiasmo, y luego ocupó su asiento de costumbre para ir contemplando el paisaje desde las alturas.

En otra ocasión cenaban en un restaurante con espectaculares vistas al golfo de México, en el puerto de Veracruz, cuando Artemisa la emprendió contra los Cohiba que fumaba el señor. No soporto el humo, le dijo. La declaración era una rareza porque su padre fumaba puros todo el día y Rosamunda también. La niña había sido criada dentro de un nubarrón de humos cruzados y muy pronto ella misma se convertiría en una notoria fumadora, pero esa noche le dio por combatir el Cohiba, uno de los últimos bastiones de la vida anterior de Teodorico. Ya no tenía bigote, su vestuario había sido sistemáticamente criticado antes de ser radicalmente intervenido, le había prohibido el paliacate, las botas, el cinturón de hebilla con sus iniciales y de paso la navaja suiza que colgaba dentro de su estuche de cuero repujado. Se había visto obligado a circunscribir a la clandestinidad su amistad con el Huitlacoche y su relación con la Negra Moya. También había dejado Teodorico de ordenar algunos platillos cuando iba con ella. Patas de cerdo con verdolaga, que eran, hasta antes de conocerla, su delirio (¿cómo puedes comerte esa porquería?), sopes, pambazos, conchas, teleras y chilindrinas (¿y la panza?) habían sido así mismo proscritos junto con el pastel de coco (¡uy!, ¿te vas a zampar todo eso?), que era su postre predilecto. Lo único que conservaba a esas alturas eran los refrescos y los puros. Contra los refrescos, Artemisa no iba a emprender ninguna acción porque, como le había hecho ver Rosamunda, habría que dar gracias a la Virgen de que al señor le gustan los refrescos y no el alcohol, ¿te imaginas lo que haría ese animal con la cabeza llena de tequila? Pero frente al embate contra el puro, Teodorico ofreció, por primera vez, cierta resistencia, se defendió. ¿De cuándo acá te molesta tanto el humo?, Rosamunda y tu papá fuman sin parar, protestó, lánguidamente eso sí, mientras dejaba que la brasa de su puro se extinguiera, igual que su momento de rebeldía, en el cenicero. Artemisa argumentó, con un mohín que estuvo a punto de hacerlo flaquear, que ya bastante tenía con el humo de su casa pero, al final, ahí quedó la arremetida. Cambió de tema y cenaron en paz hablando fruslerías, anécdotas del pueblo, de gente que conocían, de un programa que había visto ella en la televisión.

Teodorico, que se pasaba el día resolviendo asuntos gruesos, montando tinglados delictivos y operativos tóxicos, estaba convencido de que Artemisa lo purificaba, su conversación cristalina le lavaba la mierda que acumulaba durante el día, su bendita presencia lo sacaba de las fauces del monstruo que él mismo malcriaba. La brisa del mar entraba por los ventanales, a veces mezclada con el vívido olor de las marismas, y en el recoveco que había debajo de las escaleras, un pianista de traje zancón y mejillas chupadas tocaba piezas de Agustín Lara y Armando Manzanero. A la hora del postre, que no fue su adorado pastel de coco sino una saludable rebanada de melón, Teodorico se animó a revivir la brasa de su puro, temeroso de la reacción de Artemisa, que, para su sorpresa, no hizo ni un gesto ni dijo una palabra porque ya había proyectado un efectivo plan de acoso que, fatalmente, iba a terminar erradicando los puros durante el tiempo que duró esa relación. Veinticuatro horas más tarde comenzó una batalla sin cuartel, un palo tras otro debidamente contrapesados con sus zanahorias en el momento siempre oportuno. Hoy te quiero pedir una sola cosa, Teodorico, decía ella inclinándose hacia él, calculando al milímetro el efecto que iba a tener su arrimadura, no prendas ese puro, por favor, decía con un amago de puchero, y otra noche le dijo, dame ese puro que se te

162

asoma ahí en el bolsillo para que se te quite la tentación de prenderlo y, en otra ocasión, le pidió, no prendas ese puro, Teodorico, ¿sabes el daño que nos hace el humo a los que no fumamos? Y una vez desterrado el puro de la mesa de los restaurantes, Artemisa siguió con el acoso, ¡hueles a Cohiba!, se quejaba en cuanto se subía al helicóptero, acompañando su queja con un adorable mohín, ¿fumaste?, le preguntaba, se me hace que te fumas tus puritos a escondidas, le decía con una fingida, e irresistible, desolación. Teodorico terminó renunciando a los puros, tenía muy claro su objetivo y estaba dispuesto a hacer cualquier sacrificio que le exigiera su dama.

Cuando Artemisa cumplió dieciséis años la llevó a cenar a la Ciudad de México. Aterrizaron en el helipuerto de un edificio donde los esperaba una camioneta que los llevó al restaurante San Ángel Inn. Artemisa había crecido en el último año y ya le sacaba una cabeza de altura al señor, que algo paliaba la diferencia con unos aumentos que se metía dentro de los mocasines. Hoy amaneciste más alto, ¿no?, le decía ella mofándose de su aditamento. Esa noche, él estaba alborozado y dicharachero, se había acercado a saludarlo el secretario de Hacienda y una famosa conductora de televisión que revisó con descaro a Artemisa antes de decirle, te veo muy requetebién, mi rey. Además, el gerente del lugar le había hecho toda clase de zalamerías, lo veo más delgado, qué bonito traje lleva, ¿es inglés?, se ve usted mejor sin bigote, más joven, como si se hubiera quitado años de encima, le dijo.

La cena transcurría sin pullas ni rejonazos y cuando llegó el postre, rebanada de piña para él y pastel de chocolate para ella, se sacó del bolsillo un estuche que puso ceremoniosamente sobre la mesa. Artemisa lo abrió y extendió con cuidado encima del mantel la elegante pulsera de oro labrado que había dentro. Es preciosa, dijo, y luego le pidió que se la pusiera, acercándose con mucha coquetería, lo miraba desde una profundidad que no podía ser más que marina, ni buena ni mala, ni halagüeña ni devastadora, solo marina. Teodorico se esmeró enganchando los dos extremos del mecanismo mientras vislumbraba la ocasión perfecta para decirle una cosa que llevaba rumiando desde hacía tiempo, un deseo lanzado al aire con la esperanza de que se abriera una puerta. Artemisa, le dijo, me encantaría que en el futuro, cuando tú quieras, cuando te sientas lista, te conviertas en la dueña de mi fortuna, de mi palacio y de mi vida, no me tienes que contestar nada ahora, solo quería que lo supieras. Artemisa retiró la mano, no dijo nada, lo miró brevemente y después preguntó, ¿nos vamos? Teodorico consideró un triunfo que ella no dijera nada, podía haberle dicho que no, o se podría haber reído de sus pretensiones o hacerle ver la insalvable diferencia de edades o la evidente disparidad social, pero no había dicho nada y en esa nada cabía todo, incluso el futuro que acababa de proponerle. Teodorico imaginaba que tenían hijos, vástagos que, a sus años, iban a metamorfosearlo en otro tipo de criatura, a sacarlo del pozo en el que estaban atrapados sus ancestros, que él veía como una multitud de cuerpos dolientes que estiraban desesperadamente los brazos, con las manos crispadas, pidiendo con la voz rota que alguien los ayudara a salir, ¿a salir de dónde?, del adobe y de la miseria picoteada por las gallinas que, con todo y su contundente historial de superación, no lo dejaban sacar del todo la cabeza. Teodorico buscaba perpetuarse en Artemisa, quería fundirse con ella y transfigurarse, convertirse, dejarse atrás. A fin de cuentas el señor quería la redención, lo mismo que, un poco más tarde, iba a buscar Jesuso en ella.

Hicieron el viaje de regreso en silencio, él la veía con adoración desde su asiento, embelesado por su perfil que iluminaba la luz azul del tablero de controles. Ella miraba por la ventanilla, jugueteaba distraídamente con la pulsera que acababan de regalarle, iba viendo las cumbres de la sierra, la enorme masa oscura de los árboles y las minúsculas manchas de luz que lanzaban al cielo, como gritos, las rancherías, los caseríos y las aldeas desperdigadas por la selva. Cuando aterrizaron en el jardín del griego, Teodorico le dijo, espero no haberte asustado, solo quería que supieras lo que pienso y me da miedo que después de esto no quieras volver a verme. No te preocupes, eso no va a pasar,

¿crees que yo iba a perderme esto?, le dijo Artemisa. Luego se bajó del helicóptero y caminó por el jardín rumbo a la casa, con la ropa y el pelo revueltos por el viento de las hélices, parecía un ángel que en cualquier momento, pensó Teodorico, iba a echarse a volar.

Si no hubiera sido tan estridente la belleza de Artemisa, y tan palpable el hecho de que cualquier hombre que la veía se enamoraba de ella, podría pensarse que el amor a la cultura griega que durante años le inculcó el profesor Brambila había terminado incidiendo en el loco enamoramiento de Teodorico. Quizá fue así pero solo en una mínima parte, porque lo que de verdad había en esa historia era ardor por la carne, deseo de poder, de posesión, exhibicionismo, heridas psicológicas de varias dimensiones que se trenzaron por sí mismas sin necesidad de la trama intelectual que proveía el profesor Brambila. La niña griega podría haber sido sueca o alemana y hubiera producido, seguramente, el mismo efecto en el señor. Ya de por sí mucho antes de conocer a Artemisa, antes incluso de que ella hubiera nacido, Teodorico sacaba con cualquier pretexto, y en cualquier cenáculo, el relato del nacimiento de Atenea, la historia de los titanes, el viaje de los argonautas o el mito de Pasífae, la esposa del rey Minos, que tenía representado en un valioso cuadro al óleo del pintor renacentista italiano Domenico Ghirlandaio que había comprado, por medio de un agente, en una subasta en Sotheby's, en Nueva York. En el salón noble del palacio de Acayucan de las Rosas había ido creciendo, a lo largo de los años, una colección de obras y objetos de la Grecia antigua, tenía vasijas, tramos de mosaicos, trozos de columnas, un par de esculturas supuestamente auténticas y una serie de cuadros y dibujos que recreaban esa época, todos subordinados a la obra más importante de la colección, y seguramente del palacio, que era el gran Ghirlandaio que presidía el salón.

Todo el día pensaba Teodorico en Artemisa, repasaba lo que había dicho, la forma en que se había reído, sus ademanes, sus modos, sus pullas, y además anticipaba lo que podría pasar en la siguiente ocasión, lo que podría él decirle, la probable reacción de ella, un puchero, un mohín o, al contrario, una sonrisa de esas que zarandeaban el eje de la Tierra y lo transportaban al paraíso. Quizá la próxima vez Artemisa estaría menos arisca, más dadivosa, quizá todo iba a cambiar muy pronto, pensaba en sus enfebrecidas anticipaciones, atesoraba cada pequeño signo positivo que detectaba en ella, un brillo en los ojos, un silencio prolongado, un comentario cargado con un embrión, aunque fuera mínimo, de futuro, cada uno de esos detalles, que eran en su mayoría microscópicos, le parecía a él un pequeño avance hacia el único final que contemplaba, el de ella reinando sobre él, volviéndose la dueña de su palacio y de su vida, cualquier otra posibilidad lo sumía en la desesperación. En las ocasiones en las que Artemisa se mostraba desinteresada, o distante u hosca o cuando la despedida era demasiado fría, esas veces en las que no le dirigía la palabra en todo el trayecto de regreso y al bajarse se iba por el jardín rumbo a su casa, sin siquiera voltearlo a ver, esas veces Teodorico regresaba en el helicóptero rumiando amargamente su desazón, se iba sulfurando, repasaba sus posibles fallos, ¿qué dije?, ¿qué hice?, ¿qué pudo molestarle?, y ya para cuando aterrizaban en el helipuerto del palacio iba engorilado, con ganas de pelea, y su bonhomía y su conformidad se resquebrajaban y daban paso al depredador, al chacal, al Drácula que aterrorizaba al resto del mundo. A Teodorico no se le podía imaginar dando la orden de masacrar una población o de quemar un autobús con el pasaje dentro mientras cenaba con Artemisa, ella le disminuía el voltaje, lo domesticaba, lo desnaturalizaba porque si en esa época el señor hubiera atendido su imperio desde una de aquellas mesas románticas de restaurante, lo habría hundido sin remedio. Así como Teodorico cuando estaba con ella caía en la domesticidad y en la cursilería, cuando se separaba de ella comenzaba a recuperar rápidamente su lado salvaje. Artemisa conseguía sublimar al animal que el señor llevaba dentro y puede ser que, de haberlo sabido, todos los habitantes de la selva le hubieran pedido a la niña que aflojara, que se dejara querer y que fuera la reina de su palacio y de su corazón. A lo largo de esos años, Teodorico el benigno se iba reconvirtiendo en Teodorico el bestial desde que ella se bajaba del helicóptero y, en las noches verdaderamente foscas, nada más llegar al palacio y calibrar la soledad que lo esperaba en su cama, llamaba a la Negra Moya. Vente para acá, le decía, te mando la camioneta ahorita mismo, y entonces la Negra, que a esas horas siempre estaba pisteando en la casa de Chelo Acosta, reclutaba a seis muchachas, que eran las que cabían en el vehículo, además de ella, que se sentaba adelante junto al Calaca, les avisaba a las chicas discretamente que en un rato se iría al palacio y ellas, sin hacer mucha bulla, se deshacían del cliente que tuvieran en ese momento y se acicalaban como si fueran a su propia boda. El señor pagaba una barbaridad por el desplazamiento y a veces ni tenían que hacer nada, mucho mejor eso, dijo una vez María Perdigón, que estar aquí recibiendo palurdos, paletos, méndigos tarambanas, ¿tarambanas?, protestó Magdalena Emilia, turicatas les diría yo si acaso. De manera que la Negra en un santiamén juntaba la media docena que saldría sigilosamente montaña arriba, envuelta en una nube perfumada de olor a agua de rosas, a pastilla de menta, a limoncito y a laca para el pelo. Las muchachas recorrían el camino canturreando la música que ponía el Calaca, contaban chismes y confidencias y se reían a carcajadas hasta que la Negra las mandaba callar, ¡ya estamos llegando!, ¡cierren el pico, misifusas!, las regañaba y, a partir de entonces, tenían que comportarse porque nunca se sabía de qué humor iba a estar el señor. A veces lo encontraban deprimido, sentado lastimeramente frente a la chimenea en el enorme salón que enfriaban las máquinas de aire acondicionado, otras lo veían caminando en círculos como fiera enjaulada, o en el jardín oteando melancólicamente las estrellas, la luna, su íntima nebulosa flotando rumbo al feudo de Alfa Centauri, y otras veces lo encontraban eufórico, con ganas de olvidar la cena que acababa de tener con la niña, dispuesto a emulsionar su punzante recuerdo en el dilatado ardor de las muchachas. Y entonces era cuando se montaba la fiesta loca, el señor sacaba el tequila, para ellas porque él era de Jarochito o Peñafiel, y la Negra ponía música y coordinaba los flujos y contraflujos de la noche, la consigna era lo que el señor quisiera, complacerlo, darle por su lado, prestarse a cualquier capricho de él por truculento que fuera, que para eso les pagaba con tanta generosidad, y aguantarse alguna grosería, alguna canallada si se hartaba o se le iba la pinza, adaptarse a lo que fuera viniendo, de eso se trataba, de que el señor se divirtiera sin privarse ellas de la diversión, de la borrachera y el baileteo, que era más o menos lo que hacían en la casa de Chelo Acosta, pero sin la turba de garañones al acecho y con un tequila bueno, de marca, que no dejaba al día siguiente cicatriz. Pero la cosa no era tan tersa cuando encontraban taciturno al señor, hundido en el basural en el que a veces lo dejaba la niña, esas noches solo había que acompañarlo, formar un coro compungido y silencioso, empático, un frente común de mujeres para evitar que se les deshilachara el señor. A eso se reducía esas noches la presencia de las muchachas de Chelo Acosta, a la muralla sentimental de contención, y la Negra, que era su amiga íntima, se sentaba junto a él, le daba la mano y trataba de consolarlo y las muchachas, repartidas por los sillones del salón, se miraban unas a otras, repasaban con las manos los pliegues de su vestido, se miraban las uñas y las rodillas y los dedos del pie y echaban tecatas a la chimenea para acrecentar el fuego y combatir así el frío polar que lanzaban continuamente las máquinas del aire acondicionado. En esas ocasiones no había tequila, ni música, ni siquiera

170

cuchicheos en esas noches taciturnas, solo el sonsonete aguardentoso de la Negra rebotando en las cúpulas del salón, no te pongas así, Teodorico, no puede ser que el amo y señor de la región, ¡qué digo de la región!, ¡del chingado mundo!, se derrumbe por una zorrita pedorra, no le hagas caso a esa güera fruncida, haznos caso a nosotras, que estamos aquí para divertirnos contigo. A veces la Negra no lograba remontar la situación y Teodorico les decía, sírvanse algo, muchachas, pónganse unos discos, pásenla suave que yo ya me voy a dormir, y ahí le dicen al Calaca cuando quieran que las regrese al pueblo. Pero otras veces funcionaba la cantaleta didáctica de la Negra y el señor se animaba, se ponía a vacilar con las muchachas, se armaba la fiesta hasta las tantas y había otras veces en las que, cuando el señor se retiraba a su habitación, la Negra mandaba a las muchachas al pueblo con el Calaca y ella se quedaba a hacer el trabajo de todas, ella se bastaba y se sobraba para sacar adelante la encomienda, se metía a la habitación con él y con una botella de tequila, ya estoy aquí, le decía, y el otro rezongaba, vete, pinche Negra, mañana me tengo que levantar temprano. O a veces le decía, quédate aquí pero calladita, y entonces ella, sin decir ni una palabra, comenzaba a hacerle eso que le había hecho toda la vida y poco a poco y al cabo de unos minutos ya estaban con la urgencia de siempre, fundidos y persiguiendo los dos el mismo fogonazo. Cerca del amanecer se iba la Negra, ¡Calaca, vámonos!, gritaba con la euforia que da el tequila y la satisfacción que deja el trabajo bien hecho, cogía otra botella para ir bebiéndosela por el camino y mientras atacaban la carretera que los sacaba de Acayucan pensaba en su amigo, invariablemente sentía compasión por él y una rabia sorda contra Artemisa.

En aquellos años del amor chiflado que Teodorico sentía por la niña, la Negra le hacía esa cosa que lo ponía a babear, a gemir y a quedarse con los ojos en blanco, y ya que lo tenía acogotado le preguntaba retadora, insidiosa, ¿y a la niña le vas a pedir que te haga esto?, ¿y le vas a hacer eso que me haces a mí?, ¿verdad que no?, decía con su voz aguardentosa, ¿le vas a hacer la ranita?, ¿le vas a hacer la chicatana? No, Negrita, no, la chicatana jamás, decía Teodorico reprimiendo la cadena de gemidos que le subía por la tráquea como un surtidor y luego, cuando ya estaban los dos, lacios y sudorosos, recuperándose del encuentro, la Negra abordaba el tema, todavía acezante por las insólitas cabriolas que acababa de ejecutar y con la lengua boluda de tanto darle al tequila, ¿qué le ves a esa mocosa?, preguntaba desafiante mientras se sobaba amorosamente el gañote. Ya sabes lo que le veo, respondía siempre Teodorico, le veo lo que le vemos todos los hombres, ¿quieres que te explique los detalles? Déjalo así, decía la Negra, pero deberías saber que estás haciendo el pendejo con esa niña, no se va a casar contigo nunca, vacila con ella, diviértete pero no te claves, no hagas el ridículo.

La Negra era su asidero sentimental, la que lo recomponía cuando andaba desbaratado, y además también le bajaba los humos cuando se le olvidaba de dónde venía, de hecho era un conflicto de humos subidos el que ella veía en la historia con Artemisa. Esa tarada no es para ti, le decía, estás cagando fuera de la bacinica, tienes más dinero y poder que su familia y eso sin embargo no te quita lo guarín. Así, con esa descarnadura, se lo decía la Negra, ese era su papel en la pareja, además de hacer y de dejarse practicar esas rutinas amatorias que con frecuencia, de tanto hurgarse, removerse y escarbarse con diversos artilugios, experimentaban un traslape con la espeleología. El papel de Teodorico, más allá de las floridas cochinadas que hacía y se dejaba hacer, era rescatarla continuamente de las garras de diversas entidades, darle dinero, mandar a alguien para que la sacara de la cárcel, hablar con el alcalde para que dejara de enviar a la policía cada vez que a la Negra le daba por vociferar, por aullar como mono en el atrio de la iglesia o por correr desnuda y ensimismada montaña arriba. De cosas así la rescataba el señor y a veces hasta su solo nombre la sacaba del estercolero, como le había pasado en la casa de Chelo Acosta, cierta noche en la que un hombrecillo insistía en pagarle para llevársela a un cuarto y ella, que ya estaba bastante borracha, se había puesto digna y ensoberbecida, le había dicho que ella no era parte del menú, que era el verso libre del congal y que solo se acostaba con los que le gustaban y el hombrecillo, así se lo dijo cara a cara, no le gustaba nada. Estás muy esmirriado, le dijo, pareces un bailarín de tap y yo soy más bien de garañón, de hombre vasto, bien dotado y con su buen pitote, le dijo y lo celebró ruidosamente, con uno de sus estentóreos gritos de chango, o de mariachi, que se fundió luego en una carcajada reventada por un ataque de hipo. Todavía no acababa la Negra de hipar y de reír cuando dos hombres, garañones justamente como a ella le gustaban, la sacaron de la casa en vilo y en negligé. No exageren, muchachos, no sé si voy a poder con los dos, no sé si me va a alcanzar la pólvora para tamaño cuetón, dijo la Negra sin que se le fuera todavía la festividad. Pero al verles el gesto entendió que se había metido en un lío y lo confirmó cuando le vendaron los ojos, le ataron las manos con un cinturón y se la llevaron en una camioneta. Ese hombre del que te reíste es el Güilo, el apoderado del cartel Nuevas Generaciones de Veracruz, ¡ya te cargó la verga!, le dijo uno de ellos y ella no dijo nada, del susto se le había bajado la borrachera y en su lugar quedaba un malestar que colindaba con la cruda. Cuando llegaron y la arrojaron con violencia al suelo de un cuarto húmedo, donde iban a encerrarla, y probablemente a torturarla o a dejarla a merced del hombrecillo esmirriado y ofendido, se le ocurrió decir que si aquello era un secuestro, el señor Teodorico pagaría el rescate. ¿Qué tienes tú que ver con el señor?, le preguntó uno de ellos. Es mi valedor, dijo confiada y con mucha contundencia y, diez minutos más tarde, el Güilo en persona entró a desatarle las manos y a quitarle la venda. Perdón, señora, le dijo, hemos cometido un error, uno de los muchachos la va a llevar a Los Abismos, salúdeme mucho a don Teodorico, por favor.

Después de dos años de ir y venir en el helicóptero y de convivir en diversas mesas de restaurante y en otros sitios apartados u oscuros, remotos o ignotos. Después de esos dos años de confesiones, de roces quizá, de declaraciones, de negativas y de llegues y de lanzamientos suicidas y de resistencia numantina. Después de aquellos años que Artemisa se quitó de encima de una sacudida, y que Teodorico vivió entre el éxtasis y la amargura, la relación llegó al final. Un buen día ella decidió que no quería verlo más y, la siguiente vez que aterrizó el helicóptero en el jardín, la que se aproximó fue Rosamunda a decirle, a gritos y desde una prudente distancia, que la niña estaba indispuesta, y él, amansado por el enamoramiento, no brincó al pasto hecho un basilisco como hubiera hecho en cualquier otra situación, ni se metió a las grandes zancadas a la casa, asimiló como pudo la noticia y con todo y su desconcierto, y el enfado que le produjo la sonrisita que se le había quedado a Rosamunda después de gritarle el recado, le ordenó al piloto que despegara. El griego miró desde su despacho, con una creciente angustia, cómo se iba alejando el helicóptero rumbo a la sierra, lo estuvo viendo hasta que se perdió de vista y no pudo evitar pensar que era él mismo al que acababa de tragarse la oscuridad.

Hacía semanas que Artemisa tonteaba con Jesuso, se veían con discreción pero todo en ella alcanzaba un nivel de notoriedad imposible de disimular. Su padre consideró que era necesario intervenir, porque si aquel tonteo seguía creciendo sus negocios con el señor se resentirían, desaparecerían probablemente y quién sabía si con el añadido de alguna represalia, así que una tarde la llamó a su despacho y, después de un rapapolvo que dejó a Rosamunda preocupada, le prohibió que volviera a ver a Jesuso. ¿Y el señor Teodorico?, le preguntó enseguida, ¿te hizo algo? Ahora es cuando empieza a preocuparte mi relación con él, ¿no?, reviró Artemisa. El griego, de una forma más comedida, le pidió que esperara un poco, le suplicó que siguiera saliendo con Teodorico hasta que llegara el día de irse a la universidad y entonces, con la distancia, le dijo, la cosa podía diluirse sola y en paz. El griego ignoraba desde luego la dimensión del enamoramiento que atormentaba al señor.

Aquella noche fatídica, Teodorico llegó a desmoronarse frente a la chimenea, tenía el presentimiento de que los tonteos de Artemisa con Jesuso, de los que por supuesto estaba enterado, eran el motivo de su falsa indisposición. Las últimas veces que se habían visto ya lo sabía y no se había animado a preguntárselo, por no arruinar el momento, que no es que fuera esplendoroso, y seguramente también porque creía que se trataba de una bobada, como también pensaba que yo, su antiguo novio, no representaba para él ninguna amenaza. Pero aquella noche, mientras se desmoronaba frente a la chimenea, su presentimiento fue arraigándose y al día siguiente amaneció con la certeza de que Artemisa de verdad iba a dejarlo por Jesuso. Lo primero que hizo fue ordenar que le llevaran un arreglo de flores a su casa, con una nota de él en la que le deseaba una pronta recuperación y esperaba que pudieran verse algún día de esa semana. Después mandó al Calaca por la Negra para contarle ese presentimiento que no lo había dejado dormir. Te lo dije, lo regañó ella en cuanto vio el desmoronamiento, el que se mete con una escuincla nalgas meadas sale meado, ya se veía venir, ahora aguántate, sé machito, desfógate con aquella pelafustana que sale en la televisión, o conmigo, ya que me mandaste traer. Los días siguientes, Teodorico envió más arreglos de flores y trató de hablar por teléfono con Artemisa, le dio la orden a su secretaria de que llamara insistentemente hasta que lo consiguiera y, como tardaba en conseguirlo, le pidió que localizara al griego, pero de su socio no obtuvo más que vaguedades y balbuceos.

La trifulca emocional de Teodorico coincidía con la revuelta de unos cañeros que afectaba la producción de los plantíos que tenía por el rumbo de Altotonga y que requería de su presencia. Tenía que sentarse a hablar con el líder campesino de la región, con los dos alcaldes de los municipios afectados y con el gobernador, tenía que argumentar, pagar, amenazar o exterminarlos a todos si no se alcanzaba una solución. Se pasaba el día yendo de un sitio a otro o encerrado en su oficina hablando con su gente, nada que se saliera demasiado de su rutina pero, esos días, no tenía cabeza para esas vulgaridades, lo único que le interesaba era recuperar a Artemisa, que no estaba indispuesta como ella decía, porque uno de sus hombres la había visto montada a todo galope en su caballo y otro más la había visto nadando en la laguna con Jesuso, o sea que muy indispuesta no estaría, pensaba el señor con amargura mientras calculaba qué debía hacer para quedarse con todo, con su plantío y con las hectáreas de los cañeros, pagando o, si le colmaban el plato, volándolo todo en pedazos. Unos días más tarde decidió plantarse con su helicóptero en el jardín del griego. No me parece bien que irrumpas así en mi casa, le dijo Artemisa sin mirarlo, batallaba en el establo con una vaca que tenía un brote de larvas de mosca, una cordillera de forúnculos que iba de la marrafa hasta el pescuezo. El animal estaba inquieto y el mozo del establo trataba de sujetarle la cabeza mientras ella daba pinchazos con una aguja en el área afectada. Esa vaca está nerviosa, observó Teodorico, quería empezar la conversación desde un ángulo neutro pero Artemisa no se lo permitió. Todos los animales se ponen nerviosos por el escándalo que haces con tu helicóptero, le increpó. ¿Ya te aliviaste?, preguntó el señor desde el otro lado de la tranca, no quería mancharse el traje de lino blanco que llevaba. Me siento muy bien, ¿qué quieres?, preguntó Artemisa distraídamente mientras le señalaba al mozo el frasco de bactericida, ¡pásamelo!, le dijo. Quiero saber qué te pasa, ¿por qué no me contestas el teléfono?, se quejó Teodorico, sin mucha contundencia. Lo desconcertaba que la niña no le pidiera al mozo que se fuera, era un muchacho menudo que le daba la espalda, parecía que le habían dicho que no lo tomara en cuenta, va a venir un señor pero tú haz como si no existiera, parecía que era la consigna que había recibido. Necesito que me dejes en paz un tiempo, por eso no te contesto el teléfono, no falta mucho para que me vaya a la universidad, ya lo sabes, y no quiero irme con esto que tenemos tú y yo, le dijo en lo que aplicaba meticulosamente el bactericida en cada uno de los forúnculos. ¿Podemos hablar a solas?, solicitó Teodorico, casi le suplicó, no podía creer que Artemisa lo estuviera despachando con esa grosería. No le veo el caso, ya dije lo que tenía que decirte, estoy ocupada, ¿no ves? Teodorico preguntó lo que de verdad lo escocía, no tenía más remedio que inmolarse con el mozo de testigo, ¿es verdad lo de Jesuso? Artemisa lo encaró por primera vez, le dio al mozo la aguja y el trapo con el que hacía la curación y, limpiándose las manos con el mandil, se acercó a la tranca para decirle que lo de Jesuso no era asunto suyo, que ya estaba harta de que mandara a sus matones a espiarla y que hiciera el favor de dejarla en paz. Lo dijo con una dureza que lo dejó desarmado, sin saber qué decir. Artemisa se había convertido en una mujer esplendorosa, mucho más alta que él, lo fulminaba desde arriba con su mirada colérica, más que discutir con ella daban ganas de callarse la boca y adorarla y sin embargo Teodorico musitó algo, no quiero perderte, dijo, pensé que serías la reina de mi palacio y de mi vida. El mozo se escurrió entre las vacas, la cosa se ponía fea y ser el testigo del desfiguro que estaba haciendo el señor podía ser letal. Yo no soy la reina de nadie, le dijo Artemisa, y si de verdad no quieres perderme no me busques más. ¿Nunca?, preguntó angustiado Teodorico. No lo sé, dijo ella impacientándose, respeta mi decisión, no me llames, no me mandes flores, ni espías, no vuelvas a aterrizar con el helicóptero en el jardín, si no quieres perderme para siempre tienes que desaparecer, no quiero verte. Teodorico se quedó mudo, iba a decir algo pero se dio cuenta de que ya no tenía ningún caso, la miró brevemente a los ojos y luego hizo un gesto de despedida, una mueca más bien.

Al día siguiente, Artemisa recibió una carta en la que Teodorico le decía que a pesar del dolor que le había causado el encuentro, respetaba su decisión, no volvería a molestarla. También le decía que había pasado con ella los mejores años de su vida, que estaría siempre disponible para lo que quisiera y que no perdía la esperanza de que algún día, no importaba cuándo, se convirtiera en la reina de su palacio. Pasarían más de veinticinco años antes de que se volvieran a ver.

Cuando Artemisa finalmente se fue a la universidad, a pesar de que llevaban meses sin verse y de que aquello parecía no tener remedio, dejó a Teodorico con el corazón maltrecho, yendo de los guateques que le organizaba la Negra Moya, que una noche lo animaban y otra lo dejaban hundido, a las tenebrosas labores que le imponía su quehacer y que, en esa temporada de descalabro sentimental, experimentaron un repunte. Sus actuaciones se afilaron, ganaron precisión, agilidad, belicosidad, y tanta eficacia multiplicó las ganancias. Parecía que a fuerza de trabajar pretendiera Teodorico curar la herida que traía abierta, como si quisiera resarcir los dos años de distracción y baboseo que había vivido con Artemisa, o quizá su voluntad era desquitarse con los demás, hacerles pagar por las perradas que le había hecho la niña a él, unas perradas sin las que, por cierto, no podía vivir y a las que sin ningún reparo, si ella quisiera, volvería a entregarse porque, se preguntaba varias veces al día, ¿qué valía más?, ¿vivir apaleado y envilecido pero feliz?, ¿vivir muy dignamente asfixiado por la desdicha? No lo tenía claro, pero entre las dos opciones era la paliza y el envilecimiento lo que lo hacían sonreír. Una cosa sí tenía clara Teodorico, solo podría superar aquello si la condenaba al olvido, a un olvido radical, como si se hubiera muerto.

Artemisa también dejó a Jesuso abandonado en Los Abismos aunque, para pasmo de todos nosotros, regresaría a casarse con él cuatro años después, cuando terminó la universidad. Jesuso se quedó soportando el escarnio de los muchachos del pueblo que le hacían ver, cada vez que se cruzaban con él, la imposibilidad de que su novia, expuesta a la jauría que iba a acosarla día y noche en la capital del país, volviera como se había ido. No le quedaba más remedio a Jesuso que hacerse el sordo y visitarla cada vez que podía, nunca por sorpresa pues, como le decían los muchachos divertidos, canallescos y bien ojetes, lo mejor era que no llegara sin avisarle porque quién sabía la sorpresa que podía encontrarse. Ya desde entonces se adivinaba que lo suyo terminaría mal, bastaba observar, como sugirió Sara Centolla en un lóbrego rapto augural, los ojos separados, como de vaca, que tenía Jesuso, y los ojos juntos, de depredador, que ha tenido siempre ella.

Artemisa estudió Etnohistoria, en la Escuela Nacional de Antropología de la Ciudad de México. Por estudiar algo, por largarme del pueblo, me dijo años más tarde cuando volví a verla, después de que pasó lo que pasó con el toro sagrado. Pero yo creo que había más fondo en esa elección del que ella quería admitir. Estuvo cuatro años fuera y, aunque podía haberse quedado en la ciudad, o continuar sus estudios en Estados Unidos o en Europa, regresó al pueblo que odiaba, o eso decía. Quizá regresó porque en cualquier lugar era una criatura hermosa y estrafalaria pero no tenía la misma singularidad, solo aquí era la reina, la diosa, la única, solo aquí era lo bello que condenaba al resto del mundo a la fealdad.

Artemisa y Teodorico en el palacio de Acayucan de las Rosas

Sakamoto, el padre de Teodorico, trabajaba por las tardes en una refaccionaria que vendía piezas para el tractor, para la trilladora y el trapiche. Lo hacía para redondear lo que ganaba con sus mañanas de labriego, que era una miseria añadida a la miseria que le pagaba el encargado de la refaccionaria, pero en algo ayudaba a la economía de la familia, que se había resentido en cuanto Chona, la mujer de Sakamoto y futura madre del niño que ya venía en camino, había dejado de trabajar en el campo para atender su avanzado embarazo, que presentaba complicaciones de orden, digamos, geométrico: la prominente media circunferencia de la barriga la dejaba sin ángulos para agacharse hacia adelante y para cargar la pila de guacales, dos acciones imprescindibles de la faena agrícola. Chona, con una barriga de ocho meses, y para compensar su obligada ociosidad, iba cada día a la refaccionaria a llevarle a su marido un itacate y se quedaba un rato con él. Acodada en el mostrador, con la media circunferencia de la barriga metida en el vacío que quedaba entre la mesa y el primer entrepaño, miraba pasar a la gente y a los burros y a las bicicletas mientras su marido liquidaba en silencio su comida. En una de las paredes, entre un anuncio de bujías Champion y otro de acumuladores Bardal, había una hoja arrancada de una revista, a colores y de papel cuché, con la misteriosa fotografía de un cuadro antiguo en el que aparecía un hombre, de pelo largo y prominente piocha, que llamaba fuertemente la atención de Chona, porque lo veía saludable, rozagante, feliz y, sobre todo, se veía muy distinguido, no tanto por las extravagantes ropas que vestía, sino porque era espigado y rubio y, a todas estas características que ella entendía como bendiciones, se sumaba el elemento sustancial de que el hombre no parecía de por ahí. Un buen día, Chona interrumpió el comer reconcentrado de su marido para preguntarle, porque no sabía leer, qué era lo que decían las letras que había debajo de ese personaje que tanto llamaba su atención. «Teodorico III, rey franco», respondió Sakamoto, ignorando la repercusión que iba a tener esa respuesta en el porvenir, en el de ellos, claro, pero también en el de toda la región. Quizá si Teodorico se hubiera llamado Carlos, o Eduardo, el impacto no habría sido el mismo. La singularidad del nombre impulsó, desde el principio, al hombre, como si el nombre único, inconfundible, lo hubiera empujado a hacer cosas extraordinarias, casi todas malignas pero decididamente extraordinarias.

Sakamoto, por cierto, le explicó Artemisa a Wenceslao, se llamaba así porque su padre había sido maestro de karate en Guaymas y era amante de todo lo japonés, de todo lo japonés de Sonora, porque nunca había ido a Japón, no había llegado nunca más allá de Navojoa, puntualizó. Me parece un poco delirante la historia, opinó Wenceslao, que estaba siempre predispuesto a criticar cualquier cosa que tuviera relación con Teodorico, con la excepción del dinero que eventualmente, y con la ayuda de su amiga, iba a pedirle para echar a andar la producción industrial de su máquina voladora.

Aquella historia del nombre venía muy al caso, y también cualquier cosa que tuviera relación con Teodorico, porque últimamente el hombre se había hecho muy presente en el entorno de Artemisa, había reaparecido después de tantos años por un motivo imprevisto, el toro sagrado.

El señor se había enterado de que un animal suyo, que él no sabía ni que tenía, vivía en el establo de Artemisa. Se lo dijo un peón que lo había visto, o que algo de lo que se decía habría oído, y luego había ido el caporal a comprobarlo. Era el mismo toro blanco que Artemisa juraba haber visto salir, como una divinidad, del fondo de la laguna.

Muy pronto, como el complemento de aquella información, llegó hasta el palacio de Acayucan de las Rosas el rumor de lo que hacía la señora Athanasiadis con el toro. Lo que decían los peones, y aquel arriero, que la habían visto metiéndose al establo a media noche, a hacer nadie sabía bien qué. A todo ese chismorreo que cobraba espesura y formas insólitas en la casa de Chelo Acosta y en el garito de Jobo se sumaba el dato sólido, que Teodorico comprobó en la fotografía que hizo el caporal con su teléfono, de las lonas que había mandado poner Artemisa en el corral para mantener al toro, y de paso a sí misma, protegido de la curiosidad del pueblo. Al señor le pareció que estaba ante una segunda oportunidad que le ofrecía el destino, los elementos se habían alineado de manera muy ventajosa para él. Antes de enterarse del paradero de su toro blanco, la Negra ya le había informado de la intención que tenía Artemisa de ir a verlo para pedirle el apoyo financiero que necesitaba Wenceslao. En todos esos años, Artemisa no había tenido ningún motivo para acercarse a él, y ahora tenía dos, la niña iba a tener que sentarse a negociar en el palacio de Acayucan, pensó, y aunque trató de convencerse de que la información de lo que andaba haciendo Artemisa con el toro no podía ser más que una rotunda falsedad, algo lo amargó la remota posibilidad de que fuera cierto, ¿será posible?, se preguntaba, pero enseguida concluía que no y al rato se volvía a preguntar lo mismo.

Como si hubiera estado preparando el terreno para el encuentro que se dibujaba en el horizonte, la Negra llevaba meses haciéndole ver a Artemisa, ella misma y por la intermediación de diversos emisarios, que el señor Teodorico no la había olvidado, que en todo ese tiempo no había dejado de pensar en ella. Se lo hacía ver por su propia iniciativa, no porque él se lo pidiera sino porque ella le notaba la añoranza, quería ayudarlo por esa vía indirecta porque ya sabía que él, testarudo y obcecado como era, no iba a mover un dedo. Teodorico tenía su orgullo y no pensaba hacer nada para acercarse a la niña, la forma en que lo había expulsado de su vida había ido transformándose, a lo largo de esos años, en un oscuro resentimiento, se sentía ofendido pero no del todo, navegaba en un territorio ambiguo, no quería verla pero se moría por verla, no tenía proyectado hacer nada para conseguirlo pero tampoco iba a impedir que alguien lo hiciera por él.

Cuando murió Jesuso, la Negra, que lo conocía a la perfección, había visto la esperanza en los ojos de Teodorico. Ese día se había abierto una rajadura por la que él calculaba que la niña iba a regresar, ¿por qué no?, ¿iba a quedarse sola el resto de su vida?, ¿quién iba a adorarla más que él?, se había preguntado entonces el señor con mucha ingenuidad, cegado por el espejismo y, sin embargo, en ningún momento había intentado un acercamiento. Durante todo ese tiempo deseó ardientemente que fuera ella la que viniera a él, cosa que nunca sucedió, y en esa vacilación se le habían ido yendo los años, sabiendo y no sabiendo de Artemisa, ignorándola y muy pendiente de ella, preguntándole a la Negra sin aparentar mucho interés, haciéndose candorosamente el alivianado, como si le estuviera preguntando por la señora de Jobo el del garito. Puede ser que sin el toro blanco todo hubiera quedado como estaba, hasta la muerte de alguno de los dos, de Teodorico, podría pensarse, pues era veinticinco años mayor, aunque últimamente se decía que el señor había seguido un tratamiento de tonificación y remozamiento que le había diseñado el brujo Fausto, o que había suscrito un pacto con el diablo, decían otros para explicar el inexplicable rejuvenecimiento que había experimentado y también había quien decía, como era el caso del señor Penagos, que lo frecuentaba mucho, que el tratamiento se lo había ido a hacer a Estados Unidos. El caso es que Teodorico estaba visiblemente rejuvenecido, no solo en la fachada, decía Penagos haciéndose el gracioso, sino también con el sistema libre de carcoma y aluminosis y saneados el cableado y las tuberías. No parece que fuera Artemisa la razón por la que se había rejuvenecido, o quizá sí, de manera velada o inconsciente, el señor asumía que estaba distanciado de ella para siempre jamás y lo que buscaba con su cuerpo restaurado, además de procurarle un fundamento a su vanidad, era canalizar debidamente su segundo aire, con una segunda oportunidad clínicamente gestionada que lucía mucho en los guateques nocturnos del palacio de Acayucan, párpados retocados, papada recosida, los pectorales de regreso en su sitio y la barriga plana gracias a un balón gástrico que había obrado el milagro. De hecho es muy probable que, sin la grieta que abrió el toro sagrado, Teodorico se hubiera concentrado, cada vez más, en las mujeres que pululaban a su alrededor, seguro como estaba de que con Artemisa no había ya nada que hacer. Seguro y ni tan seguro según denotaba su permanente vacilación. Hacía ya años que había descartado un episodio con el que, en su momento, había soñado, y con todo y el descarte todavía de vez en cuando soñaba que se sentaba por última vez frente a ella para decirle, han pasado muchos años y quizá podríamos recapitular, poner cada cosa en su sitio, porque todo acabó de manera muy abrupta, hay una puerta que nadie cerró y por ahí, a veces, se mete el frío.

Esa corriente de aire frío soplaba en ambos lados de la historia, porque a Artemisa siempre le había dolido el silencio de Teodorico, su persistente lejanía cuando había muerto Jesuso y el desinterés por su estatus de mujer sola en ese pueblo de salvajes. ¿No decía que la había amado con locura?, ¿que la amaría hasta la muerte?, ¿cómo podía esfumarse semejante cantidad de amor?, pensaba ella instalada igual que él en la ambigüedad, en el vacilamiento. Era ella la que había terminado con la relación, la que se había casado con otro, la que nunca había querido reencontrarse con él y, sin embargo, le dolía que él no hubiera intentado acercarse, que en todos esos años no hubiera llegado un día a tocar su puerta, o siquiera a llamarla por teléfono, lamentaba que no le hubiera dado la oportunidad de poner en orden su pasado común o, ¿por qué no?, de rechazarlo otra vez.

Unos días más tarde, Teodorico, harto de lo que se decía de Artemisa, del toro y de él mismo en Los Abismos, le pidió a la Negra que fuera a llevarle a la niña un recado. Ya era mucho lo que se decía y lo que se esperaba de él era una reacción contundente, como las que tenía cada vez que alguien se le subía a las barbas. Esa contundencia era la que cíclicamente refrendaba su poder y, si no hacía algo pronto, se exponía a que se propagaran todavía más las habladurías. El colmo había llegado con una sentencia despiadada que la Negra oyó y corrió a contarle, le dijo, dicen que Artemisa quiere más al toro que a ti. Lo contó porque no podía ocultárselo, con la consciencia del daño que iba a hacer el chisme, pero nunca se imaginó la brutalidad de la maniobra con la que el señor iba a terminar zanjando el asunto. Dile a la niña que me tiene que devolver el toro, díselo sin mucha brusquedad pero con contundencia, que no le quede más remedio que venir a hablar conmigo, le dijo Teodorico a la Negra y enseguida, por esa vacilación que lo obnubilaba cuando se trataba de Artemisa, le preguntó, ¿crees que venga a hablar conmigo?, ¿el toro le importa tanto como dice la gente? Parece mentira que a tus años, y a los de ella, te siga poniendo tan nervioso esa babosa, dijo la Negra y le aseguró que Artemisa estaría ahí muy pronto, suplicándole que no le quitara a ese toro del que, decía la gente, estaba enamorada, le aseguró su amiga con una imprudente perversidad. Luego, al ver el gesto que se le quedó a Teodorico, matizó, comentó que eso del enamoramiento le parecía una exageración, pero de que Artemisa quería conservar a como tocara el toro blanco no había ninguna duda, dijo antes de irse a cumplir con la encomienda. Va a pelear como una pantera por ese animal, no va a estar fácil, le advirtió.

Más tarde llegó la Negra a hablar con Artemisa, después de hacer una escala en la casa de Chelo Acosta para tomarse unos alipuses. La ansiedad de Teodorico la había puesto ansiosa y necesitaba rumiar un argumento incontestable, un parlamento ligero pero convincente porque no podía salirle a su amigo con que la niña ni quería verlo ni iba a devolverle el toro.

Artemisita de mi corazón, no quiero ponerte nerviosa, ni asustarte, pero tengo que decirte algo de cierta gravedad, dijo la Negra disfrutando enormemente, mirándola con esa suficiencia que no le dedicaba desde que era una niña y jugaba a peinarse y a maquillarse y a contonearse con Chelito y Wenceslao. Aquella suficiencia de la Negra estaba alentada por los tragos que se acababa de beber, cada palabra le quemaba de puro gusto en la garganta, se sentía plena, poderosa como un dragón que en lugar de palabras estuviera echando escupitajos de fuego. El señor Teodorico anda muy encabronado porque le robaste su toro blanco, anunció la Negra acercándose amenazadoramente, poniéndole enfrente de la cara y como advertencia un dedo ganchudo y pizpireto. Ese torito que dizque salió del fondo de la laguna y que dizque no tenía dueño, pues ahora resulta que sí lo tiene y que no salió del agua sino de los mismísimos establos de Acayucan de las Rosas, ¿cómo la ves, mamacita chula?, dijo la Negra solazándose con la dicción llameante de su mensaje, y con el efecto que veía que producía su dedo ganchudo. No te me arrimes tanto, Negra, vienes medio peda, la boca te huele a gasolina, protestó Artemisa y, con una desconcertante y casi ofensiva tranquilidad, le dijo que si aquello era lo que había ido a decirle ya podía irse yendo por donde había venido. ¿Cómo era posible que su amigo temblara ante el solo nombre de ella y que a ella no la hicieran ni parpadear los encabronamientos de él? Te equivocas, Artemisita, no estoy peda, ando bien inspirada, que es una cosa distinta, pero vamos a lo nuestro, te estaba diciendo que el señor Teodorico, como bien sabes, corazón, no se anda con pendejadas, así que me ha pedido que te diga que quiere su toro blanco de vuelta inmediatamente. Artemisa soltó una carcajada que hizo respingar a Rosamunda, que las observaba con recelo, expectante, lista para intervenir si empezaban a darse de chingadazos o a arrojarse cosas a la cabeza, como había pasado en más de una ocasión. Después de la carcajada, y de su cauda de réplicas cada vez más menguante, preguntó Artemisa muy farruca, provocando a la Negra para ver si le daba la ocasión de arrojarle un chingadazo o el comal, que tenía ahí a la mano. Y si no lo hago ¿qué va a hacerme Teodorico?, preguntó, y a pesar de su desafío y de su lacerante carcajada, sintió un aguijonazo de angustia, había desarrollado un apego bárbaro por el toro sagrado, no se imaginaba ya sin la presencia de ese animal, el toro era suyo, era lo único bueno que le había pasado en los últimos años y no iba a permitir que nadie se lo llevara. ¡Vete a la verga, pinche Negra!, y dile a Teodorico que el toro es mío y que se va a quedar en mi corral y que, si no le gusta, que le haga como quiera, aquí lo voy a estar esperando, ¿qué me va a hacer?, ¿me va a quebrar como hace con los que le llevan la contraria? Te va a adorar, pensó la Negra al verla echando chispas por los ojos, colorada del coraje y con la greña rubia alborotada, salvajemente bella, pero no se lo dijo, mejor la amenazó, ¡allá tú, vas a tener que atenerte a las consecuencias, que no serán benignas!, ¿me permites que te dé un consejo?, preguntó antes de acabar con la conversación. ¿Tú me vas a dar consejos a mí, pinche bruja?, dijo Artemisa adelantándose para despacharla de un empujón. ¡Escúchame bien, pendeja!, se creció la Negra ante la amenaza, ¡si te acercas más esto va a acabar a los madrazos!, dijo con el puño preparado para soltarle un mamporro. Artemisa se detuvo y la Negra aprovechó para decirle, te estás equivocando, niña, lo único que quiere Teodorico es volverte a ver, el toro le da igual, no sabía ni que era suyo, pero si te lo quieres quedar por las malas no le va a gustar, y máxime con lo que la gente anda diciendo, ese toro va a ser tuyo pero él te lo tiene que dar, si no va a parecer que se lo estás robando y eso no lo va a permitir, va a mandar a sus hombres por él y tú ¿qué vas a hacer?, te vas a quedar sin el toro y sin la adoración que te tiene el pendejo de mi amigo, así que tú verás, dijo la Negra, ahora sí acercándosele mucho, sacudiéndole el dedo ganchudo frente a los ojos. Lo que acababa de revelarle a la niña la ponía en una situación de ventaja, incluso tuvo la tentación, al ver cómo la había noqueado su parlamento, de sentarse con ella a beber unos tragos y a desgranar largamente el trance, pero refrenó el impulso, si decía más iba a terminar traicionando a su amigo. Me voy, le dijo, espero que no hagas ninguna imbecilidad, remató guiñándole con chulería un ojo.

Artemisa se quedó aturdida y pensando que hubiera sido más sencillo resolver el asunto a mamporros. Más que a transmitirle el mensaje de Teodorico, la Negra había ido a calentarle la cabeza, a abrirle una vía que ella creía clausurada. El toro sagrado se había convertido en la coartada del señor para acercarse a ella, o peor, para obligarla a acercarse a él. Por un momento pensó si no sería todo un montaje, si no le habrían plantado al toro como un anzuelo, pero inmediatamente descartó esa posibilidad, el animal había salido de la laguna, ella lo había visto con sus propios ojos y le parecía inverosímil que hubiera llegado desde Acayucan de las Rosas, aquello era casi más increíble que la historia de ese toro fantasma que vagaba por los pueblos de la selva desde los tiempos de la Conquista. Vete a hacer otra cosa, déjame sola, le dijo Artemisa a Rosamunda, que no le quitaba el ojo de encima, aunque había regresado a la cebolla y a los jitomates que estaba picando en una tabla antes de la irrupción de la Negra.

Luego se sirvió un vaso de whisky y se sentó en la mesa a deshilvanar meticulosamente la situación. La treta de Teodorico era puro infantilismo, quería forzar un encuentro con el pretexto del toro robado pero, por burda que fuera la maniobra, ella no podía negarse, la Negra tenía razón aunque le doliera admitirlo y el único margen sensato que le quedaba, pensó, era no plegarse completamente a los deseos del señor, iría pero sin el toro, a pedirle que se lo vendiera, no estaba dispuesta a aceptar ningún regalo de él, y además aprovecharía para llevar a Wenceslao, así no iría sola, para que le presentara su proyecto de la producción industrial de la máquina voladora y le sacara el dinero que le hacía falta. Comprarle el animal y sacarle todo el dinero que pudiera le parecían las únicas compensaciones posibles ante esa treta infantil. Aunque en el fondo de esa operación dineraria había otro motivo que no alcanzaba a ver, o quizá no quería, o peor, no se atrevía. Bebía su vaso de whisky a sorbitos muy pequeños, tenía los ojos puestos en la selva que enmarcaba la ventana, un rayo de sol se colaba entre las hojas de un magnolio y pintaba un manchón vivaz, de sombras y luces, que tiritaba en la superficie de la mesa. Ahí se pasó un buen rato entre sorbo y sorbo dándole vueltas a lo que había ido a decirle la Negra y cuando se levantó a servirse el segundo vaso, pensó que, más allá de la cosa dineraria, ella también tenía cierto interés, o curiosidad o morbo de ver a Teodorico, de sentarse a hablar con él. No podía sentirse indiferente, como pretendía hasta ese momento, ante la perspectiva de ir al palacio de Acayucan de las Rosas, llevaba muchos años sola, quizá hasta en su vida con Jesuso había estado sola, quizá había estado siempre sola y lo único que todavía la estremecía en ese paisaje desértico, que durante largos años había arrastrado, era el recuerdo del vuelo de noche sobre la selva, los caseríos, las aldeas y las rancherías sembradas en la sierra como puntos de luz de un sistema perdido en la eclosión del tiempo, la luz azul del tablero de controles alumbrándole la cara como un viento frío, el ruido sordo del motor y el tajo repetitivo de las aspas, el viaje hacia la mesa, hacia el altar en el que ese hombre iba a adorarla, a complacerla, a humillarse, a quemarse vivo, no como Jesuso, que había sido un cero a la izquierda, ni como Wenceslao, que también la adoraba con vehemencia pero era un putarraco, pensaba Artemisa mientras se bebía su segundo vaso de whisky frente a la ventana, observando cómo iba desapareciendo el rayo de sol entre las hojas. ¿Qué perdía yendo a Acayucan a ver a Teodorico?, se preguntó, estaba ya medio borracha, borracha y lúcida, borracha y capaz de anticipar su futuro inmediato, de estructurar en el acto un vaticinio, borracha y con los ojos bien afilados mirando por la otra ventana la enorme lona que cubría el corral del toro sagrado, ¿qué iba a perder si, fuera del toro, no tenía nada que perder?, decidió que iría para revivir la sensación de estar con ese hombre que la había adorado hasta la locura y que, según la Negra Moya, la seguía adorando con la misma devoción. Una cosa ridícula y sin importancia para una mujer como ella, que cada día refrendaba su belleza en los ojos de los hombres de Los Abismos. Una cosa para nada ridícula y de mucha importancia, pues solo Teodorico había caído desde esa altura para postrarse a sus pies, no había más altura que la de él, pensó empinándose el vaso.

La Negra había logrado envenenarla y ya no pensaba más que en el viaje a Acayucan, iría cuanto antes, iría mañana, había quedado atrapada en el endiosamiento de sí misma y no tomaba en cuenta los años que habían pasado desde aquellos vuelos en helicóptero, que ahora le parecían idílicos porque después de volar a aquella altura todo había sido decaer.

En todos esos años, Teodorico había hecho otra vida, seguía pensando en ella pero como en un lucero distante, había pasado el tiempo y Artemisa tampoco era precisamente la misma, o quizá era la bella de siempre pero carcomida por el acanallamiento que engendraba el pueblo, era la diosa desvaída, la reina desgastada por los vasos de whisky y por el virulento compás de la casa de Chelo Acosta, por el rosario de mañanas que había pasado leyendo la baraja en ese antro de paredes supurantes, era la reina vencida bajo ese techo nublado por el humo de los cigarros y los puros y el tétrico haz de los perfumes, por los humores de las mujeres y los hombres que para no caer al vacío se abrazaban con desesperación en los mugrientos habitáculos, era la reina derrotada por la onda abrasiva del sudor, de las babas, del orine, del sebo, del furtivo pedorreo y de las erupciones de semen en los pechos, en los ombligos, en las vulvas y en los anos y en las manos, en las cuencas de los ojos y en las corvas y en los huesos sacros, era la diosa reconcomida por su asfixiante simbiosis con Wenceslao y subyugada por esa costumbre de ir enfilando vasos y más vasos de whisky, era la diosa abatida por el rancho que podía gobernar perfectamente desde la desidia, con la mano izquierda, con la punta del coño como ella misma decía cuando le daba por fanfarronear y después de otro y otro vaso de whisky la noche la iba llevando al corral del toro sagrado, a lavarlo, a cepillarlo, a montarse en él, a cabalgar sobrevolando la sierra, a mirar las luces perdidas de las aldeas, de las rancherías, de los villorrios, hasta que llegaba el momento de ahogar el grito, abrazada al cuello del animal, con la boca pegada a la pelambre blanca, de plata, la luna, más whisky, más whisky.

Al día siguiente, Artemisa despertó con la inquietud de todo lo que había pensado la noche anterior, y una resaca que mitigó con media taza de whisky. ¿No vas a desayunar?, le preguntó Rosamunda cuando la vio salir con las botas puestas, era una pregunta malintencionada que pretendía hacerle ver que servirse a esas horas semejante fogonazo no era muy cristiano. Hacía fresco, todavía subían hilachos de niebla desde la maleza y un gallo tonto, o confundido, se desgañitaba anunciando el orden del día. Artemisa galopó hasta la casa de Chelo Acosta y encontró a la Negra acicalándose frente al espejo, restirándose con un cepillo la melena y sometiéndola con un disimulado trutrú de broches y pasadores. ¿Qué chingados quieres?, le preguntó la Negra haciéndose la sorprendida, la miraba dizque extrañada por el espejo, como si no supiera lo que la niña había ido a decirle, y como si no acabara de oír los cascos del caballo aproximándose desde lejos y luego las botas resonando en la madera del salón, con esa cadencia inconfundible que la pintaba de cuerpo entero en la imaginación de quien la oía caminar. ¿Para qué te restiras tanto el pelo?, se te ve mejor alborotado, con esos pasadores pareces una monjita, dijo Artemisa en son de burla. ¿Qué quieres?, volvió a preguntarle la Negra, había cambiado el cepillo por el cabo apagado de un purete y como la niña tardaba en contestarle, porque no quería dar tan rápido su brazo a torcer, le aclaró, mientras encendía el cabo con una descomunal llamarada que se agigantó en el espejo, que el peinado de monjita daba más morbo a los caballeros, ¡pero qué vas a saber tú!, que llevas años sin allegarte a la ñonga, dijo la Negra con una sonrisa sardónica que apenas se veía entre la tupida humareda. Ese no es asunto tuyo, no tienes ni idea de lo que hago o dejo de hacer, se defendió Artemisa mientras acercaba una silla al tocador, porque ya veía que la otra no tenía ninguna intención de levantarse. Te equivocas, corazón, Wendy me lo cuenta todo, sé de qué pie cojeas y a cuántos grados se te alborota el crisantemo, dijo la Negra mirándola con altivez desde el espejo. Artemisa le anunció que iría a Acayucan al día siguiente, sobre las doce. ¡A chingá!, ¡y ora!, ¿ya se te bajó la dignidad?, si casi me corriste ayer de tu casa por proponerte lo mismo que ahora vienes a proponerme tú, ¡ordénate, mamacita, por favor!, dijo la Negra alborozada en lo que soltaba un goloso nubarrón de humo que era el trasunto de su voluminosa satisfacción. Artemisa prefirió ignorar tanta jactancia y le pidió que le avisara a Teodorico, porque no quería hacer el viaje en balde, ni esperar mucho tiempo a que la atendiera, dijo, y lo dicho no le gustó nada a la Negra. Bájale, mamita, ¿te crees que te puedes poner esos moños?, le voy a avisar pero vete preparando porque Teodorico te va a recibir cuando le dé su chingada gana, si es que le da porque a lo mejor te regresas sin verlo, dijo la Negra a sabiendas de que su amigo dejaría cualquier cosa que estuviera haciendo con tal de estar disponible para la niña de sus sueños y de sus melancolías. Artemisa también sabía eso pero su papel ahí, sentada en su silla junto al tocador, era aguantar toda la vara que le dieran y, como ya difícilmente podía empeorar la cosa, soltó la información completa. Dile que no voy sola, que va a acompañarme Wenceslao, anunció disfrutando anticipadamente la muina que aquello iba a desatar. A la Negra se le pusieron chiquitos los ojos, dejó de mirarla por el espejo y la encaró con el rostro fruncido, ¿y por qué metes a Wendy en esto?, preguntó súbitamente furibunda, no por su hijo, que le había importado siempre un carajo, sino porque la hija del griego estaba acostumbrada a hacer siempre su voluntad, a salirse con la suya y a torcer la realidad hasta que se le volviera propicia. El pobre Wendy había crecido solo por los rincones de la casa de Chelo Acosta, malcriado y apapachado por las muchachas, por la docena de madres postizas que habían sustituido a la mujer que lo había traído al mundo. ¿Por qué no le das tú el dinero a Wendy en lugar de sacárselo a mi amigo Teodorico?, preguntó airada la Negra, como si el dinero fuera también de ella. ¿Y a ti qué más te da?, le dijo Artemisa, ¿de cuándo acá te importa tu hijo?, y no se te olvide que yo también tuve lo mío con Teodorico, ni que me quiso como nunca va a quererte a ti, aunque te arda, pinche lagartona. ¿Lagartona?, ya quisieras, pinche tiesa, a mi amigo lo vuelve loco mi cosita ubérrima, dijo la Negra en lo que encendía nuevamente el cabo del puro, con la voz congestionada por la golosa succión de la llama. Dejémonos ya de camandulerías, voy a preguntarle a Teodorico, a ver si le parece bien que te aparezcas en el palacio con el mamarracho ese, dijo la Negra, a lo mejor se niega en redondo y a ver qué vas a hacer entonces, mamita hermosa, dijo y se le quedó mirando circunspecta, con el puro colgándole de los labios.

Al día siguiente, Artemisa fue con Wenceslao a presentarse al palacio de Acayucan de las Rosas. Ni se imaginaba que unos días más tarde iba a tener que irse para siempre de Los Abismos. Nadie sospechábamos lo que estaba a punto de pasar y, cuando pasó, no supimos qué hacer, miramos para otro lado, guardamos silencio, nos envilecimos de una forma que nos dejó maltrechos muchos años. Artemisa desapareció de un día para otro y yo tardé un tiempo indecente, varios años, antes de animarme a ir a hablar con Chelo Acosta. Llegué una mañana a la casa y estuvimos largo rato desplegando una conversación errática y continuamente interrumpida por las urgencias del negocio y por el explosivo chismorreo de Filisberta y Rododendra que pasaban a cuchillo, yendo del remedo a la onomatopeya y la carcajada, a los hombres del pueblo. Que si la tiene grande o chica, gorda o esquifida, picuda o chata, tersa o escamosa, húmeda o apergaminada, que si se le para pero no se le amaciza, que si en lugar del cuajarón le sale un chisporroteo, que si grita, que si muge, que si hace como que se asfixia, que si hay que meterle dos dedos babeados en el sisirisco, que si esto, que si lo otro. Chelo interrumpía todo el tiempo nuestra plática para ir a atender al del camión de la cerveza, al de los Jarochitos y las Cocacolas y al de los Gansitos, al de las pastillas Certs, que eran los elementos imprescindibles para esterilizar el aliento de esos clientes que insistían en besuquear a las muchachas, en acercarles esa holgada paleta de fetideces que ellas contrarrestaban, según me contaron en lo que la patrona hacía sus diligencias, con una Certs de menta. Los besos solo con pastillita, decían en esas situaciones, y van a ser quince pesos más porque eso es lo más íntimo, lo que pase por allá abajo, anunciaban a los caballeros, está muy lejos de mí.

Artemisa y yo somos como las dos Fridas, dijo Chelo con un dejo de cursilería mientras distribuía los Gansitos en el exhibidor. ¿Conoces ese cuadro?, dos mujeres agarradas de la manita y con los corazones unidos por una vena sangrante, o sea, unidas por el corazón. Le conté que yo durante algún tiempo había dado por hecho que Artemisa estaba en la Ciudad de México, me parecía lo normal, allá tenía un montón de amigos, pero luego me había parecido raro que nadie me hubiera dicho nada de ella, teníamos varios conocidos comunes y esto me había hecho pensar que no quería irse sino desaparecer, y para desaparecer no había como Santocristo Quetzalcóatl, la aldea esa en la que nació, le dije y añadí que últimamente había pensado que debería subir a buscarla, a ver cómo estaba, solo eso, no me puedo acostumbrar a la idea de no volver a verla nunca, le confesé. Acepté otro whisky que ella misma me sirvió. Me hace bien hablar de esa pinche vieja ingrata, dijo, y mientras le ordenaba a Rododendra que dejara de acariciarme la pierna con los dedos del pie y se pusiera inmediatamente el zapato, pensé que, la próxima vez que fuera a la Ciudad de México, iba a buscar un póster de *Las dos Fridas* para que lo pusiera en el salón de la casa, en lugar de la vieja foto de José Alfredo Jiménez que estaba ahí desde que su madre regenteaba el negocio.

Unos días más tarde subí en la camioneta hasta El Ocotal, que es el pueblo donde se acaba la terracería, y seguí subiendo la montaña a pie hasta Santocristo Quetzalcóatl. Ahí comprobé lo que me había contado Chelo Acosta aquella mañana, Artemisa era la santa de la aldea, la diosa quizá y, a pesar de su greña revuelta, de su mugriento huipil y del halo místico que le habían dejado tantos años de vivir ahí, seguía luciendo una belleza fuera de lo común, su guapura era un alarde, un grito desgarrador

201

en ese remoto emplazamiento de la sierra. En las horas que pasé con ella comprendí que no teníamos ya nada en común, yo formaba parte de esa vida que Artemisa tenía que haber repasado largamente, durante todo ese tiempo que llevaba en la aldea, para tratar de encontrarle un sentido a su propia historia, que me contó entonces desde una extraña lejanía que, de no haber estado yo también en esa misma época, con esa misma gente, me hubiera parecido que estaba contando la historia de otra persona. Mientras ponía a hervir unas yerbas en el perol y molía con el tejolote unos granos de maíz, con esa misma gracia de la que años antes se había servido para barajar las cartas del tarot, me fue contando los detalles de esa historia que yo ya conocía, igual que toda la gente de la región de Los Abismos pero que, como todas las historias, tenía sus zonas brumosas, sus partes oscuras o ciegas que ella fue alumbrando durante esas horas que pasamos juntos, no porque le interesara que yo, que había sido parte de su vida, supiera esos detalles, esos pasajes completos de los que no tenía ni idea, sino porque, me parece, al contármela se deshacía para siempre de ella. La lumbre en la que hervían las yerbas le pintaba el perfil de un tono solferino, Xilonen resplandecía con la oscilación del fuego como si hubiera estado manejando los bártulos en la fragua del mundo, en ese lugar del que a lo largo de los siglos habían salido los hijos de la aldea y las criaturas, animadas e inanimadas, que los arropaban, los pájaros y los árboles, las fieras, las nubes y las sombras de la noche, la línea ondulante de la sierra y el volcán, todo ese universo del que ella era el centro salía a borbotones de la fragua y yo quedaba al margen, lejos, en otro lugar, Artemisa se había ido, lo vi entonces con mucha claridad, no teníamos en común más que un pasado que era mejor dejar atrás. Cuando iba bajando hacia la camioneta se hizo de noche, no había casi luna pero el camino no tenía muchas complicaciones, veía a lo lejos las luces de las casuchas de El Ocotal y sentía encima de mí la respiración de la selva, su espesura húmeda rayada por los insectos y por el resuello de los animales que dormían o me acechaban, esas mismas criaturas que habían salido de la fragua de Xilonen, que eran parte de ella, obra suya como esa historia que me acababa de contar. Manejé hasta La Portuguesa por la carretera sinuosa y llena de escarpes y barrancos que baja de la sierra, era noche cerrada cuando llegué al valle, cuando la historia de Artemisa se me había convertido en un nudo en la garganta. Al día siguiente desperté muy temprano, sobresaltado por la idea de que tenía que ponerme a escribir esta historia, de que no podría deshacerme de ella de otra forma.

Artemisa salió con Wenceslao rumbo al palacio de Acayucan de las Rosas al día siguiente de que hablara con la Negra Moya en la casa de Chelo Acosta. El palacio quedaba en un rincón inexpugnable de la sierra, al que solo se podía acceder por un camino rigurosamente vigilado, por el monte a tiro limpio o en el helicóptero del señor. Artemisa ni confirmó si la Negra había comunicado su mensaje, estaba segura de que los guardias iban a franquearle el camino y de que Teodorico iba a estar esperándola ansiosamente, dando vueltas con una inquietud felina por el salón, por el huerto y el jardín y que, seguramente, habría pasado la noche sin dormir por el nerviosismo que le producía su visita.

La tarde anterior Artemisa y Wenceslao habían estado en la cocina hablando y bebiendo whisky con el fondo de esos casets, que iban poniendo uno tras otro, cargados de añoranza y de morriña, de nostalgia integral por todo y por nada, de una tristeza que los hundía en una dulce depresión que les encantaba padecer, una pose romántica que iba muy bien con la caída del sol, con la penumbra que iba hacia lo oscuro, donde ya cabían los argumentos gruesos, las lágrimas, los exabruptos, no ya la melancolía sino el punk rock, el riguroso argumentario del whisky que frecuentemente acababa con Wenceslao despatarrado en su camita de inventor, o ahí mismo en la mesa de la cocina, o arrastrado por ella hasta la cama de su difunto marido, aunque en las últimas semanas la cosa terminaba invariablemente con Artemisa, a altas horas de la noche, resguardada por las lonas del corral, montando con sigilo al toro sagrado. Había mañanas en las que las criadas, dirigidas por una estricta Rosamunda, tenían que ir moviendo el cuerpo inerte de Wenceslao de la mesa de la cocina al sillón, y luego a una silla del porche, con el fin de poder barrer y trapear. Pero aquella tarde habían optado los dos por moderarse, tenían que platicar ciertos detalles porque al día siguiente saldrían rumbo al palacio y lo sensato era emprender el camino, que estaba lleno de curvas, pendientes y desbarrancaderos, sin demasiada resaca. Artemisa expuso cuidadosamente la situación y lo que tenía pensado hacer, quería que todo quedara perfectamente explicado, que se erradicara cualquier resquicio que pudiera aprovechar su amigo para ponerse histérico. Wenceslao opinó, preocupado por el panorama que acababa de presentarle su amiga, que era absurdo y muy temerario aparecerse en el palacio de Acayucan sin el toro blanco. Ya sabes que yo no me arrugo y que ni de chiste voy a regresarle el toro, advirtió Artemisa, voy a hacer exactamente lo que te acabo de explicar y él va a terminar regalándome al animal, y de paso le vamos a sacar el dinero para tu máquina voladora, ya verás si no. Wenceslao se quedó intranquilo, la noticia de que el señor Teodorico reclamaba su animal, que repiqueteaba con fuerza en todas las casas del pueblo, lo había hecho tener la esperanza de que Artemisa se atemorizara y devolviera ese toro que era una fuente inagotable de chismes y maledicencias.

Wenceslao manejaba con su torpeza habitual, muy atento y sudoroso se agarraba con fuerza al volante. En cada curva parecía que la camioneta iba a salirse del camino y a rodar sierra abajo dando tumbos. Relájate, Wendy, ¿quieres que maneje yo?, preguntó Artemisa después de un volantazo especialmente comprometido. No iban ni a la cuarta parte del camino y Wenceslao ya llevaba empapada, de sudor nervioso, la elegante camisa que se había puesto para la ocasión. En las pendientes muy violentas el motor producía una escandalera que hacía volar despavoridos a los pericos y a los pichos, a los tzenzontles y a los chirimicuiles que dormitaban en las ramas de los cedros y los zapotes, o acurrucados entre los matorrales, haciéndose pasar por conejitos. La noche anterior, después de los tragos que se había bebido en la cocina de Artemisa, llegó a su taller con la inquietud de preparar algo para el día siguiente, un día crucial para su vida de inventor. Su amiga le había asegurado que de ninguna forma contemplaba la posibilidad de que Teodorico le negara el dinero. A fuerza de traguitos de guarapo, para que no decayera el ánimo triunfal que todavía le insuflaba el whisky, se puso a trazar una serie de dibujos que explicaban con bastante detalle, para que el señor lo entendiera, la producción industrial del rudimentario modelo con el que había volado del peñón hasta el valle de los tigrillos, y que lo había hecho famoso en toda la región; iba trazando, de manera muy didáctica, las piezas que requería cada una de las secciones del aparato, las particularidades del montaje y la gran innovación técnica que explicaba por qué se trataba de un artefacto único, la nave se sustentaba en el aire gracias a una moldura cóncava en los alerones, que redistribuía las corrientes que chocaban contra el fuselaje, para que sirvieran de viento de cola.

La torpeza de Wenceslao al volante, las curvas salvajes y la posibilidad siempre latente de desbarrancarse servían de comparsa para la sensación que iba arraigando en Artemisa conforme se acercaban al palacio de Acayucan. Mientras su amigo masacraba los fierros del motor con la palanca de velocidades, ella comprobaba, con una creciente perplejidad, que el reencuentro con Teodorico la ponía nerviosa, trataba de reconfortarse pensando que era ella la que había tenido siempre el control, la que imponía invariablemente su voluntad y la que al final había decidido aniquilar la historia. Estaba a punto de enfrentarse a su adorante, a ese hombre al que había manipulado siempre y a la sombra del cual, sin darse apenas cuenta, habían transcurrido los mejores años de su vida. Quizá era ella la que al final se había llevado la peor parte en el recuento general del daño, esa era la impresión que empezaba a asentarse conforme se acercaban al palacio, Teodorico siquiera se había llevado la ilusión del reencuentro, la esperanza de que algún día pudieran rehacer aquello, la obsesión que lo torturaba pero al mismo tiempo lo había mantenido vivo y alerta, y ella no se había llevado ni eso. Habían pasado los años y la niña prefería obviar la corrosión del tiempo, seguía siendo la mujer más bella, ¿por qué no iba seguir Teodorico, que ya tenía que ser un viejo nostálgico y decrépito, postrado a sus pies? Artemisa ignoraba el vicioso sedimento que había ido juntando inevitablemente el señor a lo largo de esa eternidad sin ella, al principio se había aferrado a su colección de objetos, esa suerte de cenotafio distribuido en diversas piezas que sobaba y olisqueaba y lamía con fruición a escondidas de sus numerosas amantes y de su vasta servidumbre, pero el tiempo había ido minando la ceremonia y diluyendo su devoción por el cenotafio, que paulatinamente fue perdiendo hasta el último átomo de ella, barrido por los chupeteos y los olisqueos y las tumultuosas sobadas de él. Aquella ceremonia terminó de certificar su disolución la noche, ya lejana, en la que había pintado con la barra de labios de Artemisa, su objeto más preciado, un gran corazón rojo en las nalgas de la muchacha que lo acompañaba.

Cuando estaban cerca de Acayucan de las Rosas, después de una curva que Wenceslao atacó con una impericia escandalosa, los detuvo un guardia vestido de militar, con un arma larga y lustrosa que parecía capaz de derribar un jumbo jet. No estaba claro si era parte de la guardia del señor, o si se trataba de un soldado del ejército mexicano. En todo caso los dos servían al mismo amo. El guardia, que de cerca parecía mucho más joven, casi un niño, inspeccionó fugazmente la camioneta, se asomó al interior y luego se comunicó con alguien por un pequeño dispositivo que traía en la solapa de la camisa. El señor Teodorico la está esperando, señora Athanasiadis, dijo el guardia ignorando la presencia de Wenceslao. Unos kilómetros más adelante apareció la hondonada repleta de flores, el plantío era una marea roja que cubría todo el valle y se encaramaba hasta la mitad de la montaña. Arriba de una colina rodeada de casuchas se veía el palacio, los niños jugaban a la orilla del camino mientras sus padres y sus madres, que cuando no había siembra o pisca llevaban una vida ociosa y al fresco, los observaban con negligencia desde la hamaca, desde las ventanas y los portalones. Acayucan era un pueblo que veía hacia adentro y su gente veía hacia afuera de sus casuchas, tenía sus viviendas, sus comercios, sus cantinas, su iglesia y su quiosco en la plaza central, todos miraban incesantemente hacia la calle porque vivían encerrados dentro del pueblo, nadie salía ni entraba sin la autorización del señor Teodorico. Como compensación, esos labriegos eran los mejor pagados del país, por eso aguantaban su vida de zombis, por el dinero que les pagaba el señor y por la dinámica vital que ofrecía Acayucan y que los llevaba del billar a la cantina, y a sus mujeres de la iglesia al mercado y a la cocina, y en la noche a los dos a la cama, uno medio ahogado de guarapo y de los humos del tabaco que había estado fumando en puro, en cachimba, en cigarrillo de catrín, y la otra oliendo a cilantro, a eneldo, a epazote, a tlanepa y a pápaloquelite y luego los dos allanando ese microcosmos de aromas con el olor avasallante del sexo, sexo turbio, sexo oscuro, sexo por ociosidad, sexo por desesperación, sexo para no tener que hablar y por no saber qué más hacer, sexo para irse lejos de ahí y luego caer de golpe otra vez en Acayucan de las Rosas y regresar al billar y a la cantina, y a extinguir el día fumando en cachimba, en puro, en cigarrillo de catrín. Artemisa y Wenceslao llegaron al final de la cuesta, a la verja del palacio que les abrió otro guardia armado sin preguntarles nada porque estaba advertido de que a la señora Athanasiadis había que dejarla pasar. Estacionaron la camioneta a la sombra de una casuarina, en el sitio que les señaló otro de los guardias que pululaban por el terraplén entre las Land-rovers, comunicándose con sus radios, exageradamente pertrechados, visiblemente tensos y armando una bulla bélica, como si estuvieran esperando el ataque inminente de un ejército invasor. Un helicóptero acorazado, en el que ya no había ni rastro de la antigua avispa, estaba en el otro extremo del terraplén, negro como un zopilote, con un enorme faro en el frente que parecía un ojo vigilante, listo para sobrevolar las aldeas, los vericuetos de la sierra o los caminos de terracería, y echarse encima de su presa en cuanto fuera necesario.

En lo que se revisaba meticulosamente la cara y la caída del pelo en el espejo retrovisor, antes de bajar de la camioneta, Artemisa pensaba que durante los dos años que duró la historia Teodorico nunca le contó, ni siquiera insinuó o dio a entender, que el verdadero motor de su imperio eran las amapolas de la hondonada. En aquellas largas horas que pasaban juntos, él le revelaba muchas cosas, le hablaba de las miserias de su infancia y de ciertos episodios de su trabajo, debidamente desnatados, que le amargaban el día o lo reconciliaban con su rudo quehacer, pero nunca se había hablado de las flores de Acayucan que todo el mundo sabíamos que no eran rosas. Artemisa conocía entonces a niños y niñas miserables de su edad que ya trabajaban para el señor mientras ella se iba con él a una ciudad distante, a comer y a enamorarlo y a dejarse adorar en una mesa llena de lujos, se iba a contemplar el territorio desde las alturas del helicóptero sin detenerse a pensar que aquello era un extravagante privilegio del que no disfrutaba nadie más. Trabajar para el señor era lo normal, él era la principal fuente de ingresos de los pueblos de la selva, niños y adultos trabajaban para él igual que en otras zonas lo hacían para el dueño del ingenio, de la fábrica o del cafetal. Artemisa se miraba ansiosamente en el espejo retrovisor, trataba de ocultar debajo de la melena una irritación que tenía en el cuello mientras pensaba en la insensatez de su padre, en la imperdonable irresponsabilidad de haberla dejado esos años en manos del narco alfa de la región. También pensaba en la forma en la que Teodorico se había conducido, podía haber abusado de ella sin que el griego se opusiera y nunca lo había hecho, en aquellos años había pasado solo lo que ella le permitió y quizá, concluyó en lo que revisaba su dentadura perfecta, cabía encuadrar aquel comedimiento como una muestra contundente del amor que el señor sentía por ella. Eso pensaba Artemisa, seguramente estimulada por la inminencia del reencuentro, y sonreía tanto frente al espejo que le arrancó a Wenceslao una carcajada.

Por la gran escalera del palacio bajaban dos hombres de traje y portafolio que podían ser banqueros, o altos directivos de una empresa de productos agroquímicos o dueños de la cadena de los hoteles Camino Real. Uno de ellos se dirigía, con una palpable untuosidad, al asistente que los acompañaba a su automóvil, se notaba que el destino de sus negocios dependía de Teodorico y que el poder del señor era tan vasto que transmigraba al cuerpo de sus ayudantes. ¡Por aquí, por favor, señora Athanasiadis!, gritó una mujer muy llamativa desde arriba de la escalera, sin desatender el mensaje que estaba escribiendo en la pantalla de un teléfono, a toda velocidad con los dos dedos pulgares. Artemisa se sintió desconcertada, un poco ofendida incluso, porque en todo momento había imaginado que el señor en persona saldría a recibirla, ¿no le había dicho la Negra que Teodorico la seguía extrañando?, ¿por qué la recibía como a cualquiera de esos zánganos que iban a pedirle un favor? Era tal su desconcierto que ni tomaba en cuenta que ella también iba a pedirle algo, como hacía cualquiera que se presentara en el palacio, no había otra forma de relacionarse con Teodorico, el señor proveía, perdonaba, mantenía a raya, dirimía escaramuzas, ofrecía protección, daba, quitaba, devolvía, arrebataba. La gente entraba al palacio para resolver algún asunto y salía con una deuda perpetua, nadie podía prescindir de la generosidad del señor, aceptarla era deberle algo y la mejor forma de mantenerse a salvo era estar en deuda con él. Wenceslao subía la escalera detrás de Artemisa, llevaba los dibujos que había trazado la noche anterior y rezongaba porque su camisa de gala, que se había puesto para causarle buena impresión al señor, desmerecía con las aureolas de sudor que tenía en el pecho, en la espalda y debajo de los sobacos. El señor Teodorico la atenderá en un momento, dijo la mujer sin desatender su teléfono, ignorando a Wenceslao, que iba detrás. Por aquí, indicó vagamente con un ademán y se metió al palacio para que la siguieran. Era una mujer alta y rubia, de la edad de Artemisa, que igual que ella conservaba la pátina de una belleza que unos años atrás tenía que haber sido escandalosa. El señor tiene buen ojo para elegir a sus asistentes, murmuró Wenceslao y Artemisa lo fulminó con la mirada, esa mujer tan bella y distinguida era lo último que deseaba encontrarse ahí. ¡Qué frío!, se quejó Wenceslao en voz alta, para que la señora que los conducía al interior del palacio se enterara de su existencia y porque era verdad que el drástico cambio de temperatura, con la camisa empapada de sudor, le había provocado un escalofrío. El viento glacial que salía por las rendijas del aire acondicionado enfriaba con especial saña el salón al que llegaron. En una de las esquinas ardía el fuego de una enorme chimenea. Póngase cómoda, el señor estará con usted en cuanto acabe una reunión, si necesita algo pregunte por mí, soy Irene, dijo la mujer y después desapareció por la puerta. No puede ser que Teodorico nos haga esperar, ¿quién se cree?, si no viene en cinco minutos nos vamos a largar de aquí, dijo Artemisa con mucha dignidad en lo que se sentaba en un sillón largo que estaba cerca de la chimenea, enfrente del enorme cuadro del renacentista italiano Domenico Ghirlandaio. Teodorico hacía tiempo descaradamente en su oficina, no quería mostrarse muy ansioso por el encuentro, pero sabía que tampoco podía tardar demasiado en salir porque Artemisa era muy capaz de irse sin verlo, de desaparecerse por otros veintitantos años. Lo de la reunión era puro cuento, había despejado de su agenda todos los compromisos de ese día, se los había endilgado a sus asistentes por si la conversación con ella se alargaba, y si se alargaba hasta la noche, cosa no tan descabellada puesto que tenían mucho tiempo de no hablarse, había dispuesto, por si acaso, que se prepararan dos habitaciones, una para la señora y otra para el maricón, le había dicho a Amparito. Aunque lo que de verdad deseaba era que ella se acostara con él en su cama, que yaciera su cuerpo ahí mismo donde había manoseado una y otra vez, durante años, sus reliquias. Cuando le avisaron que acababa de llegar la camioneta de la señora, se había asomado discretamente por la ventana y lo que vio lo puso todavía más nervioso. Artemisa, a sus cuarenta años, seguía siendo de una belleza soberbia, bastaba ver la inquietud que desamarró entre los guardias y los choferes que holgazaneaban en la explanada, su paso divino y el derroche de glamour que hizo al subir las escaleras.

Teodorico entró al salón con una esforzada entereza que lo hacía verse tieso, ligeramente estirado y muy solemne. Parecía un monarca encabezando el cortejo, o un torero atravesando ceremoniosamente la plaza. Llevaba un elegante traje claro y encima un abrigo, de la casa Berluti, que enseguida llenó la atmósfera de un lujoso olor a pelambre de zorro azul. Artemisa, bienvenida a tu humilde casa, dijo con mucha solemnidad, ¿ya te ofrecieron algo?, ¿café?, ¿un refresco?, ¿algo más fuertecito?, ofreció intentando hacerse el gracioso para romper el hielo, su propio hielo que lo encorsetaba hasta la asfixia, pero enseguida lamentó lo que acababa de decir, era bien sabida la afición, el desbordado apego que tenía la niña por el whisky. Acababa de empezar la cosa y ya había metido la pata, estaba nervioso y muy tenso, y si alguien le hubiera tocado la corva con la punta de un palito, habría pegado un alarido de muerte. Lo que quisiera es que apaguen el aire acondicionado, me estoy helando, pidió Artemisa acremente, con una aspereza que quedaba fuera de tono. Ahí tienes unas mantas, indicó Teodorico, señalando una mesilla al lado del sillón, o puedes acercarte un poco más a la chimenea, sugirió, ignorando deliberadamente a Wenceslao. Y ¿no sería más fácil bajarle un poco al aire?, preguntó Artemisa, ya con menos acritud, en lo que se ponía, molesta sin embargo, una manta en los hombros que le descomponía el atuendo, la blusa que tan cuidadosamente había elegido y los pantalones de dril que hacían gañir a los hombres de Los Abismos. Ponerse un vestido le había parecido un exceso, no quería mandar un mensaje equivocado, estaba ahí exclusivamente

213

para resolver dos asuntos de orden mercantil y nada más. Lo siento pero no podemos bajarle al aire, respondió Teodorico, el sistema está programado, funciona solo, si le metemos mano ocasionaríamos un sirindango, dijo encogiéndose de hombros. De esos tecnicismos se ocupaba un ingeniero, de la intendencia él no tenía ni idea, se disculpó mientras se acomodaba en una confortable butaca flanqueada por una columnata griega, que debía tener miles de años de antigüedad, y una legitimidad que certificaba un papelón, escrito en caligrafía uncial, con lujo de sello, timbre y lacre, que colgaba, discretamente, del primoroso capitel. Las voces retumbaban en la bóveda del salón, que había sido originalmente la capilla del viejo casco de hacienda sobre el que se había edificado el palacio. Artemisa sonrió, ya sin aspereza ni acritud, y no hizo falta nada más para que Teodorico se diera cuenta, en el acto y con enorme desconcierto, de que la vieja relación de fuerzas se había restituido. No hizo falta más que esa sonrisa para que se sintiera avasallado por ella, rígido, tenso, incapaz de conducirse con la destreza que lo caracterizaba, con la desenvoltura que lo llevaba a poner en su sitio a delincuentes y a comandantes guerrilleros, a gobernadores y a secretarios de Estado. Parecía mentira que todos esos años de no verse hubieran quedado anulados en un minuto, con todo y el tiempo que había pasado la relación volvía a su estado original, él se sentía otra vez como el perro dispuesto a ejecutar lo que ella le ordenara, era de nueva cuenta el feo y renegrido Vulcano frente a la divina Afrodita. Afortunadamente, pensó Teodorico, no había corrido como un eunuco a apagar el aire acondicionado, había resistido el embate con serenidad y, animado por ese triunfo pírrico y a la vez intimidado por su belleza, que seguía siendo escandalosa, fue directo al grano, ¿y el toro?, preguntó a sabiendas de que no lo llevaba, porque había visto la batea de la camioneta vacía desde la ventana de su oficina. Del toro ni hablar, el toro es mío, dijo Artemisa todavía sonriente y luego añadió, ya sin sonrisa, seria, mirándolo con dureza, no puedo creer que antes de saludarnos propiamente, de ponernos al corriente de las cosas básicas, lo primero que se te ocurre es reclamarme el animal, dijo con sequedad, con la intención de ir imponiendo el tono y el rumbo del encuentro, y Teodorico, que sabía que a la niña, si se le contradecía, era muy capaz de levantarse del sillón y regresarse a Los Abismos, decidió pasar por alto el descarado secuestro de ese animal de su propiedad y al mismo tiempo se preguntó, ¿si no vino a traerme el toro, a qué vino?, ¿tendrá además el descaro de pedirme dinero para el proyecto del maricón? Más tarde hablamos de eso, ya habrá oportunidad, he sido un poco descortés, se disculpó, ¿y cómo has estado todos estos años?, ya veo que inmejorablemente bien, respondió él mismo, revisándola con desfachatez de arriba abajo. Luego la miró a los ojos, le sostuvo brevemente la mirada con más ansiedad que otra cosa, y después se miró la punta de los zapatos, unos exclusivos Ferragamo de piel de novillo de la Padania. Vengo con Wenceslao, como puedes ver, dijo Artemisa señalando al inventor, que estaba sentado en la otra punta del sillón, abrazado a sus dibujos, achicado por la figura de ese hombre todopoderoso que no se dignaba a mirarlo. Ya lo veo, respondió Teodorico sin verlo, haciendo un gesto con la mano que pretendía borrar del panorama a ese incómodo moscardón y después puntualizó que cuando eran amigos no acostumbraba llevar chaperón. ¿Éramos?, preguntó ella con una coquetería que contradecía su frialdad de hacía un instante, pero que estaba muy en la línea de su meditado acicalamiento, de la blusa, los pantalones de dril, de la forma en la que se reacomodaba la melena para ocultar la irritación que tenía en el cuello. Perdón, volvió a disculparse Teodorico, no quise decir eso, nada me gustaría más que recuperar nuestra amistad, le aseguró, mientras trataba de hacer coincidir a esa mujer con la Artemisa que durante todo ese tiempo había crecido en su imaginación, que ya no era solo ella sino la espuma que él le había ido añadiendo, las memorias exaltadas, modeladas a lo largo de los años a su gusto y conveniencia. Estás muy pensativo, Teodorico, dijo Artemisa en un tono más íntimo, asombrada de lo mucho que la fastidiaba la idea de perder, aunque fuera mínimamente, su jerarquía frente a ese hombre, debía mantenerse a toda costa en ese pedestal en el que siempre la había tenido, ¿o ya no era así?, tenía la impresión de que no estaba tan entregado como ella recordaba, lo notaba un poco distante. Pensaba en esto Artemisa cuando reparó en lo poco que Teodorico había cambiado físicamente, después de todo ese tiempo, y de la edad que ya debía tener, conservaba el tipo y podía ser que se viera todavía más joven, ¿o era esa misteriosa energía demoniaca que vibraba debajo de su abrigo de zorro azul?, el señor seguía igual a sí mismo, sin los deshonrosos aditamentos que Artemisa había erradicado de su vestuario, su línea estética había perdido lo estentóreo, era más sutil, más elegante, se conducía con más aplomo y determinación, sin esas grietas por las que se le iba la enjundia, la risita neurótica, el parpadeo histérico, el sudor nervioso, los años favorecían a Teodorico, tenía que admitirlo, habían matizado su rudeza y su corpulencia y, en este punto, Artemisa experimentó un segundo asombro, lo prefería feo como era y tan sumiso como había sido entonces, tenía que ser verdad eso que decía la gente, pensó, esa historia sobre el tratamiento que le había hecho el brujo Fausto para rejuvenecerlo, los días que se había pasado enterrado en la ladera del volcán, recibiendo los efluvios de Huehuetéotl, el dios del fuego, según decían en Los Abismos con una envidiosa admiración, o aquello que también contaban sobre la cirugía profunda o el pacto que había hecho con el diablo, su reino a cambio de la eterna juventud porque era claro, decían, que el único sucesor que podía conducir con éxito el negocio del señor era el mismo Belcebú.

Sigues tan guapa como siempre, le dijo Teodorico con ese galanteo silvestre que ella, hasta entonces se daba cuenta, había echado de menos durante todo ese tiempo. Wenceslao, que asistía al encuentro desde el extremo del sillón, veía desconcertado que en esa pareja, que a él le había parecido siempre una aberración, algo titilaba todavía y, de haber tenido más entereza, y menos miedo del señor, le hubiera gustado increparle ahí mismo a Artemisa su complacencia, ¿no era que odiabas a este viejo cochino?, le hubiera gustado decirle o, ¿no merece la memoria de Jesuso un poquito de respeto? Porque a Artemisa, por más que intentaba disimular, se le notaba la tormenta que la sacudía por dentro, Wenceslao la conocía perfectamente y se daba cuenta de que el señor también era capaz de percibirla, se veía cómo él iba ganando terreno en la medida en la que ella perdía el control.

Teodorico llamó a una criada para que les llevara refrescos y café, dijo que había tenido una mañana agotadora y que le venía bien hacer esa pausa para hablar con ella, para ver qué podían recuperar de aquella vieja amistad, dijo ya bastante más dúctil, sin esa rigidez con la que hasta ese momento se había conducido. Artemisa notó que la criada, en lugar de servirle a Teodorico el Peñafiel o el Jarochito de toda la vida, le puso un botellín de agua San Pellegrino. El salón era enorme, los cuadros y la colección de arte griego lucían bajo un techo muy alto cubierto con un imponente artesonado que, según se apresuró a explicar el señor, mientras la criada distribuía las bebidas, había sido desmontado de la parroquia de Lamanère, un pueblo francés, y vuelto a montar en el salón, pieza a pieza, por un sofisticado equipo de arquitectos, restauradores y ebanistas. En aquel muro de allá, dijo Teodorico señalando hacia el otro extremo, está escrita la historia de este hermoso techo del medioevo, en ese cuadrito que ven ahí, por si quieren leerla, dijo, pero no logró interesar a ninguno de los dos. El suelo estaba cubierto con una alfombra de espesor suficiente para ocultar un gato y los sillones, dispuestos por toda la superficie, eran de madera oscura y mastodóntica, estaban revestidos de cojines rojos a juego con los gruesos cortinajes que cubrían los ventanales. Todo era grueso, espeso y oscuro en el interior, la atmósfera armonizaba con el intenso frío que producían las máquinas de aire acondicionado y con la absurda chimenea, de altas llamas amarillas, que echaba el humo a la selva y a la serranía, donde los seres vivos e inanimados hervían de calor. Teodorico estaba explicando el origen del santo que ocupaba una de las esquinas del salón, una pieza traída expresamente de Florencia, *San Giovanni Battista*, decía con sobrada pomposidad, cuando un ruido interrumpió su alocución. En un largo canapé que estaba al fondo, apartado del conjunto, dormitaba un viejecito enjuto al que ninguno había advertido, con una manta que lo cubría y le llegaba hasta la barbilla, su cuerpo inerte producía un ronquido agudo, un tenue silbido pariente del que hacen las teteras cuando empiezan a descongestionarse con un hilillo de vapor. Es Sakamoto, mi papá, que vive desde hace tiempo aquí conmigo, no lo tomes en cuenta, dormita la mayor parte del día y así está muy contento, dijo Teodorico y no pasó por alto la manera en que Artemisa se quedó mirando a ese labriego del que le había contado alguna vez, cuando trataba de ganarse su confianza revelándole con toda honestidad sus orígenes paupérrimos. Ya te había hablado de él, hace años, ¿te acuerdas?, dijo Teodorico con los ojos perdidos en una dulce lejanía, que había sido amarga en su momento por el maltrato sistemático de la niña, pero también feliz porque aquella sistematización implicaba la repetición, es decir, seguirla viendo, verla mañana, una prerrogativa que se le esfumó cuando se acabaron la relación y el maltrato. Claro que me acuerdo, y tu mamá ¿cómo está?, preguntó Artemisa, no porque le interesara la señora sino para hacer tiempo, para andarse un rato por las ramas antes de atacar los temas sustanciales, que era lo mismo que pretendía él, alargar la conversación lo más que pudiera, a pesar de que sus asistentes se asomaban inquietos al salón para ver si el señor podía atender algunos asuntos peliagudos que se iban acumulando en su oficina. Mamá se nos fue desgraciadamente con el guardagujas de la estación de Yurécuaro Sampaio, no la hemos vuelto a ver, dijo Teodorico compungido, con la descarnada honestidad que había tenido siempre con ella, ese generoso desprendimiento que tenía solo con dos o tres personas y que le permitía ser descarnadamente deshonesto en todo lo demás. Más bien es mamá la que no quiere vernos, pero bien que el guardagujas viene todo el tiempo a pedirme dinero, sin que lo sepa mamá, claro, dijo, y luego añadió, ignorando a Wenceslao, ¿quieres un abrigo?, ¿otra manta para que estés más calientita? Apenas estaba acabando de ofrecerla cuando apareció una criada con una gruesa manta que olía a suavizante floral. ¿Cuántos años tiene tu mamá?, preguntó Artemisa mientras eclipsaba con la manta sus piernas divinas. Noventa y cuatro, respondió Teodorico, es menor que Sakamoto, que tiene ciento seis, la gente de Zapayucalco es muy longeva, dicen que es por el agua de los pozos que hay por allí, explicó eso mientras lamentaba que sobre esas piernas, que durante años habían sido pasto de sus más retorcidas fantasías, hubiera caído el telón. Wenceslao notó que estaba perdiendo a su amiga, se le iba yendo a una velocidad astronómica detrás de ese hombre al que decía odiar, no llevaban ni media hora sentados y ya se habían desdibujado las jerarquías, después de negarse con firmeza a devolverle el toro, la resistencia de Artemisa había perdido fuste, ella, que era tan rijosa y combativa, estaba entregada a observar el artesonado con un fingido interés, se embobaba con la historia del santón florentino y con las desavenencias entre los padres del señor, como si de verdad le importara todo eso. Además, con la nueva manta que le habían llevado, Artemisa se había arrejolado en el sofá, con la taza de café cogida con las dos manos, como si quisiera quedarse ahí mucho tiempo, como si no hubiera ido nada más a decirle a Teodorico que iba a quedarse con el toro y a sacarle, rápidamente según le había dicho, el dinero para la producción de su máquina. La prueba de que Artemisa había perdido de vista sus objetivos, pensó Wenceslao, era su propia invisibilidad, salvo una mención que había hecho de su nombre con un fin más bien cartográfico, lo estaba ignorando desde el momento en el que habían caído en la órbita del señor, y acababa de llegar al extremo de echarse tranquilamente una manta en las piernas sin importarle que él estuviera a punto de tiritar y, como hacérselo ver le parecía una indignidad, y no iba a humillarse pidiéndole al majadero del señor Teodorico que le prestara también por favor otra mantita perfumada, se parapetó detrás de un cojín, se lo puso en el pecho para protegerse del chorro del aire acondicionado que bañaba el sillón con su frescor y exageró poniendo la otra mano encima de sus dibujos no fuera a ser que salieran volando, y lo hizo con gran dramatismo, con lujo de visajes y mohínes, para ver si Artemisa y el señor se daban cuenta del atropello. Tanto hizo Wenceslao por llamar la atención que Teodorico acabó preguntándole, brevemente, por la Negra Moya y luego, sin importarle que su invitado abrazara de esa forma tan extraña el cojín, regresó a su galanteo, que a los ojos de Wenceslao no era ni tan intenso ni tan descarado como Artemisa había pronosticado por el camino. Vas a ver de qué forma tan desvergonzada me tira los perros, le había avisado, no te desconciertes si lo ves que se acaramela, que se pone picoso, le había dicho su amiga y la verdad, según observaba, el señor Teodorico no se veía tan entregado, casi al contrario, era ella la que empezaba a acaramelarse, estaba ahí envuelta en sus mantas diciendo fruslerías sobre el labriego y su mujer infiel.

Artemisa empezaba a darse cuenta, rápidamente y a borbotones, de lo mucho que extrañaba que ese hombre, al que todos adulaban y temían, la mirara y la deseara de esa forma, reparaba en lo importante que era para ella tenerlo rendido a sus pies, pensó que, después de todo, aquella ninfa griega que había sido sabía perfectamente lo que quería, no como le pasaba en ese momento en el que ya no sabía muy bien qué querer. En cuanto no dio para más la historia del labriego dormido y su mujer díscola, Artemisa hizo el primer comentario que se le ocurrió, para no perder terreno, porque los asistentes de Teodorico empezaban a desesperarse, se acercaban a cuchichearle algo, le traían un teléfono para que autorizara una operación, un papel que requería su firma, un periódico, el que era de su propiedad, para que viera una noticia. Era evidente que cada minuto que el señor pasaba con ella su imperio, que requería de su continua atención, se resentía. Aquel hombre vivía permanentemente en medio de un alboroto de personajes que acudían a él con motivo de algún negocio o entuerto, dueños de haciendas, policías, comerciantes, alcaldes, militares, camellos, jefazos del cartel Nuevas Generaciones de Veracruz y hasta efectivos de la guerrilla Sobrinos Nietos de Lucio Cabañas, que no se atrevían a dar un golpe sin consultar primero con el hombre fuerte, que los recibía en su palacio, después de una larga antesala, presidiendo su enorme escritorio de madera noble con sirenas y querubines y racimos de uvas tallados en las patas, ¿y para qué quieren asaltar a la pobre gente de Ajijíc de los Coyoles?, les preguntaba por ejemplo, ¿cuánto piensan que van a sacarles a esos miserables que no tienen ni en qué caerse muertos?, preguntaba, y el cuadro guerrillero respondía con una cantidad de dinero que invariablemente era cubierta por el señor, siempre con la misma fórmula, si eso es lo que piensan sacar prefiero darles yo el dinero y que no empiecen a solivantarme al campesinado porque, como ustedes bien saben, así fue como empezó la Revolución mexicana, y no queremos otra pinche revolución, ¿verdad? Los guerrilleros aceptaban dócilmente el dinero que les daba a cambio de no dar ese golpe que de por sí no iban a dar sin su consentimiento. Hacía años que el señor Teodorico moderaba la guerrilla con ese método infalible, a veces con más labia y más dinero, cuando aparecía un líder más pretencioso, más cargado de preceptos morales, que argumentaba el daño que hacía al movimiento, y a la memoria de Lucio Cabañas, esa manera de proceder. Lo mismo hacía el señor con los alcaldes, y con los hacendados y los soldados y los comerciantes y también con los capos de las Nuevas Generaciones que de repente exigían, modosamente y con respeto, un aumento en el porcentaje que les tocaba. Todo lo resolvía el señor con dinero y, sobre todo, con su indiscutible autoridad, ese era su verdadero trabajo, controlar las fuerzas oscuras de la región y para ello tenía gente a sueldo en las alcaldías, en los cuarteles militares y en las guaridas de la guerrilla y en los cubiles del narco, en los ranchos, las haciendas y las plantaciones, en las granjas avícolas, en las piscifactorías, en todos los sitios donde hubiera un número considerable de personas había siempre un infiltrado a sueldo que reportaba su información a palacio, a la gente que se ocupaba de eso y que solo molestaba al patrón cuando la cosa se ponía fea. El señor controlaba ese universo cambiante y volátil con mano dura, con dinero pero también con severas amenazas, con vistosos escarmientos que de vez en cuando él mismo ejecutaba. Era capaz de encaramarse en la sierra, montado en su caballo, para ir a regañar a un líder campesino, a amenazarlo o a degollarlo, si era lo que convenía. Por todo eso aquella apacible reunión frente a la chimenea estaba siendo continuamente interrumpida por urgencias de diversos calibres, un hormigueo de empleados, discreto pero constante, alteraba la atmósfera del salón y, como era previsible que de un momento a otro el señor tuviera que acudir a su despacho a desmantelar un entuerto mayor, o a dar largas y detalladas instrucciones al Palomo, al Jonás, al Telonius o al Calaca, que se asomaban de vez en vez entre los cortinajes, Artemisa, que no iba a hablar todavía del toro porque no quería irse ya, lanzó el primer comentario que se le ocurrió, un recuerdo cándido, espontáneo e incluso honesto pero sumamente arriesgado para ella porque, al decirlo, iba a abrir un tema que ya no podría controlar, y por ahí iba a colarse una desagradable realidad. Lo único que quería era alargar la conversación, con una ansiedad que terminó de alarmar a Wenceslao, lo hizo preguntarse si lo que de verdad estaban haciendo esos dos era revivir la relación que habían tenido. La cosa es que Artemisa lanzó el primer comentario que le pasó por la cabeza, ¿por qué nunca me contaste que las rosas de Acayucan eran amapolas?, preguntó con una sonrisa que se debatía entre la ingenuidad y el desafío, aunque también podía pensarse que estaba queriendo hacerse la graciosa, la confianzuda, en todo caso tanteaba para averiguar qué lugar ocupaba, después de todos esos años, en el corazón de Teodorico. No te creas, dijo el señor tomándose con aparente ligereza la pregunta de Artemisa, aquí detrás en los jardines tenemos un buen plantío de rosas, a lo mejor por eso se llama así, no lo sé, es un pueblo muy antiguo, yo llegué cuando ya estaba bautizado, a lo mejor hasta es el nombre que le pusieron los popolocas, los habitantes originales, que también me dejaron una pirámide y unos vestigios arqueológicos. ¿Es muy grande el jardín?, preguntó Wenceslao, con el propósito de enterrar cuanto antes la imprudente pregunta de su amiga, asustado por la posibilidad de que aquel desliz desatara la cólera de Teodorico. Sin dejar de mirar a Artemisa el señor respondió que sí, que algo grande sí que era, que también tenía un río de caudal nada despreciable y un pequeño volcán, pero ya apagado, aclaró. Desde el fondo llegó un profundo suspiro de Sakamoto, un silbido casi, y luego se oyó cómo se reacomodaba estridentemente en el canapé, parecía inverosímil que un cuerpo tan enjuto pudiera cimbrar el mueble de esa forma. Lo que supongo que me quieres preguntar, dijo Teodorico inclinándose sobre el descansabrazo para quedar más cerca de Artemisa, es que si ese plantío de amapolas tiene que ver con la droga, ¿verdad?, preguntó con una cara de macho cabrío que aterrorizó a Wenceslao.

Artemisa se dio cuenta del error que acababa de cometer, todo el mundo estaba al tanto de la naturaleza de ese plantío, pero decírselo al señor era desenmascararlo, era despojarlo de su estatura de empresario, de benefactor y de líder social, para reconvertirlo en un hampón. No quise decir eso, se disculpó Artemisa, no me malinterpretes, era una pregunta inocente, dijo abandonando su laxitud y sentándose de golpe en la orilla del asiento, se puso en guardia, supo, por la cara de Wenceslao, que tenía que salir cuanto antes de ese enredo. La inocencia era el lujo que te dabas cuando eras una niña, dijo Teodorico, no propiamente molesto a pesar de su cara de macho cabrío, sorprendido, si acaso, por el rumbo hacia el que Artemisa estaba llevando la conversación, ¿qué quería exactamente la niña?, se preguntó, ¿tenerlo todo claro para empezar de nuevo?, ¿retomar la relación con una base más sólida?, ¿o de verdad lo único que quería era echarle en cara lo que no le había dicho entonces? Cualquiera de las opciones lo hizo sentir que tenía el control por primera vez desde que la había conocido, aquella mañana lejana e indeleble en la que apareció montada en su caballo negro, como una diosa, en la ventana del despacho del griego. Nunca antes había visto Teodorico la vulnerabilidad de Artemisa, que ahora lo miraba asustada desde la orilla del sillón, el miedo drenaba su encanto, la convertía en otra más, le devolvía a él toda su autoridad y, ya metido en el asunto, estimulado por la expectación que ya había provocado una llovizna en los ojos de Artemisa, razonó que, bien explicado, su quehacer era como cualquier otro, aunque la explicación tuviera que hacerla frente al mariconazo, que lo miraba cada vez más aterrorizado desde el sillón, esperando que desenfundara el yatagán, o que empuñara el cuerno de chivo, quién sabía qué cosas le habría contado a su hijo la Negra Moya. Pues sí, dijo Teodorico, de este plantío y de otros que tengo por aquí y por allá, sale una cantidad de material que me ha dado para construir este imperio, pero eso sí, aclaró adoptando un gesto severo y mintiendo descaradamente, ni un gramo de ese material ha atentado nunca contra la salud de nuestros paisanos, ni un solo mexicano ha probado nunca este producto, todo se va a Estados Unidos, a envenenar a esos güeros hijos de su chingada madre. Esos güeros gringos que nada tienen que ver contigo, matizó, porque tú eres güera pero vienes de Grecia, eso es otra cosa, dijo, y luego siguió explicando que a diferencia de los otros productores él había invertido sus ganancias en diversas empresas y gracias a estas había generado miles de empleos que daban de comer a miles de familias y además colaboraba económicamente con los alcaldes de la región, con el gobernador del estado y hasta con el presidente de la República. Dicho esto sentenció, mirando a Artemisa a los ojos con una intensidad que la hizo estremecerse, mis amapolas, aunque no sean rosas, han sacado de la miseria a esta zona del país. Visto así tienes toda la razón, le dijo Artemisa, aliviada de que el fuego hubiera quedado sofocado, aunque una mínima observación le habría bastado para darse cuenta de que el incendio crecía por otro lado. El equilibrio de la relación seguía modificándose y Wenceslao, que no hacía más que atender la escena porque nadie le dirigía la palabra, iba del terror a la indignación, esperaba que su amiga mangonearía a ese hombre a placer para sacarle el dinero y birlarle al toro sagrado, y lo que estaba sucediendo era otra cosa, así que decidió opinar, meter una cuña en medio de su amiga y el señor antes de que aquello se amalgamara. Después de un rudo carraspeo que hizo abrir los ojos a Sakamoto, mirarlo todo con desconcierto y enseguida volverse a dormir, Wenceslao dijo que quizá sería bueno tratar el tema que los había llevado hasta ahí y, mientras decía esto, hizo a un lado la bandeja y las tazas de café y empezó a extender, en la mesilla que tenía enfrente, el juego de bocetos que había dibujado la noche anterior. ¡Cálmate, Wenceslao!, lo reprendió Artemisa, va a pensar Teodorico que eres un ansioso y que no sabes contenerte,

¡guarda esos dibujos inmediatamente! Teodorico aprovechó el silencio que sobrevino después del rapapolvo para decir una cosa, todavía más inclinado hacia Artemisa, que ya había abandonado la posición al borde del sillón, se había relajado un poco, comenzaba a acusar la gravedad de ese cuerpo que la atraía. Teodorico dijo aquello como si estuviera diciendo cualquier cosa, como si no supiera que esa revelación iba a trastornar a su diosa griega y quizá en el fondo dijo eso para empezar con el desquite, para compensar el amor enfermizo y sin corresponder que él había sentido siempre por ella, o tal vez lo dijo solo porque la tenía por primera vez a su merced. Aunque nunca había dejado de desearla, era verdad que Artemisa ya no era aquella niña que no necesitaba nada de la vida porque ella misma era la vida, ahora ese miedo que le había visto, esa fuga por la que se vaciaba gota a gota su deslumbrante belleza, esa morosa descomposición hizo que la viera tal cual era, sin la espuma que habían añadido a su recuerdo tantos años de imaginarla. Con todo y lo que la favorecía el reflejo cálido de las llamas de la chimenea, esa mujer ya no era la que había vivido durante todo ese tiempo en su cabeza y, sin embargo, en ese cuerpo magnífico trepidaba todavía la memoria del hombre que había sido, Teodorico vibraba frente a ese cuerpo, ya no se sabía qué había de ella y qué había de él en ese largo enamoramiento, pero lo cierto era que Artemisa ya no disponía ni de su vida, ni de la vida de él, era la vida la que disponía dramáticamente de ella. El señor olfateaba esa debilidad y, como el chacal que al oler la sangre quiere hacer más sangre todavía, le dijo lo que no tenía que haberle dicho, o quizá sí, si es que ya desde entonces buscaba el desquite, vengarse de ella por todos esos años que lo había hecho sufrir. Le dijo, reclinado como estaba sobre el descansabrazo, que de no ser por su ayuda algunos empresarios de la región no hubieran prosperado tanto y que esa zona de la sierra estaría hundida en la penuria y la indigencia, asolada permanentemente por la guerrilla, por los

Zetas, por el cartel de las Nuevas Generaciones de Veracruz. De no ser por mi ayuda, siguió diciendo Teodorico, mi querido amigo el griego no hubiera levantado la cabeza. ¿Mi papá?, preguntó Artemisa, incrédula, súbitamente pálida, no puede ser, dijo, no te creo, Teodorico, ¿papá era narco? Digamos que se beneficiaba de las rosas de Acayucan, respondió él, no del todo satisfecho, quizá hasta un poco arrepentido de estar abordando, ya de plano, la demolición. ¿Por qué lo hacía?, ¿por qué había empezado a apoderarse de él esa súbita crueldad?, ¿era el resentimiento de todos esos años que hasta entonces salía a relucir? Artemisa, descompuesta por la impresión que acababa de llevarse, comenzó a recapitular, a atar cabos rápidamente, a partir de lo que acababan de decirle entendió ciertos episodios, algunas maniobras extrañas sobre las que nunca había preguntado nada porque eran habituales, la presencia de ciertas personas que ella había visto con normalidad durante su infancia y que de pronto revelaban su verdadera naturaleza. Y cuando me llevabas en el helicóptero ¿ya trabajaba papá contigo?, preguntó, azorada. Desde mucho antes, desde antes de que se regresara tu mami a Grecia, respondió Teodorico, no propiamente contento de haber puesto a Artemisa en ese estado, pero desde luego paladeando aquella situación histórica en la que la niña, que lo había hecho ver su suerte, estaba por primera vez a su merced.

¿De dónde conoce usted a mi mamá?, preguntó Wenceslao porque vio que Artemisa necesitaba unos minutos para recuperarse de la impresión que se había llevado, la brutal revelación del señor la había dejado maltrecha, aunque ella se esforzaba por aparentar que lo revelado no le había hecho mella, se había alejado de la atracción gravitacional de Teodorico y miraba fijamente, desde su extremo en el sillón, la danza de las llamas en la chimenea. El señor no estaba muy convencido de la pertinencia de integrar al maricón a la tertulia, se hizo el que no había oído la pregunta, dio un largo trago de la botella de agua mientras contemplaba lo que había quedado de Artemisa después de la gruesa revelación, de sus ruinas mal disimuladas había surgido una hermosa criatura que le ofrecía la otra naturaleza de ese cuerpo, le mostraba una vulnerabilidad que lo desconcertó aunque también lo fascinó, ya no sabía exactamente qué sentía, se limitaba a admitir ese poder que tenía ella para llevarlo a territorios inexplorados, y luego abandonarlo ahí a su suerte. La Negra Moya y yo nos conocimos hace tiempo, dijo Teodorico al cabo de un incómodo silencio, sin quitarle a Artemisa los ojos de encima, que era lo mismo que hacía Wenceslao mientras daba breves sorbitos a la taza de café que acababa de servirse. Nos conocimos en la época de la epidemia del dengue, siguió contando el señor, la mamá de Chelo Acosta la tenía viviendo en su casa en Los Abismos, no trabajando como las otras chicas sino prestando otro tipo de servicios, dijo piadosamente para no decir que la Negra Moya había sido la puta estelar durante dos generaciones en aquella casa. Tampoco dijo que él había sido de sus primeros clientes, ni que seguía siéndolo todavía, lo cual los situaba, a él y a la Negra, cerca de las bodas de oro del fornicio mercantil. Tampoco dijo, desde luego, que tenía el privilegio de haber sido el único cliente transgeneracional de la dinastía de las Acosta, de la madre y de la hija simultáneamente, en una época en la que la señora todavía merecía y la hija entraba en la edad de merecer. Aquel denso entramado lo convertía en el pilar de la famosa casa por la cantidad de recursos monetarios, afectivos y sicalípticos que había invertido en ese negocio. Teodorico observó la precaución de no entrar en ese lodazal pues aquella vertiente de su biografía, donde la carne y el dinero eran parte de la misma quimera, desembocaba en las noches locas que tenía, dos o tres veces por semana, con las muchachas que le mandaban desde esa misma institución. Jonás y el Palomo irrumpieron en el salón, uno detrás de otro, para murmurarle al señor en el oído situaciones que requerían de su intervención y él los despachó con rapidez, con un par de gestos contundentes. A la madre de Chelo Acosta la conocí antes que a la Negra Moya y nuestra relación se afianzó, como te decía, con la epidemia del dengue, continuó explicando Teodorico a Wenceslao sin dejar de mirar fijamente a Artemisa, pendiente de cualquier reacción que pudiera tener ese cuerpo que ya no sabía si deseaba o, más bien, deseaba todavía desear. Yo entonces tenía un negocito de insecticidas en San Crispín Tetultepec y Chelo vino a pedirme, no ahí sino a San Hilario de Coyotiputitlán, donde vivía yo entonces, que le fumigara su casa y toda la cuadra para erradicar a los moscos que amenazaban con espantarle a la clientela, pues eran tantísimos que se posaban en las espaldas de los amantes y aprovechando su distracción los picoteaban, y también se les metían por las orejas, por la boca y las narices, y por salva sea la parte, así que fui a Los Abismos con una pipa y un operario y fumigué todo el pueblo y luego me seguí fumigando toda la zona hasta que erradicamos al mosquito, y así le hice cada año y gracias a eso somos hasta hoy la única región del estado de Veracruz donde nunca llega el dengue, dicen que porque los venenos que esparcimos aquellos años dejaron huella en el inconsciente de los mosquitos, que han ido transmitiendo de generación en generación, con el resultado de que, aunque llevemos varias décadas sin fumigar, a los moscos no se les ha ocurrido volver. Artemisa recordó, mientras oía la historia de Teodorico, una escena que tenía sepultada en la memoria. En la hacienda de su padre aparecía un hombre con una careta y una gruesa manguera de la que salía un nubarrón blancuzco que la hacía toser, y luego se metía a la casa a fumigar cuarto por cuarto y ella tenía que irse a refugiar al establo hasta que aquella humareda se disipaba.

A partir de aquella tanda de fumigación era que se había hecho amigo de Chelo y de la Negra, siguió contando Teodorico, desde entonces socorría a las dos mujeres cada vez que lo necesitaban, les prestaba dinero para salir de algún apuro y también las había ayudado en sus enfrentamientos con la autoridad, porque de vez en cuando, dijo, algún vecino se quejaba del giro inmoral del negocio de Chelo, del de la madre y después del de la hija, y entonces el alcalde, el munícipe o el cabildo, o el líder regional de Morena o el del PRI, o el mismo jefe de la policía se apersonaban en el burdel para amagar con la clausura del negocio si Chelo no les daba una cantidad sustanciosa de dinero para que desestimaran la queja vecinal. Y ahí es donde intervengo yo, dijo Teodorico, intercediendo ante la autoridad. Todo esto lo decía el señor conforme iba admirando el espectáculo de Artemisa recomponiéndose a la manera del cisne que se sacude las plumas para ganar prestancia, para restregarles a los demás que la naturaleza, a la hora de distribuir la belleza, es inequitativa, arbitraria, desalmada y bien culera. Teodorico redondeó su relato, que en realidad iba dirigido a Artemisa, para recalcar su función exclusivamente financiera en el burdel, porque no quería que luego Wenceslao tergiversara las cosas en esas noches deslenguadas que protagonizaba en el garito de Jobo y sobre todo no quería exhibir, ni siquiera sugerir frente a Artemisa, su tumultuoso historial venéreo. Le interesaba aparecer ante ella como un señor maduro y sosegado, como un patriarca otoñal que, aunque estaba ya de vuelta, tenía todavía sus buenas cositas, decentes y ponderadas, que ofrecer. El negocio de Chelo es uno de los motores económicos de Los Abismos, dijo el señor con mucha seriedad, tiene a más de veinte chicas trabajando ahí y además, dijo, no solo la ayudo a ella, sino a todos los empresarios de la región porque me gusta ver prosperar a mi terruño, dijo, con un acento épico que impresionó a Artemisa y él lo notó, lo gozó tanto como el patito feo que se calcina encantado en la mirada del cisne. De pronto se escuchó en el terraplén que el helicóptero se ponía en marcha, primero con un suave bisbiseo de las aspas e, inmediatamente después, con la escandalera de las turbohélices y un ventarrón que arrojó dentro de palacio una parvada de hojas secas y una gallina que entró cloqueando a refugiarse y que fue atajada por el Telonius, con una audaz maniobra, justo antes de que irrumpiera en el salón donde estaba el señor. El escándalo distrajo a Teodorico, que ya andaba por los rumbos de la prosperidad del terruño, largaba un discurso insustancial y cursilón mientras veía que ese encuentro tan deseado con Artemisa se le deshilachaba, lo iba viviendo íntimamente como una escaramuza y lo asombraba lo poco que él mismo hacía para contener el deshilachamiento, seguía intentando descifrar qué tanto se ajustaba la mujer que tenía enfrente, ese cisne lloroso y melancólico, a la que había vivido en su memoria durante todo ese tiempo, esa persistente evocación que había sido durante años su cruz y su delicia.

Ya no aguanto el frío, dijo Wenceslao aprovechando el revuelo que causó el despegue del helicóptero. Si no le importa, señor Teodorico, voy a acercarme un poco al fuego, avisó, y sin esperar el asentimiento del señor ni el consentimiento de Artemisa, cogió sus dibujos y arrastró un taburete que puso muy cerca de la chimenea, donde llegaba una generosa oleada de calor. Ya veía Wenceslao que la cosa iba para largo y no le quedaba más remedio que esperar a que se diera la coyuntura para enseñar los dibujos y argumentar las ventajas y las bondades de su proyecto, y confiar en que su amiga tuviera todavía cabeza suficiente para darle el sablazo al señor, pues en ese momento parecía que Artemisa estaba en otra latitud, acababa de limpiarse la nariz con una servilleta que estrujaba en la mano izquierda, una pieza mayor que, en otro tiempo, Teodorico se hubiera obstinado en recuperar para su colección, pero ahora ya no estaba seguro de quererla, incluso se avergonzó de los objetos que había atesorado, y manoseado y rechupeteado durante todos esos años. ¿Cómo es eso de que te gusta ver prosperar a la gente de tu terruño?, preguntó súbitamente Artemisa, ¿a quién más le ayudas?, inquirió con aspereza, desafiante, a sabiendas de que era riesgoso seguir hurgando en ese asunto, pero convencida de que esa era la forma de recuperar el control después de su breve trance de ensimismamiento y abandono, había ido a Acayucan de las Rosas con dos objetivos y, como le había asegurado a Wenceslao, no pensaba regresar a Los Abismos con las manos vacías. Ya expliqué hace un momento, dijo Teodorico, ofuscado por su violento cambio de humor, que le ayudo a Chelo y a la Negra y que le he ayudado a un montón de gente que no creo que te interese. Y a tu papá, claro, añadió con tiento, no quería que el cisne volviera a desmadejarse, o quizá sí quería, le había gustado verla así, indefensa, y desde luego la prefería desmadejada que con esa altanería que le empezaba a resurgir, pensó Teodorico y luego ordenó al Jonás que trajeran algo de botana para sus invitados. No hace falta, protestó Artemisa, si ya casi nos vamos a tener que ir, se ve que tienes muchas cosas que hacer y no queremos quitarte más tu tiempo, dijo pero no hizo el amago de levantarse del sillón, ni siquiera el de quitarse la manta que traía encima de los hombros, porque no pensaba irse hasta que consiguiera lo que había ido a buscar. Wenceslao volvió a intentarlo, dijo que antes de marcharse le gustaría tratar un asunto, y blandió los dibujos ostensiblemente por si su amiga había olvidado de qué se trataba. Me gustaría saber quiénes son esos otros empresarios a los que ayudas, esos que según tú no van a interesarme, dijo Artemisa sonriendo con una altivez que la hacía parecer la dueña del palacio, seguía envuelta en la manta y había subido las botas impunemente al sillón. Aquella súbita insolencia no le hizo ninguna gracia a Teodorico, se sintió atrapado de nuevo en su pasado más amargo, que no tenía nada que ver ni con su mísera infancia ni con las trapacerías que había hecho a lo largo de su vida, ni con los muertos que debía ni con las veces que había logrado escapar de la muerte o la desgracia, su pasado más amargo, en ese momento empezaba a verlo con toda claridad, seguía siendo esa niña caprichosa que lo manipulaba de una forma cercana a la crueldad, se vio otra vez a sí mismo arrastrándose detrás de ella y se sintió, por segunda vez, avergonzado, ¿cómo había podido tener entonces tan poca dignidad? Los fantasmas que había liberado esa altiva sonrisita, esas botas subidas al sillón, esa chocante arrogancia lo hicieron preguntarse, ¿qué otra persona en el mundo se atrevía a hablarle y a tratarlo con ese desdén?, ninguna, no había nadie que lo mirara con esa suficiencia, al contrario, todas las personas se hacían pequeñas en su presencia, todas menos Artemisa, que lo desafiaba desde el sillón repantingada, y así, aturdido por tanto resquemor, herido por la evidencia de que Artemisa seguía despreciándolo, considerándolo un indito, le dijo lo que había pensado no decirle nunca para no lastimarla, y se lo dijo con rencor porque de pronto era eso lo que había empezado a sentir. Ayudo a Jobo el del garito y al señor de la fonda, y también ayudo, para que me quieran bien y me tengan devoción, a los pequeños empresarios de Los Abismos, al peluquero y al de los electrodomésticos, a la carnicera y a la de la recaudería, al de la ferretería, al de la refaccionaria, al de los productos agrícolas, ayudo hasta a los guerrilleros y también a las fuerzas del orden para que se puedan defender, ayudo a todos para que me necesiten y no quieran ni puedan traicionarme, fue diciendo complacido al ver cómo la niña se iba quedando demudada. Le dio ternura incluso la manera en que se recompuso, el gesto, el ademán que hizo para acomodarse el pelo detrás de la oreja, la forma en la que sus hermosos ojos azules se asomaron al precipicio justamente cuando preguntaba, ¿y a Jesuso lo ayudabas? Por supuesto, Artemisa, tu marido recibía mi dinero sin remilgos, respondió Teodorico y, estimulado por el efecto que producían sus palabras en ese cuerpo majestuoso, añadió, y ya que estás tan interesada te informo que también te ayudo a ti, la leche y la carne que le has vendido durante todos estos años, según tú, al señor Penagos la he comprado yo, le dijo. Y ya sin ningún miramiento por el desamparo de ella, aseveró, por eso me parece ridículo que, además de todo lo que te he dado, te quieras quedar con mi toro blanco, dijo con una dureza que Artemisa, que ya se había puesto lívida, no le había visto nunca, esa misma severidad que hacía temblar a todos los habitantes de la región y ahora también, y por primera vez, a ella. La niña suspiró, abatida, buscó con la mirada la complicidad de Wenceslao, que estaba boquiabierto en su taburete junto a la chimenea, de repente se le habían quitado las ganas de enseñar sus dibujos, lo que quería era irse de ahí antes de que el señor terminara de explotar. Algo dijo Sakamoto en medio de su sueño, seguramente incomodado por la voz retumbante del hijo, algo sin sentido, una boruca, luego carraspeó y se zarandeó y se volvió a quedar dormido. Te desconozco, Teodorico, tú no eras así, dijo Artemisa tratando de sobreponerse a su perplejidad, nada salía como lo había imaginado, había sido una ingenua, pensó, al creer que todo seguía en el punto en que lo habían dejado, pero ¿no le había dicho la Negra que el señor seguía suspirando por ella?, ¿no la había hecho el mismo Teodorico ir a su palacio con el pretexto baladí del toro blanco?, si el toro le importaba tanto, y no era ella el verdadero motivo de esa reunión, ¿por qué no, en lugar de hacerla ir hasta allá, había mandado a uno de sus hombres a recuperarlo? Mientras Artemisa se hacía estas preguntas Teodorico pensaba con profundo desagrado en lo que le habían contado que hacía la niña con el animal, la miraba como si ya se hubiera ido, parecía que buscaba a lo lejos un cordero desbalagado.

Artemisa salió del palacio mascullando un furibundo monólogo contra Teodorico, una dolorosa letanía embarullada por el ruido del helicóptero que sobrevolaba el plantío de amapolas rumbo al terraplén, un tableteo que se encajonaba y duplicaba su furor contra el talud de la montaña. ¡No lloriquees!, gritó Wenceslao encarándola, ¡no voy a perdonarte lo que me hiciste ahí adentro! Caminaba delante de ella abrazando sus dibujos para que el aironazo, que ya sacudía violentamente las copas de los árboles, no se los arrebatara. ¡Vete a la chingada!, ¡imbécil!, ¡insensible!, ¡majadero!, se desahogó Artemisa, que, antes de que su amigo la increpara, trataba de determinar en qué momento había perdido el control de la situación. A medida que caminaba hacia la camioneta se iba dando cuenta del destrozo, no solo se iban de ahí con las manos vacías, una posibilidad que ella ni siquiera había tenido el cuidado de contemplar, sino que toda esa veneración que durante tantos años le había guardado el señor se acababa de desvanecer. La verdadera pérdida era el desencanto de Teodorico, que se le presentaba, súbitamente y de manera absurda, como una suerte de orfandad. Wenceslao volvió a enfrentarla, estaba furibundo y el vendaval del helicóptero, que ya iba bajando sobre el terraplén, le alborotaba cómicamente el pelo, dijo, con un lastimero mohín, algo que Artemisa no alcanzó a oír, y luego siguió caminando enfurruñado, cada vez más furibundo. Antes de llegar a la camioneta tuvieron que resguardarse de la turbulencia junto al muro, las aspas levantaban una molesta tolvanera que cesó en cuanto el aparato tocó tierra y apagó el motor. La hélice se quedó haciendo un ronroneo que sirvió de fondo para que una mujer exuberante a la que Wenceslao y ella habían visto muchas veces en la televisión descendiera con un paso impostado de gata por la escalerilla y luego, con todo y que el sol alumbraba todavía, la potente luz del faro del helicóptero iluminó teatralmente su andadura felina hasta la escalera del palacio.

Artemisa y Wenceslao no volvieron a dirigirse la palabra, hicieron el camino de regreso en un silencio mortal, cada uno iba metido en sus pensamientos, en sus agravios, en sus resentimientos. No lo sabían pero no iban a hablarse, ni siquiera a verse, nunca más. Aquella amistad entrañable que venían cultivando desde que eran niños ya se había disuelto antes de que la negrura, que se agazapaba en los linderos de la selva, cubriera completamente el cielo.

Unos días más tarde vino el trágico episodio del toro sagrado, la venganza atroz de Teodorico, que sumió en el terror a los pueblos de la sierra y de la selva. Si era capaz de hacerle eso a la señora Athanasiadis, ¿qué no podría hacernos a nosotros? Todos sabíamos que el señor era un malvado, desaparecía personas y arrasaba pueblos enteros, pero una cosa era el acto simple de prenderle fuego a un caserío y otra muy distinta imaginar, proyectar, construir e implementar semejante crueldad. Artemisa se fue de Los Abismos después del infortunado acontecimiento, vendió el rancho y el ganado al señor Penagos y desapareció para siempre de nuestras vidas.

Artemisa y el toro sagrado

La Negra Moya irrumpió en el taller de Wenceslao, con la cara desencajada por las prisas que tenía de comunicarle lo que el Calaca le acababa de decir. El desencaje de la Negra también se debía a la incertidumbre, ¿cómo reaccionaría Wendy ante semejante invitación?, ¿sería capaz, tan necio como era, de rechazar esa oportunidad, para no perjudicar la relación con su amiga? Teodorico quiere verte ahora mismo, dijo, te quiere ayudar con lo del avión pero tienes que ir ahorita, el Calaca te está esperando en la casa de Chelo Acosta para llevarte al palacio, mientras más tardes en ir a su encuentro más guarapo va a beber y más riesgoso se va a tornar el camino, tú sabrás lo que haces, hijo mío, a Teodorico no se le puede decir que no, no se le puede ni hacer esperar siquiera, dijo la Negra en un tono suplicante porque conocía muy bien la testarudez de su hijo y una de sus negativas iba a repercutirle directamente a ella. No sabía que los amigos del alma se habían enemistado ahora sí de forma terminal, no sabía que Wenceslao se sentía traicionado ni que había decidido, en esa larga noche en la que no había parado de rumiar los acontecimientos, no ver nunca más a Artemisa, había decidido incluso irse de Los Abismos, aceptar la oferta que le habían hecho en la planta de la John Deere en Nautla, cambiar radicalmente de vida porque la traición de su amiga le parecía, después de rumiarla toda la noche, el acabose y el punto final de todo lo vivido y lo por vivir con ella. Así que el anuncio que llegó a hacerle la Negra tenía un aire providencial, unas horas después del ninguneo que le había procurado su amiga en el salón helado del palacio de Acayucan, salía

239

Teodorico a ofrecerle precisamente eso que Artemisa no había querido conseguirle. Aquella súbita generosidad del señor requería una explicación que la Negra no podía tener pero, de todas formas, Wendy preguntó, ¿y a santo de qué quiere ayudarme ahora el señor?, ¿por qué no me dijo nada ayer que estuvimos frente a frente en su palacio? Porque Artemisa hace que Teodorico pierda la cabeza y que no atienda ni se fije en nada más, hace que mi amigo se apalanque y se apendeje, por eso es que ayer no te dijo nada, porque estaba embebido en los ojos, en la boca, en los muslos y en las chichis de Artemisa, que la verdad, y muy aquí entre nos, hasta a mí me gustan y me ponen bien caliente, qué quieres que te diga, mijito de mi alma y de mi corazón. En lo que la Negra soltaba esa sandez, cargada no obstante de buen juicio, Wenceslao vio con toda claridad que acababa de llegarle la oportunidad de su vida, justamente cuando pensaba que acababa de írsele la ocasión. En ese momento pensó que no tenía ninguna importancia lo que fuera a pedirle a cambio el señor, ¿un porcentaje desorbitado?, ¿que la patente llevara su nombre?, cualquier arreglo sería más atractivo que la oferta que tenía en Nautla y, sin mayor dilación, le dijo a mamita que sí, que iba a ponerse otra vez su camisa elegante, agarraría nuevamente los dibujos que había hecho para explicar su diseño y se plantaría frente al Calaca en menos de diez minutos.

Cuando llegó a la casa de Chelo Acosta, esperando encontrarse al Calaca con media estocada, ya bien entrado en la fiesta con las muchachas, lo que halló fue al enviado del señor Teodorico bebiéndose un café de olla, con el gesto crispado por la impaciencia, más bien por la abstinencia. Ya te están esperando en el palacio, le dijo con aspereza. Wenceslao entendió, mientras trataba de dominar un amago de ansiedad, que la cosa era muy seria, ¡vámonos!, ordenó el Calaca, después de dejar en el mostrador un billete de diez mil pesos, con el que se podía haber pagado los cafés, los guarapos y las putas del mes entero.

Todo el camino observó el Calaca un silencio inquebrantable, manejaba con gran solemnidad la camioneta, cosa rara en él pues era conocido su talante desparpajado y vacilador, no dijo una sola palabra por más que Wenceslao trató de sonsacarlo con apuntes casuales que buscaban pescar alguna información, ¿por qué le urgirá tanto verme al señor Teodorico si no soy más que un menesteroso?, soltaba, por ejemplo, y el Calaca ni se inmutaba, seguía a lo suyo mirando ceñudamente el camino, él, que era en condiciones normales tan hocicón y desmadroso, era muy evidente que le habían dado la orden de no convivir con el pasajero, de llevarlo en la inopia hasta el palacio. Lo mejor era relajarse y disfrutar de lo que viniera, que no podía ser más que bueno, pensó Wenceslao, la traición de Artemisa aniquilaba definitivamente la amistad y eso le permitía abrazar con toda libertad cualquier proyecto que se le propusiera, no le debía nada a su amiga, ni tenía que rendirle cuentas, acababa de abrirse una línea directa de comunicación al máximo nivel y ya no le hacía falta la influencia de ella, así iba razonando muy ufano Wenceslao, sintiéndose dueño absoluto de la situación. Ni se imaginaba el giro siniestro que estaba a punto de dar su vida.

Un hombre hosco y regordete lo esperaba para conducirlo no al gran salón de la chimenea sino a la mismísima oficina en la que se fraguaba el destino de los habitantes de la región. Siéntese ahí, le ordenó señalando un sofá que estaba enfrente de otro, separado por una mesilla de vidrio, en el que aguardaban dos hombres de sombrero, bota larga, pistola al cinto y chamarras con forro de borrega para resistir el embate del aire acondicionado. Como si no hubiera sido suficiente el frío que había pasado el día anterior, tampoco ese había tomado la precaución de llevar algo de abrigo, andaba nervioso, distraído por la gloria que ya casi tocaba con los dedos. Buenos días, dijo Wenceslao, y a cambio recibió un gruñido y cuando estaba pensando en ir un momento al gran salón a buscarse una manta, salió

Teodorico de su oficina. ¡Wenceslao!, qué bueno que viniste, dijo acercándose a él, que ya se había puesto precipitadamente de pie, y le aplicó un par de enérgicas palmotadas en el omóplato, ante la mirada de asombro de los dos hombres, que también se habían puesto respetuosamente de pie para celebrar el advenimiento del señor. Pasa, por favor, dijo empujándolo con energía dentro de su oficina. ¿Cómo está tu mami?, salúdamela mucho, y también a Chelo, ¿cómo va la vida?, ¿qué me cuentas de esos inventos maravillosos que te han hecho famoso? ¡Sarita!, dijo por el intercomunicador, tráiganos café y una de mis agüitas aquí a mi amigo y a mí, vamos a tener una larga conversación y no queremos que nadie nos moleste. Wenceslao se sentía tan halagado como asustado y cuando empezaba a extender sus dibujos de la máquina voladora, que él daba por hecho que serían el objeto de esa larga conversación que tenían por delante, Teodorico lo paró en seco, ¡pérate hombre!, no me enseñes eso, no perdamos el tiempo, cuenta con todo el dinero que necesites para producir tu invento, quédate tranquilo, luego Sarita te va a decir con quién vas a hablar para que revisen los dibujos y hagan un plan económico de acuerdo a las necesidades del proyecto, cuenta con mi apoyo, y ahora quítame eso de ahí encima, dijo señalando los dibujos que apenas había empezado a desplegar. Gracias, don Teodorico, musitó Wenceslao, desconcertado por la rapidez y, sobre todo, por la forma en la que se había resuelto ese asunto. Después de darle un largo trago a la botella de San Pellegrino que le había llevado Sarita, y de un eructo asordinado que le arrugó el gesto, Teodorico le hizo una advertencia, le dijo, antes de que me agradezcas nada, tengo que decirte la condición que voy a poner para apoyarte con la producción industrial de tu máquina voladora, y luego lo miró intensamente con esos ojos fieros que a todos hacían temblar. Wenceslao lo escuchaba, tenso, mientras daba pequeños sorbos a su taza de café, traguitos cálidos que algo matizaban el frío del aire acondicionado, el chorro helado que el señor combatía con un abrigo de pelo de camello de la marca Burberry. Voy a ser tu socio capitalista, dijo Teodorico, pero antes necesito que me asegures que estás dispuesto a ser mi aliado y mi cómplice en este asunto que te voy a plantear y que, aunque te va a parecer raro, es muy importante para mí, sobre todo muy íntimo, nadie puede enterarse de lo que tú y yo vamos a hablar, si esto sale algún día de esta oficina, continuó Teodorico, sabré perfectamente quién fue el rajón. Antes de que empieces con tu máquina quiero que me hagas esto, dijo el señor en lo que ponía encima del escritorio una hoja de papel que sacó de un cajón. Wenceslao observó atentamente el dibujo, un bosquejo torpemente trazado con una serie de flechas y anotaciones que ayudaban a clarificar la idea. ¿Quiere que haga esto?, preguntó desconcertado, la encomienda parecía una tontería que no tenía, ni de lejos, la complejidad de las máquinas que él era capaz de hacer. Va a ser mucho más difícil de lo que te estás imaginando, dijo Teodorico dedicándole una sonrisa ambigua. Wenceslao no entendía nada, no veía cómo esa pieza tan simple, con esa mecánica rudimentaria que indicaba el bosquejo, podía complicarse, hasta que el señor comenzó a explicarle lo que quería hacer. No habló de sus motivaciones que, a medida que revelaba su objetivo, quedaron expuestas de una forma descarnada, sino de los requerimientos materiales, de la resistencia que debía tener la estructura, la solidez de los apoyos y los amarres, la veracidad del forro, la obra, en suma, que tenía que ejecutar a partir del precario dibujo que se extendía frente a sus ojos. Wenceslao asistía, cada vez más aterrorizado, a la minuciosa descripción de las partes, los mecanismos y las resistencias que hacía con toda calma el señor, parecía que estaba detallando los ingredientes de un guiso y poco a poco, conforme iba adentrándose en su explicación, Wenceslao iba visualizando la monstruosidad del encargo que le hacía, y en lugar del frío que unos minutos antes estaba a punto de ponerlo a tiritar, sintió cómo una copiosa gota de sudor que le recorría de arriba abajo la espina dorsal se detenía en el elástico del calzón. Se dio cuenta de que había caído en una trampa, no había forma de escapar, iba a tener que construir esa máquina. Quiero que la niña quepa dentro, fue lo último que le dijo el señor Teodorico, antes de despacharlo de regreso a Los Abismos.

Al día siguiente pasó el Calaca en la camioneta para llevarlo al almacén de Orizaba. Puede ser que por hacerse el gracioso, o por simple maldad, se estacionó adrede frente al garito de Jobo, que era el talón de Aquiles de Wenceslao, el agujero por donde su vida a cada rato se iba al garete. La cosa no estaba como para jugar con fuego, todavía a esas horas le duraba a Wenceslao el susto del palacio de Acayucan, el encargo del señor Teodorico y, más que nada, la forma, la mirada fiera, la voz rocosa, la dureza del mensaje que le hizo ver que no tenía más remedio que complacerlo, que si no cumplía, o no guardaba la suficiente discreción, se lo iban a escabechar. Lo que más le apetecía en ese momento era caer redondo en la provocación del Calaca, entrar al garito y ponerse hasta las trancas, emborracharse herméticamente, perder la cabeza y con ella la angustia que le causaba el encargo del señor Teodorico, instalarse en la bruma instantánea y beatífica en la que lo depositaban unos tragos de guarapo. Pero aquello no podía ser, no tenía más remedio que resistir el llamado del garito con la entereza del faquir. Pasó frente a la puerta, seguido por la mirada socarrona del Calaca, y saludó fugazmente a Jobo, sin detenerse y procurando no mirar el ambiente que a esas horas de la mañana se recocía en el interior, ni su severo desbordamiento hacia la intemperie, parte del saldo humano que había quedado de la noche se ventilaba afuera, a los hombres que se quedaban dormidos sobre la mesa o en el serrín, despatarrados o aniquilados sobre el mosaico del baño, Jobo los arrastraba fuera de su negocio, ya despuntando el sol los iba dejando al aire libre, como un pescador que sacara sus piezas del barco, un jurel, una trucha moteada, un bagre y un calamar, y las dejara sobre las tablas del muelle oreándose mientras ordenaba los arreos, los sedales, los carretes y los curricanes para la siguiente jornada. Wenceslao pasó rápidamente junto a esos cuerpos que dormían la mona con las barrigas al sol y enseguida aceleró ostensiblemente su andar para alejarse cuanto antes de aquel imán y en eso uno de sus contertulios, un viejo conocido suyo que estaba sentado en la banqueta, o quizá se había caído y no atinaba a levantarse, empezó a llamarlo y a hacerle señales para que se integrara a la deliciosa francachela, ¡Wendy!, le gritaba, ¡vente a chupar!, ¿a dónde vas con tanta prisa?, ¡vente!, ¡se va a poner bueno!, ¡el señor Cantú ya anda enseñando las tepalcuanas! Wenceslao sorteó la tentación como pudo, cerró los ojos, siguió andando de prisa hasta que dejó de oír la voz que lo reclamaba y el sabroso bullicio que se enredaba con el melancólico danzón que salía por las ventanas.

Horas antes había pasado al establo de Artemisa sin que ella se enterara, la había visto salir en su caballo hacia la casa de Chelo Acosta, iba a leer el tarot y estaría fuera dos o tres horas. Escondiéndose de Rosamunda, que a esas alturas ya sabría que él y la niña se habían peleado a muerte, habló con uno de los peones, con el que tenía cierta complicidad por alguna correría en la que habían coincidido y le pidió que, a cambio de aquel tocadiscos que le había reparado sin cobrarle nada, lo dejara tomarle unas medidas al toro sagrado, tenía que hacerlo todo muy rápidamente, trabajaba con el reloj en contra, Teodorico le había dado siete días de plazo y al señor había que cumplirle escrupulosamente en los tiempos que establecía. Del registro minucioso de las proporciones del toro dependía el éxito del ingenio, el peón le enseñó la libreta donde se registraba cada semana el peso del animal y para tomarle medidas tuvo que acercarse, se encaramó en un dornajo un poco atemorizado por lo que se decía de su carácter arisco y, armado con un flexómetro y un transportador, y auxiliado sin mucha convicción por su amigo, fue midiendo el largo y los ángulos del torso y las extremidades, los grados de torsión del cuello, del pecho y de la grupa y los centímetros de diámetro que tenían todos los miembros incluida la cornamenta y el metraje del cilindro torácico, todo anotado cuidadosamente en un papel.

Wenceslao llegó al almacén de Orizaba con la moral muy alta por la forma en la que había resistido el embate del garito de Jobo, las hipnóticas notas del danzón y el llamado mefítico del colega que lo invitaba a sumarse a la tropa desbocada. Además había dejado al Calaca en ridículo, no había prosperado su artera fechoría, pensó cuando saludaba alegremente a Fitipalda, la dueña del almacén, y palpándose en el bolsillo el rollo de billetes que le había dado el señor Teodorico el día anterior, comenzó a pedir el material que necesitaba, varas largas de acero, goznes, dos bisagras grandes, medio kilo de tornillos con sus tuercas, un tarro de sebo para engrasar las piezas, unas ruedas pequeñas de metal, dos metros y medio de cuerda muy gruesa, unas tablas largas de triplay, unos estribos para silla de montar, dos agarraderas de metal, hebillas, correas, fallebas, remaches, mosquetones. Después de acomodar todo ese material en la batea de la camioneta, procurando no despertar al Calaca, que emitía unos largos y fragorosos ronquidos frente al volante, ni mirar la pachanga que hervía dentro del garito, pasó a la tienda de artesanías de Bartolo para comprarle dos ojos de vidrio, de color azul celeste.

Durante los siete días que trabajó en el ingenio que le había encargado Teodorico no tuvo tiempo Wenceslao para la vida loca. Como hacía siempre que se ponía a trabajar clausuraba su faceta frívola y su impronta guapachosa y, desde ese estado que colindaba con lo monacal, trazaba, cortaba, serruchaba, lijaba, torcía a fuerza de martillazos una pieza de metal que luego soldaba con otra, y después

247

limaba y pulía, engrasaba y aplicaba un barniz antioxidante, o limpiaba con aguarrás o sumergía una ménsula, un estribo, un alambre trenzado en una humeante solución de amoniaco, y luego ensamblaba, desensamblaba y armaba de vuelta la pieza, el trozo, la sección de otra manera. Durante sus periodos de invención Wenceslao se prohibía terminantemente el alcohol y la abstinencia lo convertía en otra persona, se le quitaba lo ligero y lo vacilador y, según Artemisa, se le quitaba hasta lo maricón, se convertía en un macho y perdía todo su encanto, le recriminaba ella, en aquella sobriedad reconcentrada se transformaba en un rudo homófobo que despotricaba contra los putitos del garito de Jobo y contra los putarracos del mercado de Galatea y contra los putones que se ofrecían con un descaro indignante, vociferaba irritado, en la gasolinera de Orizaba. Como no podía tomarle medidas a Artemisa fue con Chelo Acosta que, al ser también hija del griego, tenía el mismo cuerpo pero con la cara y los colores de su madre, que había sido poco agraciada. Tengo que tomarte unas medidas, le avisó, quiero darle una sorpresa a Artemisa, un retrato suyo al óleo, y no me gustaría que se enterara, le dijo, ni que me quede desproporcionado, si lo copio de una foto no va a quedarme bien. ¿No estaban peleados a muerte?, preguntó Chelo recelosa. Por eso mismo, estoy haciendo méritos para ver si nos contentamos, apuntó modosamente Wenceslao. Las muchachas de Chelo lo consideraban una de ellas, revoloteaban a su alrededor para preguntarle cosas, para contarle chismes, para decirle Wendy, esto y Wendy, lo otro, Wendy, no te hagas el remolón, no seas sangrón, haznos caso, atiéndenos, déjate chiquear, no seas mamón. Con todo eso tenía Wenceslao que batallar mientras le tomaba medidas a Chelo, aunque esa batalla era también una gozadera, un sentirse parte del sistema que lo había acogido a lo largo de su vida y, precisamente esa mañana, se dio cuenta de que sus verdaderas amigas del alma eran ellas y no la traicionera de Artemisa. ¿Un guarapito?, le iban ofreciendo indistintamente Sara Centolla, Filisberta, Josefina Miroslava, ¿le vas a hacer el feo a un pulquecito?, ¿una caipirinha o un menjul?, ¿de cuándo acá tan sobrio?, ¿a qué viene tanta pacatería?, atacaban las muchachas, ¿estás agüitado?, pues por eso mismo bébete algo, dictaminó distraídamente Marcela Calamara mientras se sacaba, con los dientes de un tenedor, quién sabía qué inmundicias de las uñas del pie. Wenceslao le pidió a Chelo Acosta que se desvistiera, que se quedara solo con la ropa interior, y ella que todo se lo concedía empezó a desabrocharse el vestido sin rechistar. No te muevas, le decía mientras medía el antebrazo y la muñeca y tomaba nota. Luego le metió el arco transportador en las corvas y en las axilas y después le amarró un hilo de cáñamo a lo largo del cuerpo, que iba de un nudo que le hizo en el hombro a otro que le ató por debajo del tobillo. Luego le enlazó ese mismo hilo al cuello, lo dejó colgar por la espalda y le pidió que ella misma lo cogiera por detrás, que se lo pasara entre las piernas y lo sujetara por delante a la altura del ombligo. Una vez que la tuvo perimetrada con el hilo le pidió, estírate, camina, haz una sentadilla, ponte a cuatro patas y muévete como si fueras un perro que quiere sacudirse el agua del cuerpo.

Wenceslao comenzó a trabajar en la criatura con todos los elementos dispuestos sobre la mesa. Con el material que había comprado en el almacén de Orizaba estaba el boceto del señor y los croquis que había hecho él, en los que especificaba, con rigor científico, los detalles del mecanismo y la resistencia de los materiales. Los había dibujado en un estado febril la noche anterior, entre la prisa necesaria para poder cumplir y el temor que le producía la posibilidad de fallar. Por fortuna, la mecánica de la criatura era muy elemental, no llevaba motor ni sistema eléctrico, todo se reducía a la forma, a la resistencia, a la exactitud de las medidas. Al material que había comprado se añadían tres pieles de vaca que le había conseguido el peón de Artemisa, tres pieles del mismo tono, le había dicho, que al coserlas parezcan la misma pieza, que no haya diferencias entre una y otra, tengo que empelar un sillón, le dijo.

El inventor trabajaba sin parar, hacía pausas breves para comer y dormía pocas horas cuando el sueño lo vencía. Teodorico tenía una idea muy clara de cómo quería que funcionara el ingenio, a pesar de lo precario que era su boceto había concebido los alcances de la criatura con una precisión escalofriante, se notaba que su inteligencia se afinaba a la hora de idear una maldad. Así como otros se crecen ante la adversidad, la biografía de Teodorico demostraba que él se crecía en la crueldad, a más crueldad más precisión, y en el caso de la criatura no había descuidado ningún detalle. Continuamente sentía remordimientos Wenceslao por lo que estaba a punto de pasarle a Artemisa, pero no tenía más remedio que seguir adelante, estaba atrapado, no podía fallarle al señor y, con su cooperación o sin ella, su amiga ya estaba condenada. A la hora de los remordimientos repasaba tenazmente la traición de ella, trataba de hacerla más vívida, más hiriente, pero en el fondo sabía que ninguna traición, por siniestra que fuera, merecía semejante venganza.

Finalmente Wenceslao entregó la criatura, el Telonius dejó una bolsa de dinero encima de la mesa de trabajo y le dijo, mientras dos forzudos sacaban el ingenio del taller y lo subían a la batea de una camioneta, que el señor Teodorico agradecía mucho el servicio, que más le valía que funcionara como estaba estipulado y que fuera, cuando quisiera, a Acayucan de las Rosas, a hablar con el licenciado Jaramillo sobre el dinero que necesitaba para la producción de su máquina voladora. Luego el Telonius se fue y dejó a Wenceslao con su problema económico resuelto y un desasosiego que lo envió al cabo de un rato a la casa de Chelo Acosta a romper la veda alcohólica, había cumplido con su parte, lo que fueran a hacer con la criatura ya no era asunto suyo, pero una culpa creciente lo carcomía, lo que sabía le bastaba para calcular que aquello iba a ser una atrocidad.

Con ese ánimo y un gesto inequívoco que no pasó desapercibido, entró a la casa y se sentó a la mesa que estaba en el rincón. ¿Qué te pasa?, le preguntó Chelo, parece que viste al chamuco, y antes de que Wenceslao pudiera responderle se interesó por la sorpresa que le estaba preparando a Artemisa. Está casi terminado, faltan solo unos detalles, dijo en lo que Josefina Miroslava le servía una taza de guarapo, súbitamente alegre por la inminencia del trago inaugural, después de siete días de trabajosa abstinencia y de una inaudita acumulación de remordimientos. De todas formas no hay nada que pueda hacer yo, pensó Wenceslao mientras se regalaba ese trago beatífico. ¡Salud!, dijo levantando su taza hacia Chelo Acosta, que lo miraba con escepticismo y el creciente temor de que su amigo se estuviera metiendo en un lío. Todo era muy sospechoso, Chelo conocía a la perfección a Wenceslao y si no dijo nada, fue precisamente por ese conocimiento, porque ya sabía que en ese tipo de trances, si no quería provocar un molesto numerito, mejor que averiguar era aguardar y a ver qué pasaba. Si Chelo hubiera sabido lo que estaba en juego, habría actuado de otra forma y quizá habría podido evitar aquel episodio que hundió durante años a Los Abismos en la oscuridad. ¡Salud! y que aproveche, dijo Chelo antes de irse a coordinar los movimientos de la casa, que empezaba a llenarse de machos sedientos y jariosos, de garañones trastocados por la orfandad que trataban de hallar, entre las piernas de las muchachas, un espejismo que emborronara su bronca realidad. A esas horas Chelo Acosta era el motor de la selva, tiraba de los hilos como un titiritero, era la encargada de mantener hirviendo los alambiques para que todos los hombres llegaran a puerto, al tibio lecho de sus pelanduscas y salieran de ahí saciados, trasquilados, liberados del demonio y listos para atender otros menesteres. La Negra Moya andaba también por ahí vacilando, dinamizando las fuerzas que coordinaba su amiga y largándole a Wenceslao miradas inquisitoriales que evidenciaban su molestia y su inquietud, era la hora en que su hijo todavía no se dignaba a contarle para qué lo habían mandado llamar del palacio de Acayucan, ni tampoco Teodorico había querido decirle nada y eso la tenía sumamente molesta. No tardaría la Negra en ir a sentársele a la mesa para preguntarle otra vez eso mismo que no había querido revelarle en ninguna de las ocasiones en las que se había acercado a su taller, solo para encontrarse con su hijo encerrado obstinadamente y gritándole desde dentro, ¡vete, mamita, que estoy muy ocupado!, ¡vete y luego te lo cuento todo! La presencia nerviosa de la Negra, sus incesantes miraditas insidiosas calaron rápidamente en el ánimo de Wenceslao, se sintió incómodo por la posibilidad, cada vez más inminente, de que mamita se le fuera a sentar a la mesa a hacerle preguntas que no podría responder, la posición en la que se encontraba en ese momento, la del cancerbero que custodiaba el foso por el que iba a precipitarse todo el pueblo le pareció, de pronto, insoportable, se levantó intempestivamente, cogió del mostrador una botella de guarapo y se largó de ahí rumbo al taller, donde iba a encerrarse las siguientes horas y más tarde iba a escuchar, borracho y abatido, el escándalo en el rancho de Artemisa, los gritos, el trasiego de las camionetas, el helicóptero, los tiros, la honda rasgadura de la noche que provocaría el señor mientras se vengaba salvajemente de Artemisa, con la infame criatura que él mismo había construido.

Al día siguiente, Wenceslao se fue de Los Abismos, nunca recogió el dinero que iba a darle Teodorico, abandonó el proyecto de la máquina voladora y se fue a trabajar a la planta de la John Deere en Nautla, donde hacía tiempo que le ofrecían ese puesto para que aplicara su talento de inventor, debidamente remunerado, en el diseño de maquinaria agrícola.

El Telonius había pasado al taller de Wenceslao para llevarse la criatura al palacio, sus dos forzudos la subieron a la batea y se sentaron junto a ella, uno de cada lado, sujetándola como si temieran que fuera a echarse a correr y, cuando llegaron a Acayucan, los vecinos salieron a contemplar el paso de la camioneta, como lo hacían cada vez que el patrón mandaba traer una extravagancia, así habían visto pasar las columnas griegas, el púlpito barroco que decoraba una de las esquinas del comedor o el enorme lagarto disecado que adornaba un pasillo. Sarita abrió la puerta y asomó la cabeza para avisar que el encargo había llegado, interrumpió la reunión que Teodorico tenía con dos facinerosos porque sabía lo ansioso que estaba, a cada rato pedía que le informaran sobre el Telonius y ordenaba que le llamaran para ver por dónde venía, así que en cuanto Sarita se asomó brincó de su silla, dejó a sus deudores o a sus víctimas o lo que fueran con la palabra en la boca, y fue a conocer el artefacto que el Telonius ya había acomodado en el centro del salón, debajo de la enorme araña que hacía frente a las tinieblas, con sus bombillas llamosas y sus largos brazos, de los que colgaban gajos y palotes de cristal. El magnífico perfil de la criatura se recortaba contra las llamas de la chimenea, era tan real, pensó Teodorico en cuanto la vio, que parecía que en cualquier momento sacudiría la cabeza y soltaría un bufido, la miró por los costados, por arriba y por debajo y luego, con un lujurioso estremecimiento, pasó las manos por encima de la pelambre, estaba impresionado, eso que había construido Wenceslao era extraordinario, una pieza de museo, murmuraba golosamente, una obra maestra, decía en voz baja acariciando la pelambre de un lado al otro, de las ancas al testuz, mientras imaginaba malévolamente lo que vendría, lo que no tardaría en pasar, pensó en el brujo Fausto, en el profesor Brambila, en el Huitlacoche Medel, ¿qué opinarían sus consejeros de aquella movida escabrosa que había echado a andar?, le daba igual, no le importaba, quería hacerlo y no necesitaba el permiso de nadie, las manos que se regodeaban en el lomo ahora palpaban con impudicia los costados y la barriga, se sintió orgulloso del apoyo que iba a darle al inventor y mientras examinaba con minucia la pelusa del rabo, decidió que iba a decirle a Sarita que le entregara ya, sin tanto trámite ni tanta faramalla, el dinero que necesitara para la producción de su máquina voladora. El Telonius lo sacó de su viaje sensorial por la pelambre en cuanto comenzó a correr las fallebas y los pasadores para desplegar a la criatura en dos partes, para que Teodorico pudiera contemplar el interior que era un prodigio, un habitáculo recubierto de piel con una serie de elementos que lo llevaron a pensar en la cabina de un submarino, con la salvedad de la pestilencia que despedía la grasa de animal que lubricaba todos los resquicios. Mientras Teodorico contemplaba, atónito, el fabuloso despliegue de la criatura, tuvo claro que a ese genio, a ese maricón que había despreciado tontamente, había que tenerlo cerca, bien pagado y mimado, trabajando a su servicio, ya se vería en qué, de entrada tenían un problema con el caudal de los canales de riego que, en más de seis meses, no había podido resolver el equipo de ingenieros hidráulicos de la capital que iba a hacer pruebas, calados, prospecciones cada semana, sin llegar a ninguna solución y este genio, pensaba Teodorico, resolvería lo del riego en quince minutos y luego, mirando con severidad a Sarita y al Telonius ordenó, ¡déjenme solo!, quiero estar un rato aquí junto a esta maravilla, y entonces se quitó su abrigo de piel de zorro amarillo del Cáucaso, se arremangó la camisa, se arrodilló y metió medio cuerpo en el interior, ignorando la pestilencia, quería apreciar los detalles de la obra y cuando sopesaba uno de los estribos de metal que colgaban de la estructura tuvo que reprimir la voluptuosidad que le vino de golpe en cuanto pensó vívidamente en su amada Artemisa, ¿amada?, ya no lo sabía, le costaba distinguir dónde terminaba el amor y dónde la cicatriz, observó de cerca y con delectación las manijas, las correas, los mosquetones y las fallebas, las bisagras y los remaches de estrella, todo aquel husmeo lo hacía arrodillado y con medio cuerpo metido dentro y cuando terminó su morosa revisión se puso de pie, respiró aliviado el aire frío del salón, cerró el artefacto, se abotonó las mangas y se echó el abrigo sobre los hombros, luego se sentó en el sillón a contemplarlo, a anticipar con una viciosa satisfacción lo que estaba a punto de suceder, el gran final de aquella historia que lo había atormentado durante tantos años.

La noche anterior se había puesto a desmantelar la colección de objetos que guardaba en el arcón de laca negra, el rastro material de Artemisa que ya no tenía ningún poder sobre él, excepto la vergüenza que lo hacía sentir, había ido tirando los objetos al fuego de la chimenea, las cucharillas, las servilletas y los popotes, las ligas para el cabello, el lápiz labial, la rosa momificada y hasta el arcón de Peñuela, que había arrastrado por todo el pasillo y después, con el hacha que usaban los criados para trocear la leña, lo había convertido en pedazos, como hacían sus hombres al desmembrar los cuerpos, que había ido echando al fuego, quería borrar toda la evidencia de aquel largo capítulo de su vida, igual que hacían sus hombres para borrar hasta el último átomo de los cuerpos que atentaban contra los intereses del señor, Teodorico no alcanzaba a ver, o quizá sí y ese era el estímulo, que a Artemisa le había reservado el mismo destino que a las personas que sus hombres habían desaparecido, por haber atentado contra los intereses de su corazón. El fuego resplandecía cada vez que lo alimentaba con un trozo del arcón y liberaba el humo picante que salía de la combustión de la laca china, Teodorico había disfrutado cada llamarada, los tronidos y los chisporroteos mientras Amparito, la criada, lo espiaba con preocupación detrás de los cortinajes, veía al señor con su batón de terciopelo y las babuchas que le había regalado uno de sus socios de Arabia Saudí, lo veía lanzando al fuego esos objetos que habían sido su fascinación, haciendo crecer las llamas, alimentando la hoguera con una mueca siniestra que la criada no le había visto nunca, con los ojos encendidos, habitados por el mismísimo Satanás. ¡Telonius!, gritó Teodorico poniéndose súbitamente de pie y, mientras se ajustaba el abrigo de piel de zorro amarillo, siguió gritando con una energía castrense, ¡avisa al Caguamo y al Tucán que tenemos borlote en Los Abismos!, ¡que junten a sus hombres y que tengan listas las camionetas y el helicóptero!, ¡los quiero a todos sobrios y concentrados!

Artemisa revisaba distraídamente las cuentas que le había pasado el caporal, buscaba una cifra exagerada, un concepto excéntrico, no tenía paciencia para detectar ninguna irregularidad que no fuera muy flagrante, así había llevado la contabilidad desde la muerte de Jesuso, distraída y con pesadumbre, con ganas de ya acabar para dedicarse a otro menester.

Cerca de las nueve de la noche entró Rosamunda desencajada, ¡vienen subiendo seis camionetas del señor Teodorico por el camino de la laguna!, anunció. ¿Y a mí qué?, respondió Artemisa y aprovechó la interrupción para servirse otro whisky mientras improvisaba una explicación para tranquilizar a la criada. Vendrán a casa de Chelo, con las muchachas, no sé por qué te parece tan raro eso, así son los hombres, nomás andan buscando en donde meter el rabo. Pero en lo que le decía eso a Rosamunda se iba dando cuenta de que aquello era efectivamente muy raro, nunca antes habían subido tantas camionetas a Los Abismos, esa caravana, cuyo significado conocíamos todos a la perfección, quería decir que Teodorico iba a ajustar cuentas y en ese momento no había en el pueblo más que una persona que mereciera ese despliegue por haberle robado un toro de los caros. Pero Artemisa prefirió agarrarse a la tontería de que subían para divertirse con las muchachas, igual es el cumpleaños de uno y vienen todos a festejarlo, le dijo a Rosamunda, y también le dijo que a lo mejor iban a ver a Wenceslao, sabía que hacía unos días el señor había mandado por él, quién sabe para qué sería, se preguntó a sí misma, y en cuanto lo hizo y vio el gesto de incredulidad de la criada y el miedo que le enturbiaba los ojos, el corazón le dio un vuelco y se le descompuso la cara, justamente cuando el caporal entraba en la casa demudado, ¡señora!, ¡vienen para acá las camionetas!, dijo. Quieren llevarse al toro sagrado pero no van a poder, advirtió Artemisa poniéndose enérgicamente de pie, junta a todos los peones que puedas, le ordenó al caporal, y me los formas frente al portón, los hombres de Teodorico no se van a atrever a entrar a la fuerza, saben de la estima que me tiene su jefe, dijo sin mucha convicción pero descartando de plano que el Telonius o el Calaca o el Caguamo, que iban seguido a leerse las cartas a la casa de Chelo Acosta, fueran capaces de irrumpir violentamente en su propiedad. De pronto empezó a oírse el rumor de las camionetas que se acercaban por el camino, ¡dales el toro, niña, ese pinche animal solo nos ha traído desgracias!, suplicó Rosamunda. ¡Jamás!, dijo Artemisa, ¡el toro sagrado es mío!, y ya no siguió defendiéndose porque las camionetas acababan de detenerse frente al portón al tiempo que una veintena de hombres armados brincaba de las bateas, el operativo para llevarse al animal parecía excesivo, los peones del rancho se dispersaron en cuanto vieron la dimensión del abordaje, no tenían ninguna oportunidad, eran seis campesinos desarrapados contra los hombres de Teodorico que parecían militares de élite. El Telonius se adelantó para decirle a Artemisa, que había salido al portón llamada por el escándalo, ¡tengo órdenes de asegurarla dentro de su casa! y antes de que pudiera hacer nada dos hombres la metieron por la fuerza en la cocina y la obligaron a sentarse en una silla, ¡lárguense de mi rancho!, ¡qué se creen!, ¿Teodorico está enterado de esto?, gritaba Artemisa mientras trataba de zafarse de los hombres que la sujetaban, ¡suéltenme, idiotas!, exigía y luego, mirando con ansiedad a su caporal gritó, ¡haz algo, baboso!, pero el caporal y sus peones estaban desactivados por la intimidante superioridad del invasor, Artemisa dejó de forcejear, era evidente que ese atropello contaba con la autorización de Teodorico, era claro que quería restregarle su supremacía, recordarle quién era y hacerle pensar que todo aquel despliegue de poder, aquella fuerza bruta podrían haber estado a su servicio si le hubiera dicho al señor, en su momento, que sí, eso era lo que creía Artemisa, veía en ese trasiego de hombres armados y camionetas un procedimiento exagerado para quitarle un animal a una mujer sola, eso pensaba ya resignada en la silla en la que la habían confinado, calculaba que todo acabaría muy pronto y ella se quedaría sin su toro sagrado y con su rabia mascullando las habladurías del pueblo, iba a tener que tragarse el júbilo perverso de los abismeños que gozarían, durante años, con ese episodio en el que Teodorico le había bajado los humos a la mujer más altanera de la región, aunque más que las habladurías y el regocijo del pueblo le pesaba la tristeza de perder a su animal, pero no se iba a quedar así, pensaba inmovilizada en su silla, frente a la mirada lacrimosa de Rosamunda, en cuanto se fueran esos salvajes iba a ir a Acayucan de las Rosas a sacarle los ojos al hijo de puta de Teodorico, pero todo eso que pensaba Artemisa se volatilizó en cuanto comenzó a oírse a lo lejos el ruido del helicóptero y los curiosos que se habían apelotonado en el portón empezaron a armar un barullo, se emocionaron al ver que ese pájaro negro con su gran ojo de cíclope encendido se dirigía directamente a Los Abismos, Rosamunda encaró a Artemisa, tenía una mirada vacía que se llenó de pánico cuando el helicóptero comenzó a sobrevolar el rancho y a proyectar, desde el cielo, su deslumbrante haz de luz que iluminaba los establos y los corrales y se metía por la ventana de la casa en destellos fugaces y desarreglados, Rosamunda sollozaba mientras Artemisa entendía, en esos destellos de luz y en el escándalo de las aspas y las turbinas, que lo suyo no tenía remedio, que estaba perdida, eso había concluido ya cuando el helicóptero aterrizaba en el claro que se abría entre los árboles y la milpa, el faro quedó apuntado hacia la montaña, su potente rayo de luz se estrellaba contra la maleza, dotaba al verdor de un lustre funesto, y al silencio que sobrevino en cuanto se apagó el motor se sumó el del asombro que produjo la aparición del señor dentro del helicóptero, enmarcado por el cuadrángulo de la ventanilla y alumbrado por la luz de la lámpara con la que leía, o fingía leer, un documento, Teodorico había viajado hasta Los Abismos para recuperar personalmente a su animal, le gustaba intimidar, apabullar, procuraba que a todos les quedara claro que quien se la hacía al señor tarde o temprano se la acababa pagando, Artemisa trataba de adivinar qué era lo que seguía después de aquel silencio cuando un hombre entró a avisar que el señor ya estaba ahí esperándola, acompáñenos al establo, por favor, señora Athanasiadis, dijo el Telonius muy ceremonioso mientras sus hombres se la llevaban casi en vilo sin que ella, que ya empezaba a temer lo peor, ofreciera ninguna resistencia y al ver cómo se la llevaban, y la pasividad con la que su niña aguantaba ese atropello, Rosamunda se echó a llorar, el pueblo entero vio salir a Artemisa de su casa, sujetada por los hombres del Telonius, humillada, sometida por el poder que todos temían, y lejos de compadecerla comenzaron a gritarle cosas, groserías, improperios a esa mujer a la que hasta ese momento habían adorado, le gritaron hasta que los hombres del Telonius la soltaron y desapareció detrás de las lonas del establo, entró sola, el toro sagrado seguía en su sitio, fue lo primero que advirtió, con más desconcierto que alivio y luego, más desconcertada todavía, vio que en el otro extremo del corral, alejada del toro, estaba Irene, la mujer que la había recibido hacía unos días en el palacio de Acayucan, custodiando un artefacto que no podía ser más que obra de Wenceslao, una vaca perfecta, de tamaño natural que, de no ser por las ruedas que tenía en las pezuñas, hubiera parecido un animal de verdad, ¿qué es esto?, preguntó Artemisa, cada vez más ofuscada, mientras Irene liberaba uno por uno los pernos y luego abría el artefacto, desplegó las dos partes para que quedara expuesto el interior y al final de la maniobra le dijo, como si estuviera promocionando las bondades de un electrodoméstico, este animal está hecho a su medida, señora Athanasiadis, le voy a pedir que se desnude y se meta dentro, Artemisa soltó una carcajada y después ya no pudo insultarla como hubiera deseado porque Irene añadió una advertencia, si no lo quiere hacer conmigo, por las buenas, vienen el Telonius y sus hombres a desnudarla y a meterla a la vaca por las malas, las dos partes del artefacto estaban abiertas como las alas de una mariposa y despedían la penetrante tufarada de la grasa de animal, dentro colgaban las correas, dos estribos de silla de montar y dos agarraderas que, sumadas a la forma que tenía el interior, que era la horma de su propio cuerpo, le dieron una idea muy precisa de lo que estaba a punto de suceder, repasó rápidamente todas sus opciones, negarse, resistirse, implorar, pero enseguida comprendió que estaba atrapada y que la única salida posible era la que proponía Irene, que la miraba con frialdad, segura de que acabaría obedeciéndola y metiéndose en ese habitáculo claustrofóbico, Artemisa dijo, por decir algo y no quedarse callada, por no entrar tan dócilmente al artefacto, ¡me parece muy indigno que te prestes a hacerle esto a otra mujer!, ¿no te da vergüenza?, preguntó, pero Irene comenzaba a impacientarse, no te confundas, guapa, le dijo, yo no te estoy haciendo nada, ejecuto órdenes, y apúrate porque el señor tiene otros compromisos, no tenemos toda la noche, le advirtió y Artemisa comenzó a desvestirse con una perturbadora entereza, doblaba con cuidado cada prenda que se quitaba y la colocaba encima del dornajo, y cuando estuvo completamente desnuda ya estaba concentrada en lo que en ese momento le parecía lo más importante, que no se le salieran las lágrimas, que aquella mujer no la viera llorar, ¡métete a la vaca!, ordenó Irene sin mirarla, sin quitar los ojos del mensaje que escribía en el teléfono, tu cabeza va donde está la cabeza del animal y las nalgas van metidas en la grupa, explicó sin desatender la pantalla, Artemisa la maldijo, maldijo a Teodorico, maldijo a Wenceslao, maldijo a todo el pueblo que gozaría con esa historia por los siglos de los siglos, maldijo su belleza, su linaje griego, su vida entera mientras forcejeaba para acomodarse dentro de la vaca, apoyó las manos en las agarraderas y cuando metió los pies en los estribos notó que la cabeza y las caderas embonaban en los huecos a la perfección, Irene desatendió el teléfono para atarla al artefacto, la aseguró con las correas y corrió los pernos, ejecutó la operación sin decir una palabra y, cuando le ajustaba el barbiquejo para inmovilizarle la cabeza, Artemisa sintió el perfume que llevaba en las manos y en el cuello y en su aliento olió el cigarro y un fondo de pastilla de menta, luego Irene cerró el artefacto, plegó las dos mitades de la vaca y las aseguró con las fallebas y los mosquetones, Artemisa quedó inmovilizada en la oscuridad, sintió una claustrofobia insoportable, un miedo atroz, comenzó a gritar y cuando pensó que iba a desmayarse oyó a Irene que decía, todo listo, señor y después sintió que movían a la vaca, percibió cómo rodaba el artefacto sobre la paja rumbo al extremo del corral donde estaba el toro sagrado que, a medida que la vaca se aproximaba, comenzaba a inquietarse, a moverse nerviosamente y a bufar, Artemisa advertía la cercanía del animal, sentía el tremor de sus pisadas, lo escuchaba resoplar cerca de su cabeza cuando alguien abrió una compuerta en la grupa de la vaca, llegó al interior un tímido resplandor de luz y Artemisa advirtió que el sexo le quedaba a la intemperie y en el acto sintió los olisqueos del toro sagrado, quiso moverse y no pudo, ni gritó ni pidió clemencia, el toro la olisqueaba cada vez con más inquietud, sudaba copiosamente y en las sienes y en el sexo sentía el latido desbocado del corazón, ardía dentro del artefacto y, cuando advirtió que el animal comenzaba a treparse en la grupa, hizo el intento de replegarse pero las correas y el barbiquejo la tenían bien fijada a la estructura, comenzó a temblar, sintió que iba a desvanecerse pero en eso vino el estruendo que hizo el toro sagrado al subirse encima, el estruendo de lo que se cimbra y se desvencija, el estrépito, el estallido, el ímpetu con el que una y otra vez arremetía.

Coda

«... Dédalo prometió ayudarla y construyó una vaca de madera hueca que cubrió con pieles, le puso ruedas ocultas en sus pezuñas y la llevó a la pradera de las cercanías de Gortina, donde el toro de Posidón pacía bajo las encinas entre las vacas de Minos. Luego, después de enseñar a Pasífae cómo se abrían las puertas corredizas situadas en la parte trasera de la vaca, y a entrar en ella con las piernas metidas en los cuartos traseros, se retiró discretamente. El toro blanco no tardó en acercarse y montar a la vaca, de modo que Pasífae vio satisfecho su deseo».

ROBERT GRAVES, *Los mitos griegos*, volumen 1

Índice

Este libro se terminó
de imprimir en
Móstoles, Madrid,
en el mes de
enero de 2024